【碧玉紅牋】

寫自隨

嚴紀華 ◆ 著

綜論唐代婦女詩歌

目次

第一章 緒論

第一節 詩在唐朝

詩，是唐代文學的瑰寶。無論是體制的完備，境界的擴大，技巧的圓融，題材的精擇，觀照的多角，無不呈現百花齊放的景象。這緣起於新興的唐朝，是一個朝氣蓬勃，活力澎湃的進取者，其承襲著華夏文化悠延的薪火，而又創造光大。然後更以一種嶄新的姿態，締造了一個壯大燦爛的韻文藝術的里程。由此，詩人地位隨著轉移，詩歌派別因之林立，社會思潮產生遞變。大體言之，整個詩壇依循著文學演進的公例導趨蛻化：由初唐的格律古典詩；一變為王維、李白所代表的浪漫、自由詩；再變為杜甫、張籍、白居易所領導的社會、寫實詩；最後由李賀、李商隱所發展的唯美、象徵詩閉幕。

就在這樣成熟的詩體，解放的詩風地籠罩下，唐代的社會、政治、經濟、宗教、風俗、音樂、哲學、藝術，都成為繁殖詩歌的溫床，助長了詩學的發展。於是，「詩」的表達成為有唐子民普遍的語言，流通的抒情方式。而且不僅局限于士人才子的應酬歌詠，凡夫俗子也有唱和寄情，老弱婦孺亦是能吟能賞。他們的社會重視詩歌，他們的人民喜愛吟詠。在詩語中，抒唱出熱情與願望；瀰漫著活躍的生命力，流露出自由心態的解放，與理想境界的追求，《全唐詩》收錄的作者身分包括了帝王、后

妃、官宦、文士的作品外，還有漁樵、宮女、隱者、和
尚、道士、尼姑、女冠、歌妓、商賈，以及無名氏的詩
蹟和妖神鬼怪的詩篇和詠。他如傳奇小說中，常存詩歌
的媒介；敦煌的俗講變文、曲子詞裏，也多運用著五言、
七言的詩格作為偈唱頌詞。這些在在顯示了唐代的詩
歌，已不獨屬於文人的專利。廷試的鼓勵提攜與民間的
風行響應，雙管齊下，使得唐詩在韻文的國度裏，不但
異卉秀出而且花團錦簇。[1]

---

[1]　本節文字參考劉大杰《中國文學發達史》（台北，中華書局）以及邱燮
　　友〈唐代民間歌謠發生的原因及其社會背景〉《師大國文學報第四期》
　　頁 117 做綜合整理。

第二節　唐朝的婦女

一、歷史淵源

　　承繼南北朝動亂之後的大唐帝國，是一個建立於民族調和的基礎上的王朝。就歷史的淵源來探討，關隴貴族集團實是李唐氏族的大本營。這個相當於北系鮮卑族的貴族集團，利用胡、漢結合的力量，打出了大唐天下。劉開榮在《唐代小說研究》第一章對這個情況曾加以說明：「所謂關隴貴族集團，似應包括漢人、六鎮的鮮卑人及漢與鮮卑混血的大官僚與地主集團，是屬於西魏、北周的系統……唐朝的李淵也是這個集團的有力分子，他的父親李虎是西魏鮮卑政權的軍事領袖，為八柱國之一，并被賜姓為大野氏，李淵的母親獨孤氏，妻子竇氏以及兒媳（唐太宗李世民的皇后）長孫氏，都是出自鮮卑的貴族，由此不但明瞭唐王室與六鎮鮮卑人的關係，也可以看出關隴貴族集團與山東貴族集團中間的界限了。」由於新血輪注入了古老的命脈，刺激著新生命的蛻長，影響所及，當時的政治態度，社會生活與風俗習慣，都別有涵受與包容。於是，胡族的婦女漢化，漢族婦女習染胡風。表現在婦女生活方面：服飾趨向窄袖寬褲，折襟披肩。社交應酬，男女往來，騎射同遊，禮俗不禁。至於武曌稱制干政[2]，公開地進入政治，更是史無

---

[2]「武后婦女主政」一事詳見本書第二章第二節〈則天武后其人其事其詩〉

前例，掀起女子主政的風潮。儘管這些事件或受階級、身分、才幹的區囿，不足以代表廣大的婦女群眾，但是在禮教閉禁的封建觀念裏，婦女們（縱然少數）得有機會，嶄露頭角，實多有賴於唐代特殊的歷史、社會條件的助力，才能建立起婦女的新形象、新作風，這不啻是「擺脫箝制，爭取地位」觀念的一個啟萌。

二、禮法地位

由於唐代開國以來，社會上普遍籠罩著奔放活撥、昂揚健碩的氣息，唐代的婦女們較其他時代顯得更開放自由，在追求兩性平等的努力上，應算是歷朝中女權最高張的時代。但於禮法的地位，由於傳統禮教風俗的傳襲影響，仍然無法與男子等量齊觀。白居易〈婦人苦〉中有云：「婦人一喪夫，枯身猶抱節。男兒若喪婦，還有一枝生。」[3]可見傳統的倫理道德根深蒂固，其中維繫家族的主要力量是親子之間的恩情，夫婦情感為次。婦女對丈夫固然忠貞不貳。但做丈夫的卻每以細故犧牲妻子，成全孝道，而備受讚揚。譬如敦煌變文中〈八相變〉提到：「若說世間恩愛，不過父子情深，細論世上恩情，莫若親生男女。」〈孝子傳〉中也記載著有妻婦因為于母前叱狗，取水不及還等怠慢非禮的瑣碎情節而遭遣逐。[4]即便在唐律十二篇中所規定的法令規條，也充滿了家族主

專節論述。

[3] 見白居易《白香山詩集》（台北，世界書局出版）。

[4] 見羅宗濤《敦煌變文社會風俗事物考》（台北，文史哲出版社），頁77-79。

義的色彩。而《儀禮‧喪服》：「父者，子之天也；夫者，妻之天也。」與名例律六條疏議的內容：「依禮，夫者婦之天。」相較，重男輕女的語調如出一轍。是以由律法觀察，唐律裏依禮立法的基本觀念既定，有關犯罪行為的處罰，往往便決於犯者與被害者的尊卑關係。例如：「夫毆妻，無罪。」（鬥訟律二十四條）「妻毆夫，徒一年。」（鬥訟律廿五條）「男有妻妾而犯姦，亦不加重。女有夫而犯姦，徒二年。姦官私婢，杖九十。姦他人部曲妻，雜戶、官戶婦女者，杖一百。」（雜律廿條）所以，良男姦賤女罪減輕。賤男姦良女罪加重。而姦己家賤女無罪。由此可知婦女在法律上的地位，仍然屈處於不利的卑勢。而在禮制上，「妻為夫服斬衰二年，而夫為妻服期，妾為夫之服制，與妻同，而夫於妾無服，妾稱妻為女君，為妻服期。」（職制律卅條），由「喪服親等」看來，婦女的地位亦較男子低下。

至於娼妓，是婦女中身分極為特殊的一類。唐代娼妓分宮妓，官妓，家妓三種，最初皆以樂舞為主業。並不賣身。宮妓蓄養於宮廷，地曰「教坊」，人稱「內人」或「前頭人」。官妓歸屬於地方官府，家妓則為豪門高族所有。到了中唐，教坊音聲之人，有外偎的現象，逐漸與社會接觸。晚唐色情浸濫，妓女生活淪落，煎熬更苦。她的地位與奴婢相等，可以買賣贈換，屬於下層「賤民」階級。是以將妓換馬，名士贈妾的記事數見不鮮。此外，另有一類女子，名曰「尼冠」，也自成一種階級。其間形骸失檢，放蕩不拘的，幾乎與娼妓一般無二。這二類女子或許可以脫離正法常禮的約束，卻無法離開禮法制度

下既成無形的階級地位，更遑論受到禮法條文的具體照
顧與保護了。

三、教育程度

　　唐代婦女在禮法的地位，既然不與男子平等。自然
無法如男子接受同等教育，除了在宮廷中有習藝館的設
立，未聞有正式教育制度管理。「習藝館」本名「內文學
館」，選宮人有文學者一人為學士，教習宮人。至武后時，
改為「習藝館」，掌教習宮人書算眾藝。[5]但這僅限於宮廷
中的內授，至於民間婦女的學書識字，能文善詩，大都
得自私學；譬如婦德、婦言、婦容、婦功的基本女教，
且女子出嫁前三月，須接受敬命婦順的特殊教育。[6]此外
士大夫階級家庭中（包括高官權貴，經士儒生）的女子，
大都幼讀詩書，接受父兄的調教。中有質佳才異的，多
聞彊學，薰習日久，自然知書達禮，秀外慧中。

　　另外，妓女冠尼這類女子，常與權貴新士，豪商紈
綺來往攀交，除接受必要的歌令、琴技、舞蹈的訓練之
餘，多旁涉詩歌，以增文雅。更由於置身交際酬酢場合，
無形中歌詠唱和、調笑言巧自成為提高身價的資產。孫
棨《北里志》上說：「唐妓最重詼諧言談」；其間名妓善
者如「絳真善談謔，能歌令，其姿亦常常，但蘊藉不惡，

5　見《資治通鑒》（台北，新象書局出版），卷二〇八。

6　參見《禮記·昏義》：「婦人先嫁三月，祖廟未毀，教于公宮，祖廟既毀，
　教於宗室。教以婦德、婦言、婦容、婦功。教成，祭之。牲用魚，芼之
　以蘋藻，所以成婦順也。」

時賢大雅尚之。」「楊妙兒長妓曰萊兒，貌不甚揚。……但利口巧言，詼諧臻妙。」「鄭舉舉充博非貌者，但負流品，以詼諧亦為諸朝士所眷。」由此看來，音律、姿色尚屬次要的條件了。

今觀有唐一代，長孫皇后（太宗之妻）曾作《女則》卅卷，以垂範後世。楊氏也有《女誡》一卷。二卷均已散失。現存的重要女教著作有二：一為鄭氏的《女孝經》十八章，以曹大家《女誡》為本，而立答問。分（一）開宗明義。（二）后妃。（三）夫人。（四）邦君。（五）庶人。（六）事舅姑。（七）三才。（八）孝治。（九）賢明。（十）紀德。（十一）五刑。（十二）廣要道。（十三）廣守信。（十四）廣揚君。（十五）諫諍。（十六）胎教。（十七）母儀。（十八）舉惡。據說其侄女為永王妃，特作此，以誡其為婦之道。這本書不僅風行當時，直傳後世，成為女子啟蒙的教本，影響甚大。二為宋若華所著的《女論語》，共計十二章：（一）立身。（二）學作。（三）學禮。（四）早起。（五）事父母。（六）事舅姑。（七）事夫。（八）訓男女。（九）營家。（十）待客。（十一）和柔。（十二）守節。其教育精神著重於「貞節柔順」四字，敬戒相承，教訓女子　這與李義山《雜纂》所載唐代教女的項目：習女工，議論酒食，溫良恭儉，修飾容儀，學書學算，小心軟語，閨房貞節，不唱詞曲，聞事不傳，善事尊長十則互相涵蓋彷彿。[7]如《女論語·

---

[7] 《女論語》中的「習作章」是講「習女工」。「學禮章」是講「溫良恭儉」、「修飾容儀」。「早起章」是講「議論酒食」。「事父母章」與「事舅姑章」

立身章》說:「凡為女子,先學立身,立身之法,惟務清貞,清則身潔,貞則身榮。」〈事夫章〉認為:「女子出嫁,夫主為親,前生緣份,今世婚姻。將夫比天,其義匪輕,夫剛妻柔,恩愛相因。」〈守節章〉勸人守節:「夫婦結髮,義重千金,若有不幸,中路先傾,三年重服,守志堅心,保持家業,整頓墳塋,殷勤訓後,存歿光榮。」

　　此外,武后則天也曾大集諸儒,譔定《列女傳》,弘尚表彰貞德懿行(見《新唐書》卷七六〈后妃傳〉)。還有,陳邈妻鄭氏的〈進女孝經表〉,宰相王摶妻楊氏的〈女誡〉一卷(見《全唐文》),都主謹言慎行,是女教的箴砭。其中,〈女孝經〉及〈女論語〉裏面雖均未提及「學書學算」的訓練儲備,可是也沒有反對的意見,足見學書算之事在當時尚無禁阻。更何況詩在唐朝,其通俗的程度正如當前社會的流行歌曲,既可抒志寄情,又能入樂利詠。除了貴族之家大都重視女子文化教育,就是民間婦女也多有讀書識字,即便山野村姑也有詩句口吟留存於《全唐詩》者。所以,唐朝婦女讀書習字,能詩行文者,較前朝為多,詩作源起自興、觀、群、怨,以至於草木鳥獸之名,無所不入。而幼童老婦,謳歌能解,蔚為習風。

是講「善事尊長」。「立身章」與「守節章」是講「閨房貞節」。其餘各事的教習散見於「訓男女章」及「和柔章」中。

四、社交娛樂

　　唐朝在社交方面充滿著開放自由的空氣。男女間的界限，沒有秦、漢，明、清時那般涇渭分明。《朱子語類》一一六，〈歷代類〉三中記載：「唐源流出於夷狄，故閨門失禮之事，不以為異。」宋洪邁《容齋三筆》也有：「瓜田李下之疑，唐人不譏也。」的記述。而高級知識份子的社交，男女共同遊宴娛樂，皆無禁忌，諸如騎馬，野獵、打毬，泛舟，賭博，下棋，酒令，插花，踏青，野宴，鬥雞，撲蝶，蒔花，品茗，鞦韆，鳴琴……等，消遣自適，快意悠遊。如《開元天寶遺事》中：「長安仕女，遊春野步。」杜甫的〈麗人行〉與張萱的「虢國夫人遊春圖」都詳細描繪了貴婦遊春的圖景。除了唐代後宮闈禁不嚴，妃嬪宮女都有機會結交外人，而民間的凡夫俗婦，由於金錢，時間與知識水準的限制，未必能盡同宮廷貴族的享樂尺度。但是男女見面交談，遊玩贈寄，并無阻礙，然後由此滋生愛苗，兩情相悅亦屬自然。如《全唐詩》中晁采與文茂的自由戀愛，越溪楊女的試對聯姻，都未曾發生來自家長的阻力與波折。此外，歲時節慶－舉如上元燈節、清明祭祖、社日省親、端午賽舟、七夕乞巧，重陽登高、除夕守歲之際、歡盛同樂。紅男綠女從事種種活動，因而無意邂逅、一見鍾情的也有，例如李節度寵姬（卷八百）就是在上元燈火之夜，與張生相約私奔，譜出了「紅綃帕裏的綺情」。此時，妓女制度業已公開成立，十丈軟紅中的蜜愛輕憐，媚語調情；散見

於筆記小說、曲詞歌詠之中，成為一篇篇花月戀情的傳
誦。例如元稹的《會真記》，蔣防的《霍小玉傳》，皇甫
枚的《飛煙傳》。白行簡的《李娃傳》，張文成的《遊仙
窟》，裴鉶的《崑崙奴》，以上種種都說明了或者牆頭馬
上，或者野外廟廡，婦女的行動自由，風氣開放。就在
這樣地一個社交環境裏，陷入愛河的便不僅止於普通婦
女，已經出家入道的女冠女尼，也有耽於情愛的例子。
譬如魚玄機與綠翹的悲劇；李冶與劉長卿的放浪嬉謔。
傳說中李商隱眷戀道姑、宮女，留下了篇篇耐人尋味的
的〈無題〉，其中一首如：「重帷深下莫愁堂，臥後清宵
細細長，神女生涯原是夢，小姑居處本無郎。風波不信
菱枝弱，月露誰教桂葉香，直敘相思了無益，未妨惆悵
是清狂。」[8]均可得窺唐代婦女的社交是不拘禮法而任性
自適的；婦女的娛樂是自由參與而沒有限制的。

　　總結論之，唐朝的婦女在歷史習俗的籠罩下，教育
的機會以及程度仍受限制，雖然在社交娛樂方面不算閉
鎖，但是，其禮法的地位仍難避免曲囿與壓仰。〈敦煌曲
女人百歲篇〉中所敘述婦女的生活，正將個中情況作了
一個最寫實，最淋漓盡致地刻劃：「一十花枝兩斯兼，優
柔婀娜復厭厭，文娘憐似瑤台月，尋常不許出朱簾。二
十笄年花蕊春，父娘娉許事功勳，香車暮逐隨夫婿，如
同蕭史曉從雲。三十朱顏美少年，紗窗攬鏡整花鈿；牡
丹時節邀歌伴，撥棹乘船採碧蓮。四十當家主計深，三
男五女惱人心；秦箏不理貪機織，祇恐陽烏昏復沈。五

8　見蘅塘退士編、邱燮友注釋《唐詩三百首》（台北，三民書局印行）。

十連夫怕被嫌，強相迎接事嬰纖，尋思二八多輕薄，不愁姑嫂阿家嚴。六十面皺髮如絲，行步龍鍾少語詞；愁兒未得婚新婦，憂女隨夫別異居。七十衰羸爭奈何，縱饒聞法豈能多？明晨若有微風至，筋骨相牽似打羅。八十眼暗耳偏聾，出門喚北卻呼東；夢中常見親情鬼，勸妾歸來逐逝風。九十餘光似電流，人間萬事一時休；寂然臥枕高床上，殘葉凋零待暮秋。百歲山崖風似頹，如今身化作塵埃，四時祭拜兒孫在，明月長年照土堆。」

第三節　婦女與詩歌

　　《易經‧坤卦》云:「至哉坤元,萬物資生,乃順承天,坤厚載物,德合無疆。」古以乾道象天,坤道象地。生生動化,悠悠不息。擬之於人,則認為乾道象男,坤道象女,男女婚嫁,是曰:「乾坤定矣。」然後人倫蕃生,文化肇始,家國穩定。《易經、家人象》曰:「家人,女正乎內,男正乎外,男女正,天地之大義也。家人有嚴君焉,父母之謂也。父父、子子、兄兄、弟弟、夫夫、婦婦,而家道正,正家而天下定矣。」由此可見女子對於齊家、治國、平天下的大道,具有一半性的穩定力與推動力。而係自原始圖騰的母系社會,到男性為主的帝制極權。女性的地位雖然由專而佐,由外而內。但是,重要性卻絲毫未減。何況,女子天賦的潛在能力並不在男子之下,若非中世以後,專制思想所形成的強大政治壓力造成重男輕女的觀念,男女貴賤尊卑的分野實非天生即成。謝无量在《中國婦女文學史》中也主張:「夫男女先天之地位,既無有不同,心智之本體,亦無有不同。則凡百事之才能,女子何遽不若男子,即以文學而論,女子亦可與男子爭勝,然自來文章之盛,女子終不逮於男子者,莫不由境遇之差,有以致之。考諸吾國之歷史,惟周代略有女學。則女子文學,較優於餘代,此後女學衰廢。惟薦紳有力者,或偶教其子女,使有文學之才,要之超奇不群者,蓋亦僅矣。」然而,即便就在如此地

囿限中，**翻**開史碑傳奇，女子的文事武功，節行卓見，仍然昭見明刊，并不是全然孤獨寂滅的。

　　我國婦女文學，發達甚早。章學誠〈婦學〉裏曾經提到：「周官有女祝、女史。漢制有史起居註。婦人之于文字，于古蓋有所用之矣。婦學之名，見於天官內職。德言容功，所該者廣，非如後世祇以文藝為學也。」此外，「婦學之目，德言容功，自非嫻於禮經，習於文章，不足為學。乃知誦詩習禮，古之婦學，略亞丈夫。」另及：「婦學掌於九嬪，教法行乎宮壼，內而臣采，外及侯封。六典未詳，自可例測，葛覃師氏，著於風詩，婉婉姆教，垂於內則。歷覽春秋內外諸傳，諸侯夫人丈夫內子，并能稱文道故，斐然有章。若乃盈滿之祥，鄧曼詳推十天道，利貞之義，穆姜精解於乾元。魯穆伯之令妻，典言垂訓。齊司徒之內主，有禮加封。士師考終牖下，妻有誄文。國殤魂返沙場，婺辭郊弔，以至泉水毖流，委宛赴懷歸之什，燕飛上下，淒涼送歸媵之詩。凡斯經禮典法，文采風流，與名卿大夫，有何殊別？」[9]所以，考察井田制度以來的農業社會，男女同巷，相從夜績，心中有所怨恨，便相從附歌。饑者歌其食，勞者歌其事，而王者采詩，所以能知民間疾苦。[10]如此一來，民間的歌謠衍盛，耕桑織漁之女，自詠其勞忙。及冠之男，及笄之女，相悅慕情，互訴其愛戀。而喪夫棄婦，煢獨無依，

[9] 見章學誠《章氏遺書‧婦學篇》（台北，漢聲出版社）。
[10] 見謝旡量《中國婦女文學史》（台北，中華書局）頁7。

何能遏止其哀音？還有廚竈烹調，相夫教子的吟頌，也
都樸實無華，意象鮮明。[11]

　　《詩經》篇什以下，輾轉迄漢，唐山夫人作〈房中
祠樂〉，本禮文雅；班婕妤的〈團扇〉短章，清捷怨綺。
[12]曹大家的詩、賦、文、誡，博學高才，宛然成為列女文
學之宗。之後有秦嘉、徐淑體，五言精妙。[13]蔡琰的〈胡
笳十八拍〉，悲慟感人。魏晉時代的左九嬪有〈子夜清商
曲〉、蘇蕙的〈迴文詩〉、以及宋齊的鮑令暉、韓蘭英，
都清綺俊發，佼佼成家。

　　到得唐朝這個詩歌的黃金王國；婦女們的作品，在
數量上與質量上都大幅度地提高，分見《全唐詩》的第
一冊、第十一冊、第十二冊各卷之中，譬如帝后武則天；
寵妃花蕊夫人；才人鮑君徽、尚宮五宋；名媛王韞秀、
裴柔之；閨秀崔鶯鶯；葛鴉兒；紅妓薛濤、關盼盼；女
冠魚玄機、李冶；女尼元淳；以及神怪異夢的鬼詩幻語
等等，無不才藻秀出、思密神切。她們藉由「詩」這個
含蓄、精密的語言，傾訴了婦女亙古以來最纖柔的感情：
或者觸景懷想，或者睹物思人，或者閒拾記趣，或者情
志交游，或者抒解煩悶，或者傾洩苦痛，或者臨際興發，
或者贈寄酬和，或者苦口婆心，或者用意良深，真是彩
類繁輝。而小兒女口吻，純真可愛；大家閨秀風範，款

---

11 舉如《詩經》〈陳風・澤陂〉、〈鄘風・載馳〉、〈邶風・柏舟〉等。

12 鍾嶸《詩品》：「婕妤詩其源出於李陵，團扇短章，辭旨清捷，怨深文綺，
　得匹婦之致。桑府獨以怨歌行為顏延年作，未足據也。」

13 鍾嶸《詩品》：「漢為五言者數家，而婦人居其二。淑之作無減於紈扇矣。」

致動人；宮廷隆禮威儀，設語莊嚴；奩櫳傳情送意，香
豔旖旎。花前月下，也有盟約誓心，別是真誠情篤。至
於命運坎坷：或身世可憐，遇人不淑；或晚年老病，見
捐遭虐；更是椎心沈痛，悲苦莫名。所謂「不平則鳴」，
這樣凌切地苦痛，編排進入平仄，字字都是血淚的凝結。
是而，聲韻之間，字藻之下，唐朝婦女以「詩」成為她
們的「代言」，引為她們的「知音」。

第四節　選材範圍

　　一、《全唐詩婦女詩歌之內容分析》主要是採用清康熙四十二年（西元一七〇三年）所輯刊的御定《全唐詩》。是編共九百卷。清文淵閣的《四庫全書》本，裝訂成二百五十四冊。收二千二百餘家的各體詩凡四萬八千九百餘首。這是歷來輯編的唐詩總集，蒐羅最備，篇幅最大的鉅構。現由文史哲出版社印刷、發行、出版，訂名為《全唐詩》，全十二冊。卷數同前。其中有關婦女詩歌的部分計有二百零伍人，以下依本文分類之名標示：

第一冊　　卷五　　　（宮廷后妃）　　六人
　　　　　卷七　　　（宮廷后妃）　　六人
　　　　　卷九　　　（宮廷后妃）　　二人
第十一冊　卷七九七（宮廷后妃）　　十人
　　　　　卷七九八（宮廷后妃）　　一人
　　　　　卷七九九（閨閣佳人）　　卅二人
　　　　　卷八〇〇（閨閣佳人）　　十四人
　　　　　卷八〇一（閨閣佳人）　　卅一人
　　　　　卷八〇二（北里煙花）　　二十人
　　　　　卷八〇三（北里煙花）　　一人
　　　　　卷八〇四（方外尼冠）　　一人
　　　　　卷八〇五（方外尼冠）　　三人
第十二冊　卷八六三（女仙）　　　　廿七人
　　　　　卷八六四（女神）　　　　七人

卷八六六（女鬼）　　　廿五人

卷八六七（女怪）　　　十四人

卷八六八（夢）　　　　五人

　　二、其次參考清錢謙益、季振宜遞輯；屈萬里、劉兆祐主編的《全唐詩稿本》七十二冊，凡七百十六卷。根據劉兆祐所撰〈御定全唐詩與錢謙益季振宜遞輯唐詩稿本關係探微〉一文中，肯定《御定全唐詩》是以錢、季所編的《唐詩》為底平。這部「唐詩」，有「稿本」及經繕錄的「正本」。全唐詩詩局詞臣所看到的是「正本」，今正本已不可得見，這部稿本，便成為研究全唐詩最直接的資料。[14]此《稿本》與御定《全唐詩》的編排不同，《全唐詩稿本》的女性詩人們並不散見各卷，而集中羅列於第七十一冊之中，自文德皇后始，到元淳、海印終（七〇七卷到七一三卷），共九十八人。有作品三百卅四首。[15]且二者詩人的小傳部分也有不同，「錢季本」是以史的觀點為之，敘述互有詳略，並破除初、盛、中、晚四期之分。《御定全唐詩》於小傳部份則多序其歷官始末而已，並依時代分置次第。此書由聯經事業公司出版。

　　三、宋計有功的《唐詩紀事》，全書八十一卷，分上、下兩冊，女性詩作在第三卷（上）、第七十八卷（下）、第七十九卷（下）中可以查到。這是鼎文書局刊印，楊

---

[14] 參見《全唐詩稿本》中附劉兆祐所撰〈御定全唐詩與錢謙益季振宜遞輯唐詩稿本關係探微〉頁 1-48。

[15] 參見《全唐詩稿本》第一冊目錄第 325 頁至 332 頁，以及《全唐詩稿本》第七十一冊。

家駱主編《歷代詩史長編》的第五種上、下二冊。

　　四、清沈德潛選注的《唐詩別裁》，商務印書館出版。
其於各詩類之末，依次排列女子詩，方外詩以及無名氏
詩。如：

五言古詩　　閨秀五人　詩七首

　　　　　　女冠一人　詩一首

七言古詩　　閨秀八人　詩十一首

　　　　　　女冠一人　詩一首

五言絕句　　宮閨八人　詩十首

七言絕句　　女冠一人、宮閨十三人　詩共十九首

五言律詩　　女冠二人　詩四首

　　　　　　宮閨二人　詩二首

五言排律　　宮閨四人　詩四首

七言律詩　　閨秀一人　詩三首

　　　五、明高棅著《唐詩品彙》，收於《四庫全書珍本》。
他認為：「唐世詩學之盛，上自帝王公卿，下至山林韋布
以及乎方外異人，閭閻女子，莫不願學焉。其篇什之多。
不可勝紀。若夫大方名家，騷人墨客，各以世次收品從
彙。他若諸集附載道人，衲子，宮閨，仙怪及有姓氏，
無世次可考者，往往有述，多非全集所得，故不收入類。
若棄而不錄，又何以見斯人之途歟？今略其詩之精者，
通得卅四人，共詩七十首，為一卷，以附餘響之後，題
曰『旁流』。雖不足以品藻淵源，庶乎剩涓酌潦，能成江
河之沛矣。」[16]其旁流分為：

―――――――――――――――

[16] 見高棅《唐詩品彙》（一）敘目，頁18。

有姓氏，無字里世次可考者。

姓氏疑誤者。

羽士。

衲子。

外夷。

閨秀。

女冠。（或置女冠于前，閨秀于後）。

六、臺靜農編《百種詩話類編》藝文出版社印行。全書依姓氏筆劃分類，有上、中、下三集。簡易便索，搜羅完全。

以上六種是本篇論文主要的參考資料，由於各書編版前後不同，取捨互有長短，批註亦見詳略。故逐一翻閱比較，嘗試作一個完備而正確的選材。並編成「唐代婦女著作家」一覽表。各註明其在《全唐詩》、《全唐詩稿本》、《唐詩紀事》、《百種詩話類編》、《唐詩別裁》裏面所出現的頁碼、章數，以備查覈。他如涉及婚姻、政治、經濟、文化、心理、文學技巧、時代背景等個別問題，則分依需要，依次討論。篇末羅列唐代婦女儀容、活動圖影數幅，以供參閱。[17]

---

[17] 參見「唐代婦女著作家一覽表」為附錄（一），「唐代婦女圖影」為附錄（二），列於文末。

第五節　編寫原則

　　本論文的選材既以清聖祖御定的《全唐詩》一至十二冊（文史哲出版社）為底本。中間選取有關婦女詩歌的部分從事歸納與分析。無論是編次的體例或序類的原則，大抵配合討論的需要，並參照《全唐詩》的凡例，作一系統的整理；分條說明於下：

　　一、章次的區別以作者的身份劃分：

　　本篇論文共計八章。首緒論。次宮廷后妃。次窈窕淑女。次北里煙花。次方外尼冠。次靈異世界。次婦女詩歌的綜合觀察。末綜歸作結。

　　二、作者的收錄期限自唐太宗文德皇后始，至南唐、吳越、閩蜀諸國王妃間的歷史紀年止。[18]

　　三、節序統于章次之下，各依作品的內容題材歸類標名，以利文學技巧的分析評論。

　　四、作者的人、事、詩，或特出獨異或鉅幅可觀，便單節記論。如第二章第二節「則天武后其人，其事，其詩。」

---

[18]《全唐詩》凡例第一條：「唐高祖賜秦王詩云：『聖德合皇天，五宿連珠見。和風拂世民，上下同歡宴。』見於《冊府元龜》，明胡震亨謂唐初無五星聯聚之事，疑其偽託，今刪去，斷自太宗始，且一代文章之盛，有所自開。」本文起訖以文德皇后比于太宗，故位於后妃之首起。而詩至晚唐五代，收有蜀太后徐氏，太妃徐氏詩（卷九）。又如卷七九九蔣氏為吳越時人。故終於五代紀年。

　　五、非因作品相關，不以個人卓秀，則以特殊主題系聯，如第三章、第六節「分據元稹感情生命的三位女性」。

　　六、釋道名媛仙鬼詩，各另編。[19]如第五章「方外尼冠」，羅列女道三人，女釋一人。又如第六章「靈異世界」，分置鬼，仙，怪，夢四類玄幻。

　　七、集外逸詩。或見於他書，或傳之石刻，皆旁加搜采，次第補入。以成全書。[20]如收《唐詩三百首》杜秋娘〈金鏤詞〉一首。

　　八、《全唐詩》中有一詩而互見各卷者，卷容相同，擇一析論。如：

卷五　　則天皇后　唐大饗拜洛樂章　51頁

並見於卷十二　郊廟歌辭　武后大享拜洛樂章十四首　107頁

卷五　　則天皇后　唐享昊天樂十二首　52頁

並見於卷十　　郊廟歌辭　武后大享昊天樂章十二首　87頁

卷五　　則天皇后　唐明堂樂章十一首　53頁

並見於卷十　　郊廟歌辭　武后明堂樂章十一首　94頁

卷五　　則天皇后　唐武氏享先廟樂章一首　57頁

並見於卷十五　郊廟歌辭　武后享先廟樂章一首　147頁

卷八〇〇　姚月華　怨詩寄楊達二首　9004頁

並見於卷二十　相和歌辭　怨詩二首姚氏月華　252頁

卷五　徐賢妃　長門怨　59頁

並見於卷廿　相和歌辭　長門怨（徐賢妃）　254頁

---

[19] 同《全唐詩》凡例第七條。

[20] 同《全唐詩》凡例第廿一條。

卷八〇一　郎大家宋氏　朝雲引　9008頁

並見於卷廿一　相和歌辭　朝雲引（郎大家宋氏）　281頁

卷七九九　張夫人　拜新月　8986頁

並見於卷廿八　雜曲歌辭　拜新月（吉中孚妻張氏）　407頁

　　九、六朝人詩誤收入全唐者，如陳昭及沈氏，衛敬瑜妻之類，並作刊正。[21]

　　十、作者事蹟小傳，仍依《全唐詩》及》《全唐詩稿本》所註，復旁採《唐詩紀事》、《唐詩別裁》，各家詩話為補。

　　十一、第二章「宮廷后妃」，集錄的有帝后，王妃，才人，女學士，宮嬪等宮中女子的詩作。

　　十二、第三章「窈窕淑女」，自少女描述到孀老，包容了名門閨秀與荊釵布裙等平民婦女的喜悅與憂傷。

　　十三、「北里煙花」一章，盡收青樓粉黛的愛恨悲歡，其中偶有宮體肉慾的刻劃，單篇零碎，未予更張。[22]

　　十四、《全唐詩》中有資料失佚不全者，毋能追考，只得從闕。如卷八〇一「京兆女子」，唐末人，不詳姓氏。又如卷八〇一「光、威、裒」姊妹三人，失其姓。[23]

　　十五、《全唐詩》中有疑傳誤植部分，證據不足，難以校正，是以存疑。如卷七九八「花蕊夫人」自八九八〇頁以下廿一首疑為王建所作。八九七七頁「梨園子弟」

---

[21] 參見《全唐詩》凡例第十一條。

[22] 宮體詩詠見《全唐詩》卷八〇二宣城妓史鳳（頁9031），平康妓趙鸞鸞（頁9032）的詩作。

[23] 《全唐詩》卷八〇一，均為無考女子的詩篇（頁9008）。

一首以下四十一條又疑為王珪詩。又如卷五「則天皇后」五八頁的〈臘日宣詔幸上苑〉一首下註：「大凡后之詩文，皆元萬頃、崔融為之。」真相究竟，並無確證，有此一說，是以存而疑之。

十六、有二詩作者不同而詩旨相似，字句稍異。仍依《全唐詩》所錄，從其所分，並不刪去。如《全唐詩》卷八六四龍女詩與《全唐詩稿本》七十一冊瀘女郎「感懷詩」同，依前者所記。又如《全唐詩》卷八〇一「湘驛女子」與卷八六六「湘中女子」詩題僅一字之差。還有卷八〇一「若耶溪女子」與卷八〇一「誰氏女」二詩雷同。均從其分，不予刪除。

十七、古詞止於五、七言絕句。故柳枝、竹枝、浪淘沙諸作，花間尊前二集，皆收入詞類。但清平調、欸乃曲之類，止于七絕，應兼存以備一。[24]如卷七九八：花蕊夫人的〈宮詞〉，多為七絕。祖王建，所敘乃宮掖戲劇事，如卷五（六四頁）楊貴妃詩〈贈張雲容舞〉，於卷八九九「詞十一」又作〈阿那曲〉一首（一〇一六四頁）乃七言四句，是備列存體。

---

[24] 參考《全唐詩》凡例第廿二條。

第二章　宮廷后妃

第一節　撥窺宮廷生活的珠簾
──應制詩與宴遊詩

一、應制詩─兼論上官昭容與尚宮五宋

　　在君主集權的時代，士大夫承奉著君威皇恩，以文學干祿晉身。綜觀漢代的賦，梁陳時代的宮體文學都呈現出政治與文學交縱的趨勢，而唐朝的詩歌亦正是在這種「上有所好，下必甚焉」的氣氛下蓬勃成長。

　　自李唐建國，幾個有權力的皇帝無不愛好文藝音樂，提倡風雅。太宗在秦王時，就羅致天下文人，講習學藝，即位後復開文學館，編纂書籍。高宗武后亦好樂章，曾集學士撰寫《三教珠英》，弘文尚藝。玄宗時期，更將音樂與文學結合，留下許多浪漫、歡樂的詩篇。其他帝后，也多敬禮詩學，獎掖文人學士。因此，生活上的點點滴滴，無不藉詩抒寫。使「詩」成為唐代文學的瑰寶，得到了極光華燦爛的成就。

　　應制詩就是這麼一個即興的產物，置身在玉樓月殿、金屋瓊宇，風送笙歌妙語，雨濕芙蓉薜荔，宸遊玩物，龍心大悅，不覺脫口成吟。公卿大夫惟恐拂逆君意，敗殺興致，亦皆攀附驥尾，協韻應和以曲盡情歡，所作雖多為歌功頌德的館閣文學，然而才華出眾的臣子，也可趁此機會嶄露頭角，一鳴驚人。例如：蘇頲〈應制詩〉

云：「飛埃結紅霧，遊蓋飄青雲」。元宗覽之嘉賞，遂以御花親插頭巾上。（見《唐語林》卷二，頁五一）這類的君臣賡和，其中也包括了宮廷中的婦女，而上官儀的孫女上官昭容尤為個中翹楚。張說《昭容文集》序中曾經提及：「古者有女史記功書過，有女尚書決事宮閣，昭容兩朝專美，一日萬機，顧問不遺，應接如響。雖漢稱班媛，晉譽左嬪，文章之道不殊，輔佐之功則異。……昔嘗共遊東壁，同宴北渚，倏來忽往，物在人亡，憫雕琯之殘言，悲素扇之空曲。……」婉兒承家學淵源，自幼即辨慧能文，復通曉政事，甚得武后愛寵，中宗復辟後拜為昭容，昭容曾勸帝立修文館，選拔文才。《唐詩紀事》卷三曾有記載：「中宗正月晦日，幸昆明池賦詩，群臣應制百餘篇，帳殿前結綵樓，命昭容選一首為新翻御製曲，從臣悉集其下，須臾紙落如飛，各認其名而懷之。」婉兒詞旨采麗新穎，除當宴賦詩之外，亦常代帝及后，長寧、安樂二公主成聯。而差第群臣，雖講雕琢，仍存機趣。如此風尚所及，使充滿綺媚浮靡的初唐詩壇，仍保有可觀的風格。[1]在《全唐詩》卷五裏，我們可以看到她許多有關應制、獻和的詩歌。

奉和聖制立春日侍宴內殿出剪綵花應制

密葉因裁吐。新花逐剪舒。攀條雖不謬。摘蕊詎知虛。春至由來發。秋還未肯疏。借問桃將李。相亂欲何如。

---

[1] 譚正璧《中國女性文學史》中言：「（婉兒）詩屬浮艷一派，開沈宋體之先，華而無實，非詩歌正宗。」參見譚氏著《中國女性文學史》（天津，百花文藝出版社）頁 109。

九月九日上幸慈恩寺登浮圖群臣上菊花壽酒

帝裏重陽節。香園萬乘來。卻邪萸入（一作結）佩。
獻壽菊傳杯。塔類承天湧。門疑待佛開。睿詞懸日月。
長得仰昭回。

駕幸三會寺應制（景龍二年十月三日）

釋子談經處。軒臣刻字留。故台遺老識。殘簡聖皇
（一作君）求。駐蹕懷千古。開襟望九州。四山緣塞合。
二水夾城流。宸翰陪瞻仰。天杯接獻酬。太平詞藻盛。
長願紀鴻休。

駕幸新豐溫泉宮獻詩三首

（景龍三年十二月十二日，中宗皇帝駕新豐溫泉
宮。敕蒲州刺史徐彥伯入仗，同學士例。因與武平一等
獻詩，上官昭容亦賦絕句三首以獻。）

三冬季月景〔龍〕（隆）年。萬乘觀風出灞川。遙看
電躍龍為馬。回矚霜原玉作田。

鸞旂掣曳拂空回。羽騎駸驔躡景來。隱隱驪山雲外
聳。迢迢御帳日邊開。

翠幕珠幨敞月營。金罍玉斝泛蘭英。歲歲年年常扈
蹕。長長久久樂升（一作承）平。

遊長寧公主流杯池二十五首

（長寧公主，韋庶人所生，下嫁楊慎交。皇帝制曰：
門下特進行右散騎常侍駙馬都尉觀國公楊慎交，分榮戚
里，藉寵公門；恭肅著於立身，協勤效於從政。「鳳凰樓
上，宛符琴瑟之歡。烏鵲橋邊，載協松蘿之契。宜覃茅
土，式廣山河。因造第於東都，府財幾竭」。又取西京高
士廉第，左金吾衛廢營，改為宅。作三重樓，築山浚池。

帝及后數臨幸。令昭容賦詩，群臣屬和。）

逐仙賞。展幽情。踰崑閬。邁蓬瀛。

遊魯館。陟秦台。汙山壁。愧瓊懷。

檀欒竹影。飆颾松聲。不煩歌吹。自足娛（一作怡）情。

仰循茅宇。俯眄喬枝。煙霞問訊。風月相知。

枝條鬱鬱。文質彬彬。山林作伴。松桂為鄰。

清波洶湧。碧樹冥蒙。莫怪留步。因攀桂叢。

莫論圓嶠。休說方壺。何如魯館。即是仙都。

玉環騰遠創。金埒荷殊榮。弗玩珠璣飾。仍留仁智情。鑿山便作室。憑樹即為楹。公輸與班爾。從此遂韜聲。

登山一長望。正遇九春初。結駟填街術（一作衍）。閭閻滿邑居。鬥雪梅先吐。驚風柳未舒。直愁斜日落。不畏酒尊虛。

霽曉氣清和。披襟賞薜蘿。玳瑁凝春色。琉璃漾水波。跂石聊長嘯。攀松乍短歌。除非物外者。誰就此經過。

暫爾遊山第。淹留惜未歸。霞（一作水）窗明月滿。澗戶白雲飛。書引藤為架。人將薜作衣。此真攀玩所（一作桂府）。臨睨賞光輝。

放曠出煙雲。蕭條自不群。漱流清意府。隱几避囂氛。石畫妝苔色。風梭織水文。山室（一作空）何為貴。唯餘蘭桂薰。

策杖臨霞岫。危步下霜蹊。志逐深山靜。途隨曲澗迷。漸覺心神逸。俄看雲霧低。莫怪人題樹。祇為賞幽棲。

攀藤招逸客。偃桂協幽情。水中看樹影。風裏聽松聲。
攜琴侍叔夜。負局訪安期。不應題石壁。為記賞山時。
泉石多仙趣。巖壑寫奇形。欲知堪悅耳。惟聽水泠泠。
岩壑恣登臨。瑩目復怡心。風篁類長笛。流水當鳴琴。
懶步天臺路。惟登地肺山。幽巖仙桂滿。今日恣情攀。
暫遊仁智所。蕭然松桂情。寄言棲遯客。勿復訪蓬瀛。
瀑溜晴疑雨。叢篁晝似昏。山中真可玩。暫請報王孫。
傍池聊試筆。倚石旋題詩。豫彈山水調。終擬從鍾期。
橫鋪豹皮褥。側帶鹿胎巾。借問何為者。山中有逸人。

沁水田園先自多。齊城樓觀更無過。倩語張騫莫辛
苦。人今從此識天河。

參差碧岫聳蓮花。潺湲綠水瑩金沙。何須遠訪三山
路。人今已到九仙家。

憑高瞰險（一作迴）足怡心。菌閣桃源不暇尋。餘
雪依林成玉樹。殘霙點岫即瑤岑。

面對著聖主、大臣，良辰美景，築山浚池的這樣天
時、地利、人和；上官昭容傾情於六藝底園圃，或三言，
或四言，或五言，或七言；無不以窈窕柔曼的風雅之聲，
表現了溫柔的詩教。她的對偶分明：「山林作伴、松桂
為鄰」；「水中看樹影，風裏聽松聲」；「密葉因裁吐，新
花逐翦舒」；「釋子談經處，軒臣刻字留」；「四山緣塞合，
二水夾城流」屬同類雙擬。「枝條鬱鬱，文質彬彬」；「歲
歲年年常扈蹕、長長久久樂升平」自然連珠。而「洶湧」
疊韻，「冥蒙」雙聲；至於「水泠泠」，「雲霧低」，「葉
下洞庭初，思君萬里餘」，「書中無別意，惟恨久離君」

²自是情韻生動。難怪《彥周詩話》稱她是「英奇女子」。
其詩賦千載，繡卷鸞迴，有才藝天真處，亦有境深神逸
處，令人惆悵難為。³

　　尚宮五宋與上官昭容一樣都是系出名門，尚宮五宋
分為宋若華（莘）、若昭、若倫、若憲、若荀五姊妹，聰
明能文，是詩人宋之問的後裔，穆宗拜為尚宮。每逢宮
中賜宴應對，五人各暢其思，風操貞素，宮中無不尊呼
為「先生」、「學士」；后妃諸王公主皆以師禮相見；連皇
帝也未嘗以妾侍的地位對待，備蒙寵賚。其中以若華、
若昭才華尤高。相傳雲安公主下嫁時，吳人陸暢為儐相，
暢才思敏捷，應答如流，然暢語吳音，於歡鬧際，若華
思敏，曾成詩戲嘲：「十二層樓倚翠空，鳳鸞相對立梧桐。
雙成走報監門衛，莫使吳歆進漢宮。」惜其姊妹詩文今
所存不多，以下介紹她們僅存的幾首應制作品：

奉和御制麟德殿百僚應制　宋若昭（卷七）

　　垂衣臨八極。肅穆四門通（一作雍）。自是無茫化。
非關輔弼（一作相）功。修文招隱伏。尚武殄妖凶。德
炳（一作立）韶光熾（一作被）。恩沾雨露濃。衣冠陪御
宴。禮樂盛朝宗。萬壽稱觴舉（一作日）。千年（一作官）
信一同。

2　見《全唐詩》卷五〈綠毫怨〉：「葉下洞庭初，思君萬里餘，露濃香被冷，
　　月落錦屏虛，欲奏江南曲，貪封薊北書，書中無別意，惟恨久離君。」
3　參考正元十四年，呂溫所賦上官昭容〈書樓歌〉中語。事見計有功《唐
　　詩紀事》（台北，鼎文書局）卷第三，頁35。

奉和御制麟德殿宴百官　宋若憲[4]（卷七）

　　端拱承休命，時清荷聖皇。四聰聞受諫。五服遠朝
王。景媚鶯初囀。春殘日更長。命（一作御）筵多濟濟。
盛樂復鏘鏘。酆鎬誰將敵。橫汾未可方。願齊山嶽壽。
祉福永無疆。

　　　他如，太宗徐賢妃，德宗鮑君徽，後蜀李舜弦（蜀
王衍納為昭儀）也有應詔對答的詩篇：

秋風函谷應詔　徐賢妃（卷五）

　　秋風起函谷。勁（一作朔）氣動河山。偃松千嶺上。
雜雨二陵間。低雲愁廣隰。落日慘重關。此時飄紫氣。
應驗真人還。

奉和麟德殿宴百僚應〔制〕（制）　鮑君徽（卷七）

　　睿澤先寰海。功成展武韶。戈鋋清外壘。文物盛中
朝。聖祚山河固。宸章日月昭。玉筵鶯鵲集。仙管鳳皇
調。御柳新低綠。宮鶯乍囀嬌。願將〔億〕（憶）兆慶。
千祀奉神堯。

蜀宮應制　李舜弦（卷七九七）

　　濃樹禁花開後庭。飲筵中散酒微醒。濛濛雨草瑤階
濕。鍾曉愁吟獨倚屏。

　　　異族新羅王金真平女金真德，嗣立為王後，也曾織
錦作五言〈太平詩〉（見卷七九七）進獻皇朝。

**太平詩（永徽元年，真德大破百濟之眾，織錦作五言太
平詩，遣其弟子法敏以獻。）**

---

[4] 《全唐詩稿本》、《唐詩紀事》皆作宋若荀詩。

大唐開鴻業。巍巍皇獻昌。止戈戎衣（一作成大）定。修（一作興）文繼百王。統天崇雨施。理物體含章。深仁諧日月。撫運邁時康。幡旗既赫赫。鉦鼓何鍠鍠。外夷違命者。翦覆被大殃。和（一作淳）風凝宇宙（一作幽顯）。遐邇競呈祥。四時調玉燭。七曜巡萬方。維嶽降宰輔。維帝用（一作任）忠良。三五咸一德。昭我皇家唐（一作唐家光）。

這些錦上添花的應制詩，瞻仰著宮廷繁盛，大都用字綺錯，屬辭婉媚；在齊梁詩風的餘蔭下，裝飾出大唐一朝的政治美景。

二、宴遊詩

春花三月，醉長安柳，帝王侯貴同歡酒；花鳥送唱，蕩舟顧影；名士文章，獻納麟閣；緩歌慢舞，仙樂風飄；這是何等的逍遙快樂？這是何等的氣岸風流？我們再看詩人的筆下：「三月三日天氣新，長安水邊多麗人。態濃意遠淑且真，肌理細膩骨肉勻。繡羅衣裳照暮春，蹙金孔雀銀麒麟。」（杜甫〈麗人行〉）。「承歡侍宴無閒暇，春從春遊夜專夜。……金屋妝成嬌侍夜，玉樓宴罷醉和春。……盡日君王看不足。」（白居易〈長恨歌〉）由於春色可憐，又逢晴日，自然是「鳥弄歌聲雜管弦，宸遊對此歡無極」了。在這個時候，玳瑁筵上的君后，淹留于歌舞華景之中，只有戀花惜時，美酒歡酬，及時行樂的心情，那有閒暇思慮到百姓們的憂傷疾苦？

文德皇后的〈春遊曲〉呈現的正是大唐帝國富麗歡樂的圖影：（卷五）

上苑桃（一作杏）花朝日明。蘭閨豔妾動春情。井上新桃偷面色。簷邊嫩柳學身輕。花中來去看舞蝶。樹上長短聽啼鶯。林下何須遠借問。出眾風流舊有名。

鮑徵君的女兒鮑君徽，早寡，德宗時召入宮中試文章，與侍臣賡和，上賜極豐。她留下了〈惜花吟〉和〈東亭茶宴〉兩首詩篇：（卷七）

惜花吟

枝上花。花下人。可憐顏色俱青春。昨日看花花灼灼。今朝看花花欲落。不如盡此花下歡。莫待春風總吹卻。鶯歌蝶舞韶光長（一作韶景長。又作媚韶光）。紅爐煮茗松花香。妝成罷吟（一作吟罷。又作曲罷）恣遊後（一作樂）。獨把芳（一作花）枝歸洞房。

東亭茶宴

閒朝向曉（一作晚）出簾櫳。茗宴東亭四望通。遠眺城池山色裏。俯聆弦管水聲中。幽篁引沼新抽翠。芳槿低簷欲吐紅。坐久此中無限興。更憐團扇起清風。

其中，「嫩柳」、「新桃」，「蝶舞」，「鶯歌」敘述韶光無限，滿是盎然的春色。而徜徉山顛，賞翫水涯，花人並惜的感喟，更見情靈跌蕩底詩興。

時至晚唐五代，這時的女作家，有王蜀的太后徐氏，太妃徐氏。及宮人李舜弦，李玉簫，閩后陳氏等，皆擅文采。後蜀著名的花蕊夫人，後闢專節介紹。以下先介紹蜀太后徐氏的詩篇（卷九）：

丈人觀

早與元妃慕至化（一作玄）。同躋靈嶽訪真仙。當時信有壺中景。今（一作此）日親來洞裏天。儀仗影空寥廓外。金絲聲揭翠微巔。惟漸未致華胥理。徒卜（一作祝）升平萬萬年。

玄都觀

千尋綠嶂夾流溪。登眺因知海（一作眾）岳低。瀑布迸春青石碎。輪囷橫翦翠峰齊。步黏苔蘇龍橋滑。日閉煙羅（一作巒）鳥徑迷。莫道穹天無路到。此山便是碧雲梯。

丈人觀謁先帝御容

聖帝歸梧野。躬來謁聖顏。旋登三徑路。似陟九嶷山。日照堆嵐迥。雲橫積翠間。期修封禪禮。方俟再躋攀。

題金華宮

再到金華頂。玄都訪道回。雲披分景象。黛鎖（一作斂）顯樓臺。雨滌前山淨。風吹去路開。翠屏夾流水。何必羨蓬萊。

丹景山至德寺

周回雲水遊丹景。因與真妃眺上方。晴日曉升金晃曜。寒泉夜落玉丁當。松梢月轉琴栖影。柏徑風牽麝食香。虔爇六銖宜鑄祝。惟祈聖祉保遐昌。

題彭州陽平化

尋真遊勝境。巡禮到陽平。水遠波瀾碧。山高氣象清。殿嚴孫氏貌。碑暗係師名。夜月登壇醮（一作夜醮古壇月）。松風森磬聲。

三學山夜看聖燈

虔禱遊靈境。元妃夙志同。玉香焚靜夜。銀燭炫遼空。泉漱雲根月。鐘敲檜杪風。印金標聖迹。飛石顯神功。滿望天涯極。平臨日腳紅。猿來齋石上。僧集講筵中。頓作超三界。渾疑證六通。願成修偃化。社稷保延洪。

題天迴驛

周遊靈境散幽情。千里江山暫得行。所恨風（一作煙）光看未足。卻驅金翠入龜城。

蜀太妃徐氏也有同題應和八首（卷九）：

丈人觀

獲陪翠輦喜殊常。同涉仙壇豈厭長。不羨乘鸞入煙霧。此中便是五雲鄉。

玄都觀

登尋丹壑到玄都。接日紅霞照座隅。即向周回巖下看。似看曾進畫圖無。

游丈人觀謁先帝御容

共謁御容儀。還同在禁闈。笙歌（一作簫）喧寶殿。彩仗耀金徽。清淚霑羅袂。紅霞拂繡衣。九疑山水遠。無路繼湘妃。

題金華宮　（《稿本》作〈題金華館〉）

碧煙（一作雲）紅霧漾（一作撲）人衣。宿霧蒼（一作沾）苔石徑危。風巧解吹松上曲。蝶嬌頻采臉邊脂。同尋僻境思攜手。暗指遙山學畫眉。好把身心清淨處（一作出）。角冠霞帔事希夷。

和題丹景山至德寺

丹景山頭宿梵宮。玉輪（一作軒）金輅駐虛空。軍
持無水注寒碧。蘭若有花開晚紅。武士盡排青嶂下。內
人皆在講筵中。我家帝子傳王業。積善終期四海同。

題彭州陽平化

雲浮翠輦居陽平。真似驂鸞到上清。風起半崖聞虎
嘯。雨來當面見龍行。晚尋水澗聽松韻。夜上星壇看月
明。長恐前身居此境。玉皇教向錦城生。

三學山夜看聖燈

聖燈千萬炬。旋向碧空生。細雨溼（一作瀝）不暗。
好風吹更明。磬敲金地響。僧唱梵天聲。若說無心法。
此光如有情。

題天迴驛

翠驛紅亭近玉京。夢魂猶是在青城。比來出看江山
景。卻被江山看出行。

太后、太妃姊妹二人是徐耕的女兒，也是前蜀王建
的妻子。咸康元年（西元九二五年）王衍奉太后、太妃
同禱青城山，凡遊歷所到之處，各賦詩刻石。以上十六
首便是太后、太妃二姊妹禱願於青城山的詩作，借道游
歷，其間江山如畫，風光似錦，皆在詩裡字中顯露無遺。
舉如二人俱有〈三學山夜看聖燈〉詩：太后意重修化，
願保社稷；而太妃有情，無心說法，立意迥然不同；末
題〈天迴驛〉，太后於周遊靈境之餘，尚恨風光看未足；
太妃也是依依難捨，夢魂猶在青城，觀其結語：「比來出
看江山景，卻被江山看出行。」這等女兒心態俏皮，見

諸詩詠，別饒纖巧可愛的情趣。然即在同年前蜀亡國，
後人因以「游燕汙亂亡國」之罪加於二人，於是這些詩
作竟成了得罪矢的。

　　此外，如李舜弦的〈隨駕遊青城〉：「因隨八馬上仙
山。頓隔塵埃物象間。只恐西追王母宴。卻憂難得到人
間。」及〈釣魚不得〉：「盡日池邊釣錦鱗。芰荷香裏暗
消魂。依稀縱有尋香餌。知是金鉤不肯吞。」（卷七九七）
又如李玉簫的〈宮詞〉：「鴛鴦瓦上瞥然聲。晝寢宮娥夢
裏驚。元是我王金彈子。海棠花下打流鶯。」（卷七九七）
（一作「王建詩」。又作「花蕊夫人詩」）。閩后陳氏[5]的〈樂
遊曲〉二首：「龍舟搖曳東復東。采蓮湖上紅更紅。波淡
淡。水溶溶。奴隔荷花路不通。」「西湖南湖鬥綵舟。青
蒲紫蓼滿中州。波渺渺。水悠悠。長奉君王萬歲遊。」（卷
八九九）詩中活動無非是釣錦鱗，打流鶯、鬥綵舟，這
些都是宮廷中閒逸的消遣興致，高雅的娛樂節目；詩中
景象無非是美麗的鴛鴦瓦，飄放的芰荷香，風月魂消，
燕笑驚夢，點綴著金碧輝煌的宮廷；這真是王室專享的
榮樂，宮廷獨佔的浪漫。在這兒，惟一的希望應該是：
愛幸不弛，國運昌隆，能夠長奉君王萬歲遊了。

5　閩后陳氏，名金鳳，乃閩嗣主王廷鈞之后。（見《全唐詩》補遺卷八九
　　九，頁 10164。）

第二節 則天武后──其人，其事，其詩

作為一個女性的統治者，武則天以她的才色智略，君臨大唐天下，是唐代政治史上一個極戲劇化的權利轉移。

幼年的武則天，除了生就一副花容月貌之外，更有一份過人的膽識，這為她以後參預政治奠下了基礎。《新唐書・后妃傳》說她在蒙太宗召為才人時，母親楊氏慟泣與她訣別，年方十四的武則天是這樣地勸慰著她的母親：「見天子，庸知非福，何兒女悲乎？」[6]於是年輕貌美的武氏自求多福，太宗得見果然賜號「武媚」，連當時為太子的高宗也注意到了「武媚」的嬌艷。後太宗駕崩，武氏隨嬪妃進感業寺為尼，高宗繼統，沒有子嗣的王皇后，不悅於蕭淑妃的專寵，得悉了這一段款曲，便偷偷命武氏蓄髮，想要利用她來離間淑妃之寵。這對武氏不啻是一個絕妙的機緣，巧慧的武則天長袖善舞，利用著女人天性的妒忌，製造矛盾，一步步地謀取皇上的信寵，權數詭變不窮，漸漸地建立起自己的勢力範圍。

最初的策略是籠絡王皇后，打擊蕭淑妃。《資治通鑑・唐紀》（六二八四）：「高宗永徽五年，……初入宮，卑辭屈體以事后，后愛之，數稱其美於上，未幾大幸，拜為昭儀。后及淑妃寵皆衰，更相與共譖之，上皆不納。」

---

6 《新唐書》卷七十六，〈后妃傳〉七：「高宗則天順聖皇后武氏，并州文水人。父士彠…太宗聞士彠女美，召為才人。」（頁1110）

武氏先採聯合作戰，然後各個擊破，心狠手辣，後更不惜扼殺親女，誣陷王皇后，昏懦的高宗不察，終於在永徽六年的冬天以皇后無子，武昭儀得皇兒的藉口，下詔廢王皇后，改立武氏。這時，朝中的大臣眼見武后的專寵，意識到危機潛伏，而長孫無忌、褚遂良以阻隢「立武氏為后」先後被逐，踵死。上官儀的排斥武后的運動，也因為武后的耳目靈敏，高宗的軟弱無能而瓦解；至此「政歸房帷，天子拱手」：《新唐書》卷七十六中記載著對政治懷抱著極大的野心的武后，在高宗當政的末期，就已公然地掌握了政治實權，群臣朝奏，皆曰「二聖」。

　　弘道元年，正如唐廷朝臣的預料，中宗即位後，武后自任攝政，嚴屬的彈壓反對勢力，這位女帝主，雖是政治的生手，但是她處理國家大事時，卻很有原則，她有二套治軌，相輔相成。一是獎拔人才，賞罰分明。《新唐書》記載著：「太后不惜爵位，以籠四方豪傑為助。」垂拱二年，她制令百官及百姓皆得自舉，以補考試的不足。天授元年創殿試制，以破除普通考試的流弊。並設存撫使專責薦舉地方人才。而且她的態度忍斷，雖是愛之臣，不少隱其惡，而且這個革新政策不拘於門第、身分；因此她提拔了卓越的新人，間接地也在打擊唐帝室的宗族與功臣。由於她能厚餌爵賞，她能察納雅言，於是名士能臣得存，這使得唐祚雖移而不衰。史上記載她曾製袍字賜狄仁傑：「敷政術。守清勤。升顯位。勵相臣。」（卷五）二是她獎勵密告。只要是有害於自己政權的，毫不寬貸的廢誅。劉昫在《舊唐書》中對她的評價是：「泛延讜議，時禮正人。……飛語辨元忠之罪，善言慰仁傑

之心，尊時憲而抑幸臣，聽忠言而誅酷吏（指周興、來俊臣等），有旨哉！有旨哉！」但是也正因為她不是名正言順的得位，因此格外憂懼謀反叛逆。所以即使在她威脅群臣固請她正式稱帝之後，仍然戒懼戒慎。在《唐詩紀事》裡就雜記了一個傳說：天授二年臘時，卿相們欲謀武后，詐稱花發，請幸上苑。武后事先有疑，乃遣使宣詔詩於神祇。於是翌晨名花布苑，群臣服其異術而止。這就是《全唐詩》（卷五）中所錄的〈臘日宣詔幸上苑〉詩：「明朝遊上苑。火急報春知。花須連夜發。莫待曉風吹。」而《新唐書》中，也說她每每妄言「鳳集上陽宮，赤雀見朝堂」等種種祥瑞，來象徵她天命在握，用以威攝臣下百姓。凡此種種處心積慮的有所為而為，正說明了她患得患失的心情。

武后也很注意文治，她曾大集群儒，譔定《列女傳》、《古今內範》、《臣軌》、《百寮新戒》、《樂書》等，其中《列女傳》、《古今內範》都升揚著婦女有應被尊敬的價值。她流傳後世的詩文有《垂拱集》百卷，《金輪集》六卷，今存詩四十六篇，大半都是祭享的樂章。《全唐詩話》中提及武后詩作或為崔融、元萬頃所代為。觀其詩作內容大抵皆是遊宴歡娛，感事述懷，詠物寄贈的瓊章。（卷五）

贈胡天師（見〈許旌陽傳〉）

高人協高志，山服往山家。迢迢間風月。去去隔煙霞。碧岫窺玄洞。玉竈鍊丹砂。今日星津上。延首望靈槎。

從駕幸少林寺（并序）

（睹先妃營建之所，倍切熒衿，逾悽遠慕，聊題即事，用述悲懷。）

陪鑾遊禁苑。侍賞出蘭闈。雲偃攢峰蓋。霞低插浪旂。日宮疏澗戶。月殿啟巖扉。金輪轉金地。香閣曳香衣。鐸吟輕誓發。幡搖薄霧霏。昔遇焚芝火。山紅連（一作匝）野飛。花臺無半影。蓮塔有全輝。實賴能仁力。攸資善世威。慈緣興福緒。於此罄（一作欲）歸依。風枝不可靜。泣血竟何追。

石淙（即平樂澗）

三山十洞光玄籙。玉嶠金巒鎮紫微。均露均霜標勝壤。交風交雨列皇畿。萬仞高巖藏日色。千尋幽澗浴雲衣。且駐歡筵賞仁智。琱鞍薄晚雜塵飛。

早春夜宴

九春開上節。千門敞夜扉。蘭燈吐新燄。桂魄朗圓輝。送酒惟須滿。流杯不用稀。務使霞漿興。方乘汎洛歸。

游九龍潭

山窗遊玉女。澗戶對瓊峰。巖頂翔雙鳳。潭心倒九龍。酒中浮竹葉。杯上寫芙蓉。故驗家山賞。惟有風入松（一作入松風）。

詩中龍鳳相對，用語富麗堂皇，初唐四傑之風難免，就連風月之色也披上了金玉之彩：如金輪、金地、金聲、金巒、玉嶠、紫微、蘭闈，如此氣派軒華，一看便知是皇家手筆，帝后心聲。

　　武后稱帝之後，私生活淫慢，她與環繞在身邊的男
人關係，正史上往往有所忘憚，避免詳述，但在後世野
史中卻有許多傳說，隨侍武后的男性以薛懷義、張易之、
張昌宗最得寵愛，武后令偉岸的俊男夜裡侍枕，正如那
些男性的君主金屋藏嬌一般，這在七世紀末的中國應是
非常早的「女性性解放」行動。[7]《升庵詩話》卷六（五
b）錄張君房《朓說》云：「千金公主進洛陽男子，淫毒
異常，武后愛幸之，改明年為如意元年，是年，淫毒男
子亦以情殫疾死，後思之作此曲（指〈如意娘〉），被於
管絃。」我們看這首〈如意娘〉（卷五）：「看朱成碧思紛
紛。憔悴支離為憶君。不信此來長下淚。開箱驗取石榴
裙。」果然是憔悴瘦損，支離心傷，即便稱帝封后，一
旦沾惹「相思」也是情劫難逃。

　　武后廢中宗為盧陵王，親自臨朝後，於垂拱三年，
毀乾元殿，就其地創造明堂，下施鐵渠，以為辟雍之象，
號萬象神宮，百官賀明堂成，宏文館劉文濟曾以賦頌。
証聖元年正月，明堂火，三月又依舊規制，重造明堂，
復於萬歲通天元年，鑄銅為九州鼎，各依方位，置於明
堂之庭。（見《唐會要》卷十一）每一儀成，武后皆行親
享之禮，郊廟樂章分別錄於《全唐詩》卷五以及卷十三。

唐享昊天樂
第一
　　太陰凝至化。真耀蘊軒儀。德邁娥臺敞。仁高（姒）
（似）宛披。捫天遂啟極。夢日乃昇曦。

---

[7]　參見前野直彬著，洪順隆譯《唐代的詩人們》（台北，幼獅叢書）頁 45-95。

第二

瞻紫極。望玄穹。翹至懇。罄深衷。聽雖遠。誠必通。垂厚澤。降雲宮。

第三

乾儀混成沖邈。天道下濟高明。閶陽晨披紫闕。太一曉降黃庭。圓壇敢申昭報。方璧冀展虔情。丹襟式敷衷懇。玄鑒庶察微誠。

第四

巍巍叡業廣。赫赫聖基隆。菲德承先顧。禎符萃眇躬。銘開武巖側。圖薦洛川中。微誠詎幽感。景命忽昭融。有懷慚紫極。無以謝玄穹。

第五

朝壇霧卷。曙嶺煙沈。爰設筐幣。式表誠心。筵輝麗璧。樂暢和音。仰惟靈鑒。俯察翹襟。

第六

昭昭上帝。穆穆下臨。禮崇備物。樂奏鏘金。蘭羞委薦。桂醑盈斟。敢希明德。幸罄莊心。

第七

尊浮九醞。禮備三周。陳誠菲奠。契福神猷。

第八

奠璧郊壇昭大禮。鏘金拊石表虔誠。始奏承雲娛帝賞。復歌調露暢韶英。

第九

荷恩承顧託。執契恭臨撫。廟略靜邊荒。天兵曜神武。有截資先化。無為遵舊矩。禎符降昊穹。大業光寰宇。

第十

　　肅肅祀典。邕邕禮秩。三獻已周。九成斯畢。爰撤其俎。載遷其實。或升或降。惟誠惟質。

第十一

　　禮終肆類。樂闋九成。仰惟明德。敢薦非馨。顧漸菲奠。久馳雲軿。瞻荷靈澤。悚戀兼盈。

第十二

　　式乾路。闢天扉。迴日馭。動雲衣。登金闕。入紫微。望仙駕。仰恩徽。

唐明堂樂章

外辦將出

　　總章陳昔典。衢室禮惟神。宏規則天地。神用協陶鈞。負扆三春旦。充庭萬宇賓。顧己誠虛薄。空慚馭（一作億）兆人。

皇帝行

　　仰膺曆數。俯順謳歌。遠安邇肅。俗阜時和。化光玉鏡。訟息金科。方興典禮。永戢干戈。

皇嗣出入升降

　　至人光俗。大孝通神。謙以表性。恭惟立身。洪規載啟。茂典方陳。譽隆三善。祥萬開春。

迎送王公

　　千官肅事。萬國朝宗。載延百辟。爰集三宮。君臣德合。魚水斯同。睿圖方永。周曆長隆。

登歌

　　禮崇宗祀。志表嚴禋。笙鏞合奏。文物惟新。敬遵茂典。敢擇良辰。絜誠斯著。奠謁方申。

配饗

　　笙鏞間玉宇。文物昭清輝。晬影臨芳奠。休光下太微。孝思期有感。明絜庶無違。

宮音

　　履艮包群望。居中冠百靈。萬方資廣運。庶品荷財成。神功諒匪測。盛德實難名。藻奠申誠敬。恭祀表惟馨。

角音

　　出震位。開平秩。扇條風。乘甲乙。龍德盛。鳥星出。薦珪籩。陳誠實。

徵音

　　赫赫離精御炎陸。滔滔熾景開隆暑。冀延神鑒俯蘭尊。式表虔襟陳桂俎。

曳鼎歌（四言八句，鼎指九鼎，上各寫本州山川物產之象）

　　義農首出。軒昊膺期。唐虞繼踵。湯禹乘時。天下光宅。海內雍熙。上玄降鑒。方建隆基。

商音

　　律中夷則。序應收成。功宣建武。義表惟明。爰申禮奠。庶展翹誠。九秋是式。百穀斯盈。

羽音

　　葭律肇啟隆冬。蘋（一作蘊）藻攸陳饗祭。黃鍾既陳玉燭。紅粒方般稔歲。

唐武氏享先廟樂章

　　先德謙撝冠昔。嚴規節素超今。奉國忠誠每竭。承家至孝純深。追崇懼乖尊意。顯號恐玷徽音。既迫王公

屢請。方乃俯遂群心。有限無由展敬。奠醑每闕親斟。
大禮虔申典冊。蘋藻敬薦翹襟。

武后享清廟樂章十首（卷十三）

第一

　　建清廟。贊玄功。擇吉日。展禋宗。樂已變。禮方
崇。望神駕。降仙宮。

第二

　　隆周創業。寶命惟新。敬宗茂典。爰表虔禋。聲明
已備。文物斯陳。肅容如任。懇志方申。

第三登歌

　　肅敷大禮。上謁尊靈。敬〔陳〕（申）筐幣。載表丹
誠。

第四迎神

　　敬奠蘋藻。式罄虔襟。潔誠斯展。佇降靈歆。

第五飲福

　　爰陳玉醴。式奠瓊漿。靈心有穆。介福無疆。

第六送文舞

　　帝圖草創。皇業初開。功高佐命。業贊雲雷。

第七迎武舞

　　赫赫玄功被穹壤。皇皇至德治生靈。開基撥亂妖氛
廓。佐命宣威海內清。

第八武舞作

　　荷恩承顧託。執契恭臨撫。廟略靜邊荒。天兵耀神
武。

第九徹俎

　　登歌已闋。獻禮方周。欽承景福。肅奉鴻休。

第十送神

　　大禮言畢。仙衛將歸。莫申丹懇。空瞻紫微。

　　《全唐詩》卷十二收有則天皇后永昌元年所作〈大享拜洛樂〉。原因是雍人唐同泰獻寶圖，武后以為祥瑞，於是郊祀上帝，謝貺。而實際是武承嗣所偽作於洛水石上，導使為帝的花招。這在《新唐書》卷七十六有很明白的記載。但是武后趁機利導，以造成情勢，為她篡移唐祚，改國號周作預先的準備。今錄〈大享拜洛樂〉於後：

昭和

　　九玄眷命。三聖基隆。奉成先旨。明臺畢功。宗祀展敬。冀表深衷。永昌帝業。式播淳風。

致和

　　神功不測兮運陰陽。包藏萬宇兮孕八荒。天符既出兮帝業昌。願臨明祀兮降禎祥。

咸和

　　坎澤祠容備舉。坤壇祭典爰申。靈眺遙行祕蹕。嘉貺薦委殊珍。肅禮恭禋載展。翹襟邀志逾殷。方期交際懸應。（下一句逸）

九和

　　祗荷坤德。欽若乾靈。漸惕罔寘。興居區寧。恭崇禮則。肅奉儀形。惟憑展敬。敢薦非馨。

拜洛

　　菲躬承睿顧。薄德忝坤儀。乾乾遵後命。翼翼奉先規。撫俗勤雖切。還淳化尚虧。未能弘至道。何以契明祇。

顯和

　　顯德有慚虛菲。明祇屢降禎符。汜水初呈祕象。溫洛薦表昌圖。玄澤流恩載洽。丹襟荷握增愉。

昭和

　　舒云致養。合大資生。德以恆固。功由永貞。升歌薦序。垂幣翹誠。虹開玉照。鳳引金聲。

敬和

　　蘭俎既升。蘋羞可薦。金石載設。咸英已變。林澤斯總。山川是遍。敢用敷誠。實惟忘倦。

齊和

　　沈潛演賾分三極。廣大凝禎總萬分。既薦羽旌文化啟。還呈干戚武威揚。

德和

　　夕惕同（一作司）龍契。晨兢當鳳辰。崇儒習臨規。偃伯循先旨。絕壤飛冠蓋。遐區麗山水。幸承三聖餘。忻屬千年始。

禋和

　　百禮崇容。千官肅事。靈降舞（一作無）兆。神凝有粹。奠享咸周。威儀畢備。奏夏登列。歌雍撤肆。

通和

　　皇皇靈睠。穆穆神心。暫動凝質。還歸積陰。功玄樞紐。理寂高深。銜恩佩德。鞏志翹襟。

歸和

　　言旋雲洞兮躡煙塗。永寧中宇兮安下都。包涵動植兮順榮枯。長貽寶賮兮贊璇圖。

歸和

　　調雲瞭兮神座興。驂雲駕兮儼將升。騰絳霄兮垂景祐。翹丹懇兮荷休徵。

　　這些郊廟、祭祀的樂歌，樂府詩將之區分為二：一是「郊」，一是「廟」；「廟」是指祖先的宗廟，「郊」是指祖先以外的神靈，他們都源於《詩經》、《周頌》，如：〈昊天有成命〉是郊祀天地的樂歌、〈清廟〉是祀太廟的樂歌、〈我將〉是祀明堂的樂歌，〈載芟〉、〈良耜〉是藉田社稷的樂歌。[8]以上所錄武后的這些詩作，體製甚長，或採三言、四言、五言、六言、七言、八言不等；內容無非是對神祇的祝禱與對祖先的祭祀，祈求他們祐助降福，政曆長存。這些詩歌由於攸關典制，情趣自少。但是這種「鬼神賴之，人民信之」的宗教儀式實是以農業生活為主的專制體系的基礎，而「慎終追遠」的情懷更是儒教倫理的具體表徵。不論此些詩作是否他人代作，觀其情志、身分都與武后的地位十分相合。另外，我們要注意的是這些樂章層次分明，建立了一個十分可觀的祭祀禮樂的規模。如〈大享拜洛樂〉中，禮設用昭和、次致和、次咸和；乘輿初行，用九和；次拜洛受圖，用顯和；登歌用昭和；迎俎用敬和；酌獻用欽和；送文舞出、迎武舞入，用齊和；武舞用德和；撤俎用禋和；辭神用通和；送神用歸和。（見《唐書・樂志》）武后〈享清廟樂章〉次第亦相類。其四言工整，二句一韻，莫不一韻到底。再細究句中設字遣意多呈現楚辭文學的特

8　參見朱建新編註，《樂府詩選》（台北，正中書局）序言頁9。

質，舉見七、八言的句構，將「兮」字安置在句的中間，如：「調雲闕兮神座興」、「神功不測兮運陰陽。」此外，「驂雲駕兮儼將升」、「包藏萬宇兮孕八荒」，更與九歌句法神似。[9]

　　自西元六九〇年武氏稱帝，掀起女子主政的風潮，[10]除了受到前朝后妃臨朝的影響，[11]李唐在種族融合、習俗習染的鎔爐中，[12]武氏以過人的才資掌握時機，強悍執政。到得西元七〇五年（即唐中宗神龍元年），武后有疾，宰相張柬之等策請中宗復位。武后這時聞變，已是強弩之末，她起而復臥，默然不語，終於寂寞地離開人世。留下她的詩歌，將武后個人的行跡以及歷史的激變，或多或少地作了一個見證。

---

[9]　參見吳天任著，《楚辭文學的特質》（台北，商務印書館）頁 54-62。

[10]　武氏死後，中宗后韋氏、女兒安樂公主、妹妹太平公主身上都出現主政意圖或動作，這股風潮一直到唐玄宗以後才止。

[11]　唐代以前，后妃中定策惟簾的如戰國時秦宣太后、西漢呂后、竇后、東漢明德馬后、西晉庾后、褚后、北朝馮后、胡后、隋文帝獨孤后等，在不同程度上參決廢立，執掌朝綱。

[12]　胡族中女性掌權的例子所在多有，女尊男卑的傳統仍在。安祿山就曾說過「胡人先母後父」（參見《資治通鑑》卷二一五玄宗天寶六載）。

第三節　長門與團扇的象徵意義

「長門」、「團扇」這兩個字眼，一旦經過詩的錘鍊，便自然成為封建傳統之下失去寵愛底無奈、淒清、寂寞、哀婉的象徵。

一、長門

「長門」原是一個地名，初為漢朝竇太主所獻，名為「長門園」。漢武帝元光五年，陳皇后失寵，罷黜於此。於是，退歸長門宮的陳皇后，在擅寵嬌貴十餘年之後，乍然墮入寂冷深宮；不但在形式上的享受不比從前，心靈上的孤獨更加難以忍受。這時，這個不幸的女人既不敢想望未來，又何堪回憶前塵？鬱悶悲愁，實已墮入痛苦的深淵。而司馬相如的〈長門賦〉正是陳皇后此時此境的代言，他成功地以流行的賦體刻劃出一個棄后的憂傷，自憐惜；自扼腕；自怨艾；自惆悵；無不環繞著離宮中一個桎梏著的心靈。〈長門賦〉的末段：「忽寢寐而夢想兮，魄若君之在旁，惕寤覺而無見兮，魂迂迂若有亡，眾雞鳴而愁予兮，起視月之精光，觀眾星之行列兮，畢昂出於東方，望中庭之藹藹兮，若季秋之降霜，夜曼曼其若歲兮，懷鬱鬱其不可再更。澹偃蹇而待曙兮，荒亭亭而復明，妾人竊自悲兮，究年歲而不敢忘。」[13]正以

---

[13] 見蕭統著《昭明文選‧長門賦》（台北，藝文出版社）并序。

長宵難寐，一宿魂夢，反覆難堪，寫盡婦人的哀愁。傳說中武帝看到這樣淒美的文辭，君心惻悟。於是，陳皇后重得親幸，拾回了往日的歡笑。[14]由此，「長門」賦予起特殊的意義，成為了宮怨的象徵。

二、團扇

團扇是班婕妤〈怨歌行〉中的主題：「新裂齊紈素，皎潔如霜雪。裁為合歡扇，團團似明月。出入君懷袖，動搖微風發。常恐秋節至，涼風奪炎熱。棄捐篋笥中，恩情中道絕。」[15]即便才華橫溢的班婕妤也不能免除「恩情中道絕」的恐懼與哀傷。在〈怨歌行〉中，她直抒胸臆，將女人的命運比作一把團扇，隨著季節的更迭，歡情也相繼轉移，秋涼趨走了夏暑，長伴君側的團扇便被棄置一旁，脈脈君恩從此似水東流。這等無可奈何的悲劇命運，這種「愛到深處無怨尤」的苦痛，長久以來似乎成為傳統的婦女悲涼的宿命。因為，在男性為主的社會型態裡，「在家從父，適人從夫」（《大戴禮，本命》）的觀念根深蒂固，女子的地位相形之下就顯得黯然失色

---

[14] 或曰：此假託之詞，言其所願如此，無皇后復得幸之事。據《資治通鑑》卷十七、〈漢紀〉九記載：「初，堂邑侯陳午尚帝姑館陶公主嫖，帝之為太子，公主有力焉，以其女為太子妃，及即位。妃為皇后。」即為陳皇后。元光五年，陳皇后蠱惑媚道，事覺。「乙巳，賜皇后冊，收其璽綬，罷退，居長門宮。」元朔元年，皇子據生，衛夫人之子也。三年，甲子立衛夫人為皇后，赦天下。《漢書，武帝紀》第六亦有記載，均未見陳皇后復幸事。

[15] 同註8，參樂府類〈怨歌行〉。

了。所以，一樣感受到「月入霜閨悲」的班婕妤，並未採用經常的吟詠素材如「冷月」、「寒霜」來形容女子的苦悶。由於霜僅勾劃出淒冷的意象；而月時隱時現，缺後復圓的特質；較不如「團扇」的比喻直接表現著女性蒙受「愛恨歡惡取捨有無」那般強烈對比的不堪情境。此際，團扇的作用便不止於蒲扇納涼；便不止於輕羅小扇戲蝶撲螢；當這一個單純的名詞，一旦與一個個女子生命的血淚哀愁著附，便和「長門」一樣，是取著感性的憂怨進入詩中，成為詩的語言，轉映了亙古以來的深寂無望，銳化成了永恆悲劇的象徵。

三、宮怨的延續

有唐一代，帝制的體系未變。宮廷中的后妃嬪嬙，命運依舊難測。有些宮女華年入宮，卻終生未見君王一面。有些是色衰愛弛，當她們寵而復失，無疑是宣判著無期徒刑：「終身監禁」。這些傷心的女人在沒有希望、無人聞問的冷宮裡煎熬光陰，直到老死。她們有的是刻骨銘心的苦楚，付諸詩詠，莫不成為血淚交織的呼號。江妃的〈謝賜珍珠〉就是一個很好的例子：（卷五）「桂葉雙眉久不描，殘妝和淚污紅綃。長門盡日無梳洗，何必珍珠慰寂寥。」江采蘋原為唐玄宗寵妃，喜植梅花，玄宗曾戲稱她為「梅妃」。之後楊太真入侍，寵愛便奪，遷於上陽東宮。一日，玄宗忽然又憶起這位梅花妃子，秘密地賞賜了一斛珍珠，誰知睹物思人，倍增情傷，恩情不再，誰適為容？珍珠此時何異卵石，只是徒惹淚珠

無限罷了。末句「何必珍珠慰寂寥」，在無邊底寂寞中強
自振作，江妃性如梅花，冷傲的結語處，正洩露了她的
辛酸。

　　除了自傷情境，和淚訴閒愁之外，多情的婦女在詠
讀〈長門〉詩句，〈團扇〉歌謠之餘，懷古傷今，感受到
多少年來，多少同樣的故事重演？多少同樣的悲苦再
吟？這樣的悲劇何時能夠停止？她們低迴輕唱，她們掩
卷嘆和，無論是后妃，無論是民女，筆下的情懷一般細
膩，娓娓訴說，輕輕地撥動著人們的心弦，留下一股莫
名的哀愁。試看：

徐賢妃　長門怨（卷五）
　　舊愛柏梁台。新寵昭陽殿。守分辭芳輦。含情泣團
扇。一朝歌舞榮。夙昔詩書賤。頹恩誠已矣。覆水難重
薦。

張窈窕　寄故人[16]（卷八百二）
　　淡淡春風花落時。不提愁望更相思。無金可買長門
賦。有恨空吟團扇詩。

劉瑗　長門怨（卷八〇一）二首
　　雨滴長門秋夜長。愁心和雨到昭陽。淚痕不共君恩
斷。拭卻千行更萬行。

　　學畫娥眉獨出群。當時人道便承恩。經年不見君王
面。花落黃昏空掩門。

---

[16] 此詩重出。《全唐詩稿本》、《唐詩品彙》均作杜羔妻作。

劉雲　婕妤怨（卷八〇一）

　　君恩不可見。妾豈如秋扇。秋扇尚有時。妾身永微賤。莫言朝花不復落。嬌容幾奪昭陽殿。

田娥　長信宮（卷八〇一）

　　團圓手中扇。昔為君所持。今日君棄捐。復值秋風時。悲將入篋笥。自嘆知何為。

　　如此，將主觀的感情：哀怨及悲愁，與客觀的存在：「長門」及「團扇」交接融會，正是由自我悲憫憐惜疊轉到命運的省察與對待的不平，所謂「月皎昌陽殿，霜清長恨宮。……誰憐團扇妾，獨坐怨秋風。」多少美人忍受著深宮底悽怨，無休止地等候著、受苦著；這份狹窄的空間，悠長的時間所壓迫下的孤獨寂寞，透過婦女們自覺的書寫，透過「長門」、「團扇」底藝術象徵，令人動容。

第四節　由妝台想見異域

　　《詩經》有言:「豈無膏沐,誰適為容?」妝臺金鏡
之上,粉黛豆蔻;繡櫳香奩之中,綾羅珠翠;是淡粧,
是濃抹,總是「為悅己者容」。蓬門的姑娘也許未識得綺
羅香,宮中的仕女卻總是嬌艷地倚著新妝。天生麗質的
楊太真是「翠翹金雀玉搔頭,雲鬢花顏金步搖」。而嫌脂
粉污顏色的虢國夫人不也是「淡掃娥眉朝至尊」嗎?正
如寶劍贈烈士一般,紅粉總是長伴著佳人。

　　尚宮五宋中的宋若憲在《唐詩別裁》第九十頁介紹
了皇室公主出嫁化妝的情景,忙裡忙外,調粉貼花,是
多麼惹人憐愛。

催妝詩

　　雲安公主貴。出嫁五侯家。天母親調粉。日兄憐賜花。
催鋪百子帳。待障七香車。借問妝成未。東方欲曉霞。

　　唐太宗所優寵的徐賢妃臨鏡上妝,端起了架子,讓
太宗好一陣久等。(卷五)

進太宗

　　朝來臨鏡臺。妝罷暫裝回。千金始一笑。一召詎能來。

　　到玄宗天寶四年,漢代對異族和親的習俗沿續,宜
芬公主下嫁奚國的君主,[17]自古黯然銷魂惟別而已,何況

---

17 《新唐書》卷二百十九〈奚列傳〉作宜芳公主下嫁饒樂都督懷信王李延

宜芬公主背井離鄉，嫁往蠻夷異域，大漠黃沙滾滾，人情風土陌生，於是憂恐悲愁，哭斷肝腸（卷七）：「出嫁辭鄉國。由來此別難。聖恩愁遠道。行路泣相看。沙塞容顏盡。邊隅粉黛殘。妾心何所斷。他日望長安。」這一首〈虛池驛題屏風〉是決絕的悲吟，又好像是不祥的讖語，宜芬公主到達番地後未久，無情的奚王李延龍因邊功爭奪，背叛了唐朝，宜芬公主便成了戰爭中不幸的祭品。

妝台筆下的異域往往充滿了悲壯的情調，譬如鮑君徽的〈關山月〉（卷七）：「高高秋月明。北照遼陽城。塞迴光初滿。風多暈更生。征人望鄉思。戰馬聞鼙驚。朔風悲邊草。胡沙暗（一作昏）虜營。霜凝匣中劍。風憊原上旌。早晚謁金闕。不聞刁斗聲。」詩中用字月、霜、風、沙，這正是異域大漠標準的自然景觀，而人為的佈景呢？要塞、征人、戰馬、營虜、朔風、驚鼙、匣中劍、原上旌；宛若一場激烈的戰鬥隨時彷彿要爆發，而「早晚謁金闕，不聞刁斗聲」更暗示著此間氣息挾帶著血腥凜冽，是一種恐怖寧靜，絕非宮廊座廡所能曉聞。全詩完全是以高昂的拍調來寫。

但是，恐怖裡仍然透露著些哀悽，征人的心裡滿塞著望鄉的思緒，劍為霜所凝，旌為風所憊，鼓鼙的聲響令戰馬都暗自心驚，遑論征人？朔風也似為邊草悲憐，而遠離家鄉，長涉塞外的征人不正如一株邊域的戍草？

寵。《資治通鑑》玄宗天寶四年，作「甥楊氏為宜芳公主，嫁奚王李延龍。」（見頁六八六四）

又有誰惜？這樣擬人擬心的書寫實與杜甫的「感時花濺淚，恨別鳥驚心」有異曲同工的效果。

而外，妝台有夢，仍敘相思。武陵郡王蕭妃的這首〈夜夢〉（卷七）：「昨日夢君歸。賤妾下鳴機。極知意氣薄。不著去時衣。故言如夢裏。賴得雁書飛。」因為良人未歸而思君、夢君、翹首雁書。「飛」字不僅刻劃出深刻的等待之情，也拉開了二者的時空距離，閨中的妻子正思念著異地的夫君。妝台前白晝的思情，竟在夢中幻化成真。如此婉轉的夢魂相思，遙遙地牽繫著遠方，無休無止。

第五節　宮人筆下的尋覓
——兼論「紅葉」與「續衣」的浪漫傳奇

一、宮人的產生

　　自古以來，陰陽相配，萬物衍生。夫婦父子，人倫相序，基於食色的天性，專制集權的帝王自然享受了許多特權，而在「寡人有疾，寡人好色」的宮廷裡，妍紅黛粉，佳麗何止三千，鶯聲燕語，名花往往不計其數。但是，誰能「三千寵愛在一身」？誰能「長得君王帶笑看」？於是，這些經過千挑萬選的宮人，在先天、客觀性的條件之外，就有所謂「幸」與「不幸」了。因此，入侍宮闈的女子羨慕「姊妹弟兄皆列士」，妒忌「一枝紅豔露凝香」，無不積極追求愛寵。而光彩生門戶的父母更是「不重生男重生女」，希望深閨中的女兒，能夠平步青雲，一朝「選」在君王之側。然而，妃嬪們究竟是如何入宮的呢？

　　根據《唐會要》卷三，貞觀十三年（西元六三九年）二月二十五日尚書八座之議上的記載：「謹按王者正位，作為人極，朝有公卿之列，室有嬪御之序，內政修而家理，外教和而國安，爰自周代，洎乎漢室，名號損益，時或不同，然皆窈窕賢才，博口（徵？）淑令，非唯德洽宮壼，抑亦慶流邦國，近代以降，情溺私寵，掖庭之選，有乖故實，或微賤之族，禮訓蔑聞，或刑戮之家，怨憤尤積。而濫吹名級，入侍宮闈，即事而言，竊未為得，臣等伏請，今日以後，後宮及東宮內職員有闕者，

皆選有才行充之，若內無其人，則旁求於外，采擇良家，以禮聘納。」[18]復旁考唐史典錄，宮人的產生大致可歸納出三種方式：

（一）慕名徵納

《禮記、昏義》中標明女子有四德：婦德，婦言，婦容，婦功。班昭的〈女誡〉也錄此四行，更加詮釋，成為婦女儀止的表率。而歷代帝王，仰慕閨範，徵召聘納亦多不出「聞慕才名」以及「傾羨美色」二途。其中，前者是以學文名家，如：

1.徐賢妃──「生五月能言，四歲通論語、詩。八歲自曉屬文，太宗聞之召為才人。」（見《新唐書》卷七十六，頁一○九）

2.尚宮五宋──包括宋若莘（華）、若昭、若倫、若憲、若荀五姊妹。「五女皆警慧，善屬文……德宗召入禁中，試文章，並問經史大誼，帝咨美，悉留宮中。」（見《新唐書》卷七十七，頁一一二七）

後者則以姿容享譽，例：

1.高宗則天順聖皇后武氏──太宗聞士彠武則天父）女美，召為為才人……賜號「武媚」。（見《新唐書》卷七十六，頁一一一○）

2.玄宗貴妃楊氏──開元二十四年，武惠妃薨，後廷無當帝意者，或言妃姿質天挺，宜充掖廷，遂召內禁中。（見《新唐書》卷七十六，頁一一九）

---

[18] 見《唐會要》卷三，頁三三。

（二）選拔掖廷

唐代犯罪的仕宦，他們的妻孥重則誅連坐斬，輕則沒入掖廷，淪為奴婢。這類女子，或出身世家，隨讀詩書，才識卓越。或成長名門，雍容嬌美，明豔照人。譬如武后時的上官婉兒，「本為西臺侍郎上官儀之孫，父廷芝，與儀同遭武后誅，婉兒與母配掖廷，天性韶警，善文章，年十四，武君召見……內掌詔命，挾麗可觀。」（見《新唐書》卷七十六，頁一一一七）中宗時，又拜婉兒為昭容，屬辭綺錯，詞旨清新，流風影響，成為唐代最著名的女詩人。

（三）歌舞入貢

唐代由貞觀之治進入開元盛世，社會、經濟、文治、武功都由高度的繁榮而達到了顛峰，在國富民足的環境裡，便漸漸侈靡於安逸、浪漫的享受中。《開元天寶遺事》中有楊貴妃統率宮妓，戲笑於風流陣的記載。而趙麗妃更以善歌舞的倡女身份入幸。寶曆年間，浙東貢舞女二人……歌如鳳音，舞態豔逸，敬宗藏之於金屋寶帳。（見《全唐詩》卷八七六，頁九九二六）由此便可想見當時宮妓之盛，歌舞蒙恩，色媚獲寵，爭奇鬥豔，各逞其能。

二、宮人在尋覓什麼？

——尋尋覓覓，冷冷清清悽悽慘慘戚戚，這次第，怎一個愁字了得？宮人到底在尋覓什麼？什麼使她們衣帶寬？什麼使她們容顏損？為什麼她們的筆下心緒如許

朦朧？情意如許幽怨？在這世上，該是惟有「愛情」可
以解答這些謎題罷！

　　進入宮中的女子無不希望獲得君上的寵幸，但是，
她們同時也面對一個殘酷的事實：那就是帝王只有一
個。縱然君主多情，處處憐香，也不可能每一個宮人都
如此幸運，能尋覓到皇帝的眷愛。更何況花飛花落，色
衰愛弛；春去秋來，年華虛度？如此「故國三千里，深
宮二十年」，再加上「此身無羽翼，何計出高牆」？毋怪
乎要「一聲何滿子，雙淚落君前」了！[19]

　　宮人們在帝王的愛情方面既然無法獲得滿足，於
是，她們便產生了借代移轉，對深宮之外的異性產生遙
想，但她們在行動上卻又被限制著。這種精神上無法解
脫的焦灼沉澱，壓抑的痛苦潛藏滿塞，只要一遇到小小
的媒介，便立刻迸發出來。表現在《全唐詩》中幾首宮
人的詩作便是以孤獨寂寥為主題，詩語無不含蓄、溫婉
與委曲：

武后宮人　離別難二首（卷七九七）

　　此別難重陳。花飛復戀人。來時梅覆雪。去日柳含春。
　　物候催行客。歸途淑氣新。剡川今已遠。魂夢暗相隨。

　　長夜漫漫，無邊的寂寞難以排遣，季節的變化更是
一個醒目的計時器，使得這位因夫陷冤獄而受牽連發配
掖廷的妻子深覺時空的阻隔，而發出如此悲切的吟詠，
希望能尋回往日的歡愛，卻又無奈於現實，只有反映於

---

[19] 見《唐詩三百首》張祜〈何滿子〉。

魂夢，聊作慰解。此外，藉由「紅葉」與「纁衣」，宮中的女子究竟尋覓著什麼？傳遞了什麼？由此亦衍生了一些浪漫的愛情佳話。

（一）題葉傳情

天寶宮人 題洛苑梧葉上（卷七九七）

舊寵悲秋扇，新思寄早春，聊題一片葉，寄與接流人。

又題（卷七九七）

一葉題詩出禁城，誰人酬和獨含情，自嗟不及波中葉，蕩漾乘春取次行。

德宗宮人 題花葉詩（卷七九七）

一入深宮裡，無由得見春，題詩花葉上，寄與接流人。

宣宗宮人 題紅葉（卷七九七）

流水何太急，深宮盡日閒，殷勤謝紅葉，好去到人間。

（二）製袍寄情

開元宮人 袍中詩（卷七九七）

沙場征戍客。寒苦若為眠。戰袍經手作。知落阿誰邊。蓄意多添線。含情更著綿。今生已過也。結取後生緣。

僖宗宮人 金鎖詩（卷七九七）

玉燭製袍夜，金刀呵手裁，鎖寄千里客，鎖心終不開。

自開元以下，宮人盈斥於掖廷，我們看這些哀婉的詩歌；當她們手縫軍袍時，當她們佇足御水邊，傷感著光陰消磨青春，悲歡著寂寞啃噬年華。這時，絲縷、流水都成為她們寄託情懷的媒介，而今生無望，寄託的情

緣只有來生！如此曲迴的幽怨，怎麼不教人斷腸？這就
是宮人筆下的一個尋覓世界：此生尋覓，種下因緣，結
一個來生的果。

　　有時候，部份的宮人可能獲得補償，這樣淒美的心
聲上達宸聰的結果，也許因此獲幸，也許遣放出宮，與
有緣的接流人、千里客共度此生，這或許是一種姻緣命
定觀念的體現，這或許是皇帝的一個慈悲底功德。舉如
「題葉傳情」的故事，根據《本事詩》的記載：顧況在
洛陽時，暇日與一二詩友游於苑中，於水上得大梧葉一
張，上題詩一首（即天寶宮人第一首，或有版本為與德
宗宮人詩的綜合）。況閱後亦取一葉，上題：「花落深宮
鶯亦悲，上陽宮女斷腸時。帝城不禁東流水，葉上題詩
寄與誰？」亦送葉泛於波中。後十餘日，有客來苑中尋
春，又得一葉題詩，因與顧況，即為天寶宮人第二首詩
作。另外在范攄《雲溪友議》卷下《題紅怨》條中不僅
記顧況之事，還記錄著宣宗時盧渥應舉，見御溝紅葉，
上有絕句（即宣宗宮人絕句），後娶宮人，於篋中翻得前
葉，敘及方知姻緣天訂。此一浪漫傳奇為好事者相傳，
歷代更有不同主角比附，至宋人劉斧《青瑣高議》前集
卷五收有魏陵張實所撰的《流紅記》，翻寫改創為「紅葉
題詩娶韓氏」，主角換名于祐，本事互有同異。到了元代
白樸寫《韓翠顰御水流紅葉雜劇》，皆依故事原型發展，
情節則更趨繁複。[20]這類故事之所以流傳廣遠，除刻畫了

[20] 紅葉題詩原型發展敘述參考閻福玲〈紅葉題詩源流探析〉《河北師院學
　　報》社會科學版，1995 年第一期，頁 49-52，並做整理。

深宮婦女的寂寞痛苦，而奇緣巧合更反映了濃厚的宿命觀念，[21]同時可見唐人已有題葉的風習。[22]

　　至於「製袍寄情」的佳話則是寫開元中，玄宗賜邊軍纊衣，製自宮中，有兵士於袍中得一詩。白於主帥，聞於玄宗。玄宗乃遍尋宮中，得此作詩宮女，玄宗憫之。賜得詩兵士，成其美事。有關僖宗宮人的傳說則是邊軍於袍中得一金鎖並詩一首。僖宗亦以宮女妻之。但是，一輩子老死於深宮的宮人太多了，甚至於她們有更深的悲恨，未能敘於筆墨便隨之埋葬。那麼，這個超越於筆下的尋覓世界就更幽渺深遠了，所謂「宮門長閉舞衣閒，略識君王鬢便斑，卻羨落花春不管，御溝流得到人間」[23]。這或許正是──「天長地久有時盡，此恨綿綿無絕期」了！

---

[21] 宋人劉斧《青瑣高議‧流紅記》末尾云：「流水，無情也；紅葉，無情也；以無情寓無情，而求有情，終為有情者得之，復與有情者合，信前世所未聞也。夫在天理可合，雖胡越之遠，亦可合也。天理不可，則雖比屋鄰居，不可得也。」此一段正說明著姻緣命定觀念的體現。

[22] 《全唐詩》卷七九九蜀尚書侯繼圖妻任氏亦有〈書桐葉〉詩，另唐人題詩於葉的風習於《全唐詩》中如詩人盧僎、司空曙、白居易、元稹、詩僧寒山、皎然等皆有。

[23] 參見李建勳〈宮詞〉《全唐詩》卷十一，頁 8742。

第六節　詩蹤舞影入宮闈
——楊貴妃到花蕊夫人

一、名花傾國的楊玉環

　　風流倜儻的李隆基，加上一個閉月羞花的楊玉環——
——所謂「一枝紅豔露凝香。雲雨巫山枉斷腸。……名花
傾國兩相歡。長得君王帶笑看。……」[24]與隨之而來大唐
政治史上所謂「漁陽鼙鼓動地來，驚破霓裳羽衣曲」的
安祿山叛亂，並在燦爛的文學領域裡留下了一個淒美動
人的題材。自白居易的〈長恨歌〉，詩人的吟歎，文士的
鋪演（如唐陳鴻的〈長恨傳〉、元白仁甫的〈梧桐雨〉、
清洪昇的〈長生殿〉）不知凡幾，至若馬嵬何幸？得葬佳
人。紫茵含情，裹瘞銷香，佳人豈能無恨？[25]而名家臨弔
惆恨，更平添了多少膾炙人口詩篇？[26]

　　《新唐書》上記載：蒲州永樂的楊玉環，姿質天挺，
又善歌舞，邃曉音律，而且智算警穎，迎意輒悟，所以

---

24 參見李白〈清平調〉。
25 相傳楊貴妃在馬嵬坡臨死前有〈斷腸詩〉一首：「下樓來，金錢卜落。
　問蒼天，人在何方？恨王孫，一直去了。罟冤家，言去難留。悔當初，
　吾錯失口。有上交，無下交。皂白河須問？分開不用刀，從今莫把仇人
　看，千里相思一撇清。」（一說為人代作）令李龍基猜，書其怨恨絕決
　之情。其中暗含謎底：「一二三四五六七八九十」。參見姜龍昭著《楊貴
　妃考證研究》（台北，文史哲出版社）頁181。
26 參見姜龍昭著《楊貴妃考證研究》中所錄其考證楊貴妃馬嵬坡縊殺後復
　活，東渡日本一說（書同前註，頁119-185）。

深得本身就解音律、能文章的玄宗寵幸。[27]《舊唐書》上
亦言楊玄琰女（即玉環）姿色冠代，宣蒙召見，時妃衣
道士服，號曰太真。既進見，玄宗大悅。不期歲，禮遇
如惠妃。天寶冊為貴妃。至於歷代引入宮闈中的舞影所
留下的詩蹤，我們先看太宗、徐賢妃時的歌舞記錄：（卷
五）

賦得北方有佳人

　　由來稱獨立。本自號傾城。柳葉眉間發。桃花臉上
生。腕搖金釧響。步轉玉環鳴。纖腰宜寶袜。紅衫豔織
成。懸知一顧重。別覺舞腰輕。

　　劉毓盤《詞史》上錄有唐玄宗的〈好時光〉：「寶髻
宜宮樣，臉嫩體紅香。眉黛不須畫，天教入鬢長。莫倚
傾國貌，嫁取有情郎。彼此當年少，莫負好時光。」《全
唐詩》卷八九九中也收有楊貴妃〈阿那曲〉一首：「羅袖
動香香不已。紅蕖嫋嫋秋煙裏。輕雲嶺下乍搖風。嫩柳
池塘初拂水。」[28]

　　這般「舞低楊柳樓心月，歌盡桃花扇底風」的宮舞
場面，顯明地告訴我們：一、自太宗以迄明皇，文治武
功的壯盛已達至巔峰，太平日久，生活漸趨靡爛。音樂

---

[27] 《新唐書、禮樂志》記載：「玄宗既知音律，又酷愛法曲，選坐部伎子
弟三百，教於梨園，聲有誤者，帝必覺而正之，號皇帝梨園弟子。」可
見玄宗精於音律，嗜愛歌舞。《舊唐書、楊貴妃傳》中言：「太真資質豐
艷，善歌舞，通音律，智算過人，每倩盼成迎，動如上意。」都說明了
明皇在位，楊貴妃遂專房宴的情形。

[28] 《全唐詩》卷五，頁64亦錄此詩，題名為〈贈張雲容舞〉。下有注云：
雲容，妃侍兒，善為霓裳舞，妃從幸繡嶺宮時，贈此詩。

舞容上由「腕搖步轉」的端莊舞意，到楊妃的羅袖動香，似搖風拂水的極盡視聽官感的享受，實已有所轉變。二、此時的音律、舞蹈等接受著外族音樂而加以改良，愛妃寵嬪紛紛習擅來取悅帝王，交織出唐代宮廷中的樂舞繁景。

二、冰肌玉骨的花蕊夫人

「冰肌玉骨清無汗」，在晚唐五代十國的巴蜀－這個物產富庶、地勢險要、人文薈萃的西南天府，出現了一位天香國色的佳人，題曰「花蕊」，深藏在後蜀宮廷，令孟昶魂夢相牽，百看不厭。[29]

這個美麗的女人不僅擅歌舞，而且能詩文。所作宮詞百餘首，非關郊祀、御試、翰苑，朝見等等，而多宮掖戲劇的記載，《中山詩話》、《優古堂詩話》、《全唐詩稿本》都提到花蕊夫人的宮詞，與王建所作相似，甚至有字句相同，詞意相緣的情形。舉如花蕊夫人〈宮詞〉：「廚船進食簇時新。列坐無非侍從臣。日午殿頭宣索繪。隔花催喚打魚人。」與王建〈宮詞〉：「御廚進食索時新。每到花春即苦春。白日臥多嬌似病。隔簾叫喚女醫人」

---

[29] 「花蕊夫人」文學史上或有二指：一為本章第一節中所述之「前蜀王建的二名妃子：太后太妃徐氏」；另一為徐匡璋女，後蜀孟昶的妃子，有宮詞百首。本文即採後者論述。段首所引係其著名詞作〈玉樓春〉首句：「冰肌玉骨清無汗，水殿風來暗香滿。簾間明月獨窺人，倚枕釵橫鬢亂。起來庭戶（寂）無聲，時見疏星渡河漢。屈指西風幾時來，只恐流年暗中換。」（或以為此首為孟昶所作）

相似。是以其詩作後世傳鈔往往與王建〈宮詞〉相互混淆。

而在時代上，由唐至蜀這段年間，天下紛亂，割據篡奪，更迭短易，巴蜀佔據著天府之國，生活較為富庶，但貴族們卻缺乏遠識，大都沈迷於短暫的安逸。我們由以下幾首蜀詞便能窺知他們驕奢腐化生活的梗概：「春晚，風暖，錦城花滿。狂殺遊人，玉鞭金勒，尋勝馳驟輕塵，惜良辰。」（韋莊〈河傳〉）這是蜀地的繁華，俠少的豪盛。

「何處遊女，蜀國多雲雨。雲解有情花解語，窣地繡羅金縷。粧成不整金細，含羞待月秋千。住在綠槐陰裡，門臨春水橋邊。」（韋莊〈清平樂〉）這又是蜀女的都麗和妖冶的剪影。處在這個環境背景裡的花蕊夫人將所視、所聞、所感覺到的繁麗，自然地帶入詩中，自然留下華美的記憶與詩章。

花蕊夫人的〈宮詞〉現存《全唐詩》卷七九八的有一百五十八首，文辭流麗清新，中以敘述宮體樓閣，碧池御苑的最多。

五雲樓閣鳳城間。花木長新日月間。三十六宮連內苑。太平天子往（一作坐）崑山。

會真廣殿約宮牆。樓閣相扶倚太陽。淨甃玉階橫水岸。御爐香氣撲龍床。

東內斜將紫禁通。龍池鳳苑夾城中。鐘聲聲斷嚴妝罷。院院紗窗海日紅。

殿名新立號重光。島上亭臺盡改張。但是一人行幸

處。黃金閣子（一作內）鎖牙床。

夾城門與內門通。朝罷巡遊到苑中。每日日高（一作中官）祇候處。滿堤紅豔立春風。

三面宮城盡夾牆。苑中池水白茫茫。直（一作亦）從獅子門前入。旋見亭臺遶岸傍。

旋移紅（一作花）樹曉新（一作鬥青）苔。宣使龍池更（一作再）鑿開。展得綠（一作綵）波寬似海。水心樓殿勝蓬萊。

太虛高閣凌虛（一作臨波）殿。背倚城牆面枕池。諸院各分娘子位。羊車到處不教知。

七寶闌干白玉除。新開涼殿幸金輿。一溝泛碧流春水。四面瓊鉤搭綺疏。

金井秋啼絡緯聲。出花宮漏報嚴更。不知誰是金鑾直。玉宇沈沈夜氣清。

紗幔薄垂金麥穗。簾鉤纖挂玉蔥條。樓西別起長春殿。香碧紅泥透蜀椒。

翠華香重玉爐添。雙鳳樓頭曉日暹。扇掩紅鸞金殿悄。一聲清蹕捲珠簾。

夜色樓臺月數層。金猊煙穗繞觚稜。重廊屈折連三殿。密上真珠百寶燈。

天門晏閉九重關。樓倚銀河氣象間。一點星毬垂絳闕。五雲仙仗下蓬山。

御座垂簾繡額單。冰山重疊貯金盤。玉清迢遞無塵到。殿角東西五月寒。

春心滴破花邊漏。曉夢敲回禁裏鐘。十二楚山何處是。御樓曾（一作恍）見兩三峰。

安排諸院接行廊。外（一作水）檻迴延十里強（一作長）。青錦地衣紅繡（一作線）毯。盡舖龍腦鬱金香。

丹霞亭浸池心冷。曲沼門含水腳清。傍岸鴛鴦皆著對。時時出向淺沙行。

楊柳陰中引御溝。碧梧桐樹擁朱樓。金陵城共勝王閣。畫向丹青也合羞。

晚（一作曉）來隨駕上城游。行到東西百子（一作尺）樓。回望苑中花柳色。綠陰紅豔滿池頭。

島（一作窗）樹高低約浪痕。苑（一作島）中斜日欲黃昏。樹頭木刻雙飛鶴。蕩起（一作遠漾）晴空映水門。

小殿初成（一作新裝）粉未（一作欲）乾。貴妃姊妹自來看。為逢好日先移入。續向街（一作階）西索牡丹。

如此的畫廊曲斜，如此的珠幔薄垂，當「疏星寂渡河漢」之時，正是「水殿風來暗香滿」之際（參見後蜀嗣主孟昶的〈避暑摩訶詞池上作〉），於是，花蕊夫人將與孟昶相處歡笑的珠璣片玉，纏綿委婉地表現出來。他們從事著各種嬉戲，來消磨光陰，享受人生。他們曾泛舟溶溶水殿：

龍汽九曲遠相通。楊柳絲牽兩岸風。長似江南好風（一作春）景。畫船來去（一作往）碧波中。

早春楊柳引長條。倚岸沿堤一面高。稱與畫船牽綿纜。暖風搓出綵絲絲。

內庭秋燕玉池東。香散荷花水殿風。阿監采菱牽錦纜。月明猶在畫船中。

三月金明柳絮飛。岸花堤草弄春時。樓船百戲催宣

賜。御輦今年不上池。

內人稀見水鞦韆。爭擘珠簾帳殿前。第一錦標誰奪得。右軍輸卻小龍船。

太液波清水殿涼。畫船驚起宿鴛鴦。翠眉不及池邊柳。取次飛花入建章。

水車踏水上宮城。寢殿簷頭滴滴鳴。助得聖人高枕興。夜涼長作遠灘聲。

平頭船子小龍床。多少神仙立御旁。旋刺篙竿令過岸。滿池春水蘸紅妝。

翠輦每從城畔出（一作去）。內人相次簇（一作立）池隈（一作邊）。嫩荷花裏搖船去（一作出）。一陣香風逐水來（一作仙）。

夜深飲散月初斜。無限宮嬪亂插花。近侍婕妤先過水。遙聞隔岸喚船家。

池心小漾釣魚船。入玩偏宜向晚天。挂得綵帆教便放。急風吹過水門前（一作邊）。

海棠花發盛春天。游賞無時引御筵。遠岸結成紅錦帳。暖枝猶拂畫樓船。

水中的歡趣是無窮的：畫船采菱、水車踏水、蕩水鞦韆、金鉤垂釣、水中射鴨，濱水散步等，無一不是愉悅的經驗。諸如：

魚釣的詩：

釣線沈波漾彩舟。魚爭芳餌上龍鉤。內人急捧金盤接。撥剌紅鱗躍未休。

慢喧（一作揮）紅（一作羅）袖指纖纖。學釣池魚

傍水邊（一作弦）。忍冷不禁還自去。釣竿常被別人牽。

　　傍池居住有漁家。收網搖船到淺沙。預進活魚供日料。滿筐跳躍白銀花。

　　射鴨的詩：

　　苑東天子愛巡游。御岸花堤枕碧流。新教內人供射鴨。長將弓箭繞池頭。

　　採蓮的詩：

　　內家（一作賽）追逐採蓮時。驚起沙鷗兩岸飛。蘭棹把來齊拍水。並船相鬥溼羅衣。

　　新秋女伴各相逢。罨畫船飛別浦（一作渚）中。旋折荷花伴（一作半）歌舞。夕陽斜照滿衣紅。

　　少年相逐採蓮回。羅帽（一作襪）羅衫（一作衣）巧製裁。每到岸頭長拍水。競提纖手出船來。

　　散步的詩：

　　秋晚（一作曉）紅妝傍水行。競將衣袖撲蜻蜓。回頭瞥見宮中喚。幾度藏身入畫屏。

　　觀魚的詩：

　　錦鱗躍水出浮萍。荇草牽風翠帶橫。恰似金梭攛碧沼。好題幽恨寫閨情。

　　嫩荷香撲釣魚亭。水面文魚作隊行。宮女齊（一作競）來池畔（一作面）看。傍簾呼喚勿高聲。

　　也惟有得寵的妃子暇時閒游，才會有心情遍察大自然的生態。他們留下了許多雅興閒詩；包括有蒔花的詩：

　　牡丹移向苑中栽。盡是藩方進入來。未到末春緣地暖。數般顏色一時開。

寢殿門前曉色開。紅泥藥樹間花栽。君王未起翠簾
捲。又發宮人上直（一作宮女更番）來。

水中芹葉土中花。拾得還將避眾家。（一作文心芹葉
初生小，祇鬥時新不鬥花）。總待別人（一作大家）般數
盡。袖中拈出（一作捻得）鬱金芽。

尋花的詩：

春早尋花入內園。競傳宣旨欲黃昏。明朝駕幸遊鼇
市。暗使毬車就苑門。

御溝春水碧于天。宮女尋花入內園。汗溼紅妝行漸
困。岸頭相喚洗花鈿。

亭高百尺立春（一作當）風。引得君王到此中。牀
上翠屏開六扇。折枝花（一作檻花初）綻牡丹紅。

插花的詩：

小雨霏微潤綠苔。石楠紅杏傍池開。一枝插向金瓶
裏。捧進君王玉殿來。

賞花的詩：

黃金合裏盛紅雪。重結香羅四出花。一一傍邊書勅
字。中官（一作分明）送與大臣家。

宮花不共（一作與）外花（一作邊）同。正月長生
（一作先）一半（一作朵）紅。供御櫻桃看守別。直無
鴉鵲到園中。

大儀前日暖房來。囑向朝（一作昭）陽乞藥栽。勅
賜一窠紅躑躅。謝恩未了奏花開。

殿前排宴賞花開。宮女侵晨探幾回。斜望花開（一
作苑門）遙舉袖。傳聲宣（一作先）喚近臣來。

還有養鴿的詩：

安排竹柵與笆籬。養得新生鵓鴿兒。宣受內家專餵飼。花毛間（一作閑）看總皆知。

鬥雞的詩：

寒食清明小殿旁。綵樓雙夾鬥雞場。內人對御分明看。先賭紅羅被十（一作滿擔）牀。

甚至教鸚鵡學說話、念新詩：

修儀承寵住龍池。掃地焚香日午時。等候大家來院裏。看教鸚鵡念新詩。

禁裏春濃蝶自飛。御蠶眠處弄新絲。碧窗盡日教鸚鵡。念得君王數首詩。

小院珠簾著地垂。院中排比不相知。羨他鸚鵡能言語。窗裏偷教鸚鴿兒。

鸚鵡誰教轉舌關。內人手裏養來姦。語多更覺（一作近更）承恩澤。數對君王憶隴山。

而當炎炎夏日，花蕊夫人隨著孟昶遊幸避暑；瑟瑟寒冬，便蹴火驅寒；這時歌聲伴著舞影，自黃昏響徹黎明。

三清臺近苑牆東。樓檻層層映水紅。盡日綺羅人度曲。管弦聲在半天中。

廚船（一作盤）進食簇時新。侍宴（一作座）無非列（一作是）近臣。日午殿頭宣索繪。隔花催喚打魚人。

苑中排比宴秋宵。弦管掙摐各自調。日晚閣內傳聖旨。明朝盡放紫宸朝。

御按橫金殿幄紅。扇開雲表露天容。太常奏備三千曲。樂府新調十二鐘。

離宮別院遠宮城。金版輕敲合鳳笙。夜夜月明花樹底。傍池長有按歌聲。

半夜搖船載內家。水門紅蠟一行斜。聖人正在宮中飲。宣使池頭旋折花。

春日龍池小宴開。岸邊亭子號流杯。沈檀刻作神仙女。對捧金尊（一作杯）水上來。

梨園子弟簇池頭。小樂攜來候宴游。旋（一作試）炙銀笙先按拍。海棠花下合梁州。

鬥草深宮玉檻前。春蒲如箭荇如錢。不知紅藥闌干曲。日暮何人落翠鈿。

東宮花燭彩樓新。天上仙橋上鎖春。偏出六宮歌舞奏。嫦娥初到月虛輪。

選進仙韶第一人。纏勝羅綺不勝春。重教按舞桃花下。只踏殘紅作地裀。

宮娥小小豔紅妝。唱得歌聲遶畫梁。緣是太妃新進入。座前頒賜小羅箱。

酒庫新修近水傍。潑（一作撥）醅初熟五雲漿。殿前供御頻宣索。追（一作進）入花間一陣香。

博山夜宿沈香火。帳外時聞暖鳳笙。理遍從頭新上曲。殿前龍直未交更。

春殿千官宴卻歸。上林鶯舌報花時。宣徽旋進新裁曲。學士爭吟應詔詩。

御製新翻曲子成。六宮纏唱未知名。盡將簥箓來抄譜。先按君王玉笛聲。

管弦聲急滿龍池。宮女藏鈎夜宴時。好是聖人親捉得。便將濃墨掃雙眉。

舞頭皆著畫羅衣。唱得新翻御製詞。每日內庭閒教隊。樂聲飛上到龍墀。

玉簫改調箏移柱（一作移纖指）。催換（一作赴）紅羅繡舞筵。未戴（一作著）柘枝花帽子。兩行宮監在簾前。

舞來汗溼羅衣徹。樓上人扶下玉梯。歸到院中重洗面。金花盆（一作盆水）裏潑銀（一作紅）泥。

山樓彩鳳棲寒月。宴殿金麟吐御香。蜀錦地衣呈隊舞。教頭先出拜君王。

小隨阿姊（一作不隨阿妹）學吹笙。見好（一作好見）君王賜（一作乞）與（一作乞賜）名。夜拂玉床朝把鏡。黃金殿外（一作階下）不教行。

西毬場裏打毬回。御宴先於（一作從）苑內開。宣索教坊諸伎樂。傍池催喚入船來。

內人相續報花開。准擬君王便看來。逢（一作縫）著五弦琴（一作紅）繡袋。宜春院裏按歌回。

巡吹慢遍不相和。暗數看誰（一作看誰人）曲校多。明日梨花園（一作園花）裏見。先須逐（一作直）得內家歌。

如果遇到節日喜慶，更是熱鬧非凡，相傳蜀主孟昶的生日正是中元節那一天，這由花蕊夫人的詩歌可以得到證明。

法雲寺裏中元節。又是官家誕降（一作降誕）辰。滿殿香花爭供養。內園先占得舖陳。

年初十五最風流。新賜雲鬟便（一作使）上頭。按罷霓裳歸院裏。畫樓雲閣總重（一作新）修。

金畫香臺出露盤。黃龍雕刻遶朱蘭。焚修每遇三元節。天子親簪白玉冠。

東宮降誕挺佳辰。少海星邊擁瑞雲。中尉傳聞三日宴。翰林當撰洗兒文。

日高殿裏有香煙。萬歲聲長動九天。妃子院中初（一作新）降誕。內人爭乞（一作分得）洗兒錢。

內家宣錫生辰宴。隔夜諸宮進御花。後殿未聞宮主入。東門先報下金車。

端午生衣進御床。赭黃羅帕覆金箱。美人捧入南薰殿。玉腕斜封綵縷長。

至於良夜苦短，春宵迷醉，君王御宿，佳麗侍寢，詩情更是香豔旖旎，纏綿緋惻。

高燒紅燭點銀燈。秋晚花池景色澄。今夜聖人新殿宿。後宮相競覓紙承。

天外明河翻玉浪。樓西涼月湧金盆。香銷甲乙床前帳。宮鎖玲瓏閉殿門。

細風敧葉撼宮梧。早怯秋寒著繡襦。玉宇無人雙燕去。一彎新月上金樞。

夜寒金屋篆煙飛。燈燭分明在紫微。漏永禁宮三十六。燕回爭踏月輪歸。

曉吹翩翩動翠旗。爐煙千疊瑞雲飛。何人奏對偏移刻。御史天香隔繡衣。

月頭支（一作又）給買花錢。滿殿宮人近數（一作盡十）千。遇著唱名多不語（一作應）。含羞走（一作急）過御牀前。

密室紅泥地火爐。內人冬日晚傳呼。今宵駕幸池頭宿。排比椒房得暖無。

蕙炷香銷燭影殘。御衣熏盡輒更闌。歸來困頓眠紅帳。一枕西風夢裏寒。

雞人報曉傳三唱。玉井金床轉轆轤。煙引御爐香繞殿。漏籤初刻上銅壺。

窗窗戶戶院相當。總有珠簾玳瑁床。雖道君王不來宿。帳中長是炷牙（一作衙）香。（一作帳中長下著香囊。）

宮女熏香進御衣。殿門開鎖請金匙。朝陽初上黃金屋。禁夜春深晝漏遲。

金作蟠龍繡作麟。壺中樓閣禁中春。君王避暑來遊幸。風月橫秋氣象新。

此外，詩中尚見學騎馬，試銀彈；走棋子，賭櫻桃；烹茶香，讀文書；捉迷藏，打宮毬；剖銀瓜，成新妝；句句輕俏純真，字字清婉可喜。舉如：

騎馬的詩：

殿前宮女總纖腰。初學乘騎怯又嬌。上得馬來纏欲走。幾回拋鞚抱（一作把）鞍橋。

自教宮娥學打毬。玉鞍初跨柳腰柔。上棚知是官家認。遍遍長贏第一籌。

明朝臘日官家出。隨駕先須點內人。回鶻衣裝回鶻馬。就中偏稱小腰身。

盤鳳鞍韉閃（一作鞍韉盤龍鬥）色妝。黃金壓胯紫游（一作油）韁。自從揀得真龍種（一作骨）。別置東頭小馬坊。

羅衫玉帶最風流。斜插銀篦慢裹頭。閒句（一作聞得）
殿前騎（一作調）御馬。揮（一作掉）鞭橫過小紅樓。

打銀彈的詩：

侍女爭揮玉彈弓。金丸飛入亂花中。一時驚起流鶯
散。踏落殘花滿地紅。

三月櫻桃乍熟時。內人相引看紅枝。回頭索取黃金
彈。遠樹藏身打雀兒。

禁寺紅樓內裏通。笙歌引駕夾城東。（一作香山引駕
夾城中）。裹頭宮監堂（一作蕃女簾）前立。手把牙鞘竹
彈弓。

下棋的詩：

日高房裏學圍棋。等候官家未出時。為賭金錢爭路
數。專憂女伴怪來遲。

樗蒲冷澹學投壺。箭倚腰身約畫圖。盡對君王稱妙
手。一人來射一人輸。

分朋（一作明）閒坐賭櫻桃。收卻投壺玉腕勞。各
把沈香雙陸子。局中鬥累阿誰高。

烹茶的詩：

白藤花限（一作籠搖）白銀花。閣子門當寢殿斜。
近被宮中知了事。每來隨駕使煎（一作烹）茶。

戲球的詩：

小毬場近曲池頭。宣喚勳臣試打毬。先向畫樓（一
作廊）排御幄。管絃聲動立浮油。

日晚（一作曉日）宮人外按回。自牽驄馬出林隈。
御前接得高叉手。射（一作時）得山雞喜進來。

朱雀門高花外開。毬場空闊淨塵埃。預排白兔兼蒼

狗。等候君王接鶻來。

　　殿前鋪設兩邊樓。寒食宮宮步打毬。一半走來爭（一作齊）跪拜。上棚先謝得頭籌。

　　捉迷藏的詩：

　　內人深夜學迷藏。遍遶花叢水岸傍。乘興忽（一作或）來仙洞裏。大家尋覓一時忙。

　　成新妝的詩：

　　春天睡起曉妝成。隨侍君王觸處行。畫得自家梳洗樣。相憑女伴把來呈。

　　翠鈿貼靨輕如笑。玉鳳雕釵裊欲飛。拂曉賀春皇帝閣。綵衣金勝近龍衣。

　　春風一面曉妝成。偷折花枝傍水行。卻被內監遙覷見。故將紅豆打黃鶯。

　　慢梳鬟髻著輕紅。春早爭求芍藥叢。近日承恩移住處。夾城裏面占新宮。

　　別色官司御輦家。黃衫束帶臉如花。深宮內院（一作苑）參承慣。常從金輿到日斜。

　　剖銀瓜的詩：

　　沈香亭子傍池斜。夏日巡游歇翠華。簾畔玉盆盛淨水。內人手裏剖銀瓜。

　　讀文書的詩：

　　清曉自傾花上露。冷侵宮殿玉蟾蜍。擘開五色銷金紙。碧鎖窗前學草書。

　　才人出入每參（一作相）隨。筆硯將行（一作行將）遶曲池。能向彩箋書大字。忽（一作勿）防御製寫新詩。

　　新翻酒令著詞章。侍宴初聞憶（一作開意）卻忙。

宣使近臣傳賜本。書家院裏遍抄將。

　　薄羅衫子透肌膚。夏日初長板閣虛。獨自凭闌無一
事。水風涼處讀文書。

　　宮廷生活中充滿著這些別出新裁花樣百出的玩樂交
織下，應是沒有時間，也沒有腦筋來思慮閒愁。外間的
民生疾苦與此中的歌舞昇平分劃出兩個世界：久居深宮
的人習慣了榮華富貴，不知道什麼叫做窮困憂愁。詩歌
中也出現了這樣懞懂無知的問話：「宮人早起（一作拍手）
笑可呼。不識階（一作庭）前掃地夫。乞與金錢爭借問。
外頭還似此間無。」一句「外頭還似此間無？」不啻正
敲響了亡國的喪鐘。

　　當後蜀的國祚結束，花蕊夫人的境遇急轉直下，異
國禁俘的命運難測，詩的風格也由往昔的纏綿委婉而變
為沈摯哀絕。相傳宋太祖曾以蜀亡之故問夫人，夫人答
以這首〈述國亡詩〉：「君王城上豎降旗。妾在深宮那得
知。十四萬人齊解甲。寧（一作更）無一箇是男兒。（一
作蜀臣王承旨詩。前二句云。蜀朝昏主出降時。銜璧牽
羊倒繫旗。）」《一瓢詩話》裡曾有評論，認為此詩前二
句無奈，縱然得知，又能如何？而末二句何等氣魄，何
等忠憤，令普天下鬚眉，一時俛首。[30]

　　那麼，當時蜀道上的花蕊夫人呢？乾德三年（西元
九六五年），宋師平蜀，夫人隨孟昶入汴，自是「初離蜀
道心將碎。離恨綿綿。春日如年。馬上時時聞杜鵑。」（花
蕊夫人〈采桑子〉《全唐詩》卷八九九補遺）此詞書題葭

---

[30] 參見臺靜農編《百種詩話類編》（台北：藝文出版社）頁 538。

萌驛未畢，軍騎催行，後人好事曾為之續曰：「三千宮女
皆花貌。妾最嬋娟。此去朝天。只恐君王寵愛偏。」於
是，「春心託與杜鵑」，惟將這「當時已惘然」的情恨，
留待成片片追憶了。

第三章 窈窕淑女

第一節 少女情懷總是詩

　　亭亭玉立的少女，是朵初長成的蓓蕾，渾圓地裹著十數年的栽愛與嬌培，微微地有點嫩紅，竄升在青綠的護蔭下，正輕昂著腦袋，喜悅地迎向陽光，找尋著屬於自己的一塊天空，蘊育奔放。這個年紀的女孩，髮初覆額，羞顏未開，還不曉得世事，卻朦朦朧朧地懂得點情愁。折花、戲水、新妝，贈題，依依約約地總拋捨不去青春，編織著年輕的夢。明鏡之內，呈映著芙蓉的粉臉；花前月下，裊娜的身影；綠竹之聲，蘭麝之香，曾顚倒了多少清狂的少年？

　　且看楊容華的〈新妝詩〉（卷七九九）：

　　啼（一作宿。一作林。）鳥驚眠罷。房櫳乘曉（一作曙色）開。鳳釵金作縷。鸞鏡玉為臺。妝似臨池出。人疑向月（一作月下）來。自憐終不見（一作方未已）。欲去復裝回。

　　張立本女的〈詩〉一首（卷七九九）：

　　危冠廣袖楚宮妝。獨步閒庭逐夜涼。自把玉簪敲砌竹。清歌一曲月如霜。

　　以及薛媛的〈贈鄭女郎〉（卷七九九）；（另見《全唐

詩稿本》一五九頁題作〈贈鄭氏妹〉）:「艷陽灼灼河洛神。珠簾繡戶青樓春。能彈箜篌弄纖指。愁殺門前少年子。笑開一面紅粉妝。東園幾樹桃花死。朝理曲。暮理曲。獨坐窗前一片玉。行也嬌。坐也嬌。見之令人魂魄（一作暗）鎖。堂前錦褥紅地鑪。綠沈香榼傾屠蘇。解佩時時歇歌管。芙蓉帳裏蘭麝滿。晚起羅衣香不斷。滅燭（一作燭滅）每嫌秋夜短。」這真是「年輕就是美」的明證！

而女性的嫵媚，嬌嬌滴滴，婉婉曲曲，色不迷人人自迷。就是連出嫁了的少婦回憶起自己的少年十五二十時，也是甜美無比。以下介紹戶部侍郎吉中孚的妻子張夫人的三首詩作（卷七九九）:

拜新月

　　拜新月。拜月出（一作畫）堂前。暗魂初（一作深）籠桂。虛弓未引弦。拜新月。拜月妝樓上。鸞鏡始（一作未）安臺。蛾眉已相向。拜新月。（一本無此三字）。拜月不勝情。庭花（一作前）風露清。月臨人自老。人望月長明。（一作望月更長生。）東家阿母亦拜月。一拜一悲聲斷絕。昔年拜月逞容輝（一作儀）。如今拜月雙淚垂。回看眾女拜新月。卻憶紅閨（一作閨中）年少時。

誚喜鵲

　　疇昔鴛鴦侶。朱門賀客多。如今無此事。好去莫相過。

拾得韋（一作華）氏花鈿以詩寄贈

　　今朝妝閣前。拾得舊花鈿。粉污痕猶在。塵侵色尚鮮。曾經纖手裏。拈向翠眉邊。能助千金笑。如何忍棄捐。

其間第一首「拜新月」，是紅顏遲暮，回憶年少庭花拜月。寫來真是情思聰明，才華綰約。《唐詩別裁》中評為：「名士老年，回憶青燈誦讀時，亦復如是。」後二首由喜鵲凝思，魂回從前；復以拾得舊時花鈿贈詩，亦見文采斐然。誠如許顗臣在《香咳集》序中所讚揚的：「發英於異閣，字寫烏絲；抒麗影於香閨，文縹黃絹。芙蓉秋水，筆花與臉際爭妍；楊柳春山。嫣黛并眉間俱嫵。」無限的美感柔情都在字裡行間顯現無遺。

而春晨秋夕，姑娘們挽裙出遊，天晴天雨，大自然中的景物，在年輕的眼底，都蒙上了一層慕情的輕紗！卷七九九中即錄有楊德麟的〈題奉慈寺〉：「日月金輪動。旃檀碧樹秋。塔分鴻雁翅。鐘挂鳳凰樓。」卷八〇一張瑛的〈望月〉：「砌下梧桐葉正齊。花繁雨後壓枝低。報道不須鴉鳥亂。他家自有鳳凰樓。」這是說情竇初開的女兒心思，如水中月、如海底針，摸不著，猜不透，隱約地似乎萌現著鳳凰姻緣的想望，悠悠遠遠。

此外，《全唐詩稿本》頁六十二記錄著一位如玉的薛瑤，別號「仙人子」，十五歲的時候剪髮出家，皈依菩薩，但靚心六年，青蓮不至；於是既非我佛中人，便又重返塵俗。白居易有詩稱說她是：「應似仙人子，花宮未嫁時。」而《全唐詩》卷七九九便見薛瑤〈返俗謠〉一首：「化雲心兮思淑貞。洞寂滅兮不見人。瑤草芳兮思芬氳（一作氛氳）。將奈何兮青春。」是仿照著楚辭的吟詠體式，彩「七、七、七、六」不整齊的排列以「兮」字間隔，全詩流露著「小姑居處尚無郎」的芳寂。

另外，竇梁賓也有〈雨中看牡丹〉的佳作：「東風未放曉泥乾。紅藥花開不奈寒。待得天晴花已老。不如攜手雨中看。」（卷七九九）

不畏曉寒料峭，無視春雨零濛，惜花的執拗下隱藏著一顆年輕易感的心，只怕天晴已晚，好花易老，故而非要在雨中細賞，惟恐錯過了良機。這分閑情，如此雅興，應不會出現在飽經世故，衰老疲憊的心境中。更重要的在於不是獨賞，而是攜手共看。或呼女伴、或邀男朋，都已從自我的羞赧閉塞走出，而願意享受朋友同儕間的共鳴交融。

男女的交往也趨向大膽活潑，下面引例葛氏女這首〈和潘雍〉：（卷八○一）「九天天遠瑞煙濃。駕鶴驂鸞意已同。從此三山山上月。瓊花開處照春風。」是回答潘雍的詩贈：「曾聞仙子住天台，欲結靈姻愧短才，若許隨君洞中住，不同劉阮卻歸來。」詩中的女主角不再是端莊、矜持、含蓄的風度，而提昇為天然、健朗、熱烈的風姿。駕鶴鳴鸞之意明白地說出來，反而不再感覺拘束滯口。末尾「瓊花開處照春風」更盈溢著一片喜氣洋洋，當春風拂遍大地，萬物復甦，少男少女的情懷如是地被鼓舞著，溫暖著，準備綻放出生命中最璀燦底一季年華。

第二節　美麗的愛情故事

一、青梅竹馬的晁采與文茂

　　晁采與文茂是毗鄰而居的青梅竹馬，兒時互約終身相許。當漸漸長大了，幻想，憧憬著美麗的愛情，一半兒朦朧一半兒懂。然後，送蓮子，寄相思，青澀的果實開始醞釀著甜蜜的果汁。直到花開并蒂，佳偶天成。這段追逐的過程是一闋多麼古老、動人的詩篇？《全唐詩》卷八〇〇中便是以詩紀錄了晁采與文茂的愛情。

寄文茂

　　花箋製葉寄郎邊。的的尋魚為妾傳。並蒂已看靈鵲報。倩郎早覓買花船。

秋日再寄

　　珍簟生涼夜漏餘。夢中恍惚覺來初。魂離不得空成病。面見無由浪寄書。窗外江村鐘響絕。枕邊梧葉雨聲疏。此時最是思君處。腸斷寒猿定不如。

　　晁采聲聲暗催——「倩郎早覓買花船」，難道你不知道秋日夜涼，當村鐘響停，梧葉滴雨的時候，我恍惚魂離，好像在夢中與你相見？晁采在這首詩裡將時、空、物壓縮在感情的範疇裡，字字都為相思而設。而結語兩句明挑主題，便格外具有震撼力——此時最是思君啊！連巴山兩岸啼不住的寒猿都不如我這般肝腸縈迴地思念！睹詩

思情，誰不動容？晁采想要告訴文茂的，只有四個字：「相思無限」。但是，嬌嬌怯怯的女孩兒家如何啟得了口？所以晁采只有將這刻骨銘心的想念化為數層：將這涼夜裡的魂夢相依，轉借在鐘，梧，雨，枕，窗，江種種物象，層層入意，是那麼曲折委婉，惹人憐愛！

我們再看她的「子夜歌十八首」（卷八〇〇）。

儂既剪雲鬟。郎亦分絲髮。覓向無人處。綰作同心結。
夜夜不成寐。擁被啼終夕。郎不信儂時。但看枕上跡。
何時得成匹。離恨不復牽。金針刺菡萏。夜夜得見蓮。
相逢逐涼候。黃花忽復香。蹙眉臘月露。愁殺未成霜。
明窗弄玉指。指甲如水晶。剪之特寄郎。聊當攜手行。
寄語閨中娘。顏色不常好。含笑對棘實。歡娛須是棗。
良會終有時。勸郎莫得怒。薑蘗畏春蠶。要綿須辛苦。
醉夢幸逢郎。無奈烏啞啞。中山如有酒。敢借千金價。
信使無虛日。玉醞寄盈觥。一年一日雨。底事太多晴。
繡房擬會郎。四窗日離離。手自施屏障。恐有女伴窺。
相思百餘日。相見苦無期。褰裳摘藕花。要蓮敢恨池。
金盆盥素手。焚香誦普門。來生何所願。與郎為一身。
芯池多芳水。玉杯挹贈郎，避人藏袖裏。溼卻素羅裳。
感郎金針贈。欲報物俱輕。一雙連素縷。與郎聊定情。
寒風響枯木。通夕不得臥。早起遣問郎。昨宵何以過。
得郎日嗣音。令人不可睹。熊膽磨作墨。書來字字苦。
輕巾手自製。顏色爛含桃。先懷儂袖裡。然後約郎腰。
儂贈綠絲衣。郎遺玉鉤子。即欲繫儂心。儂思著郎體。

先贈秀髮，結成同心。後續相思成淚，夜夜溼枕。而時光過隙，感青春不留，祈語閨中的娘親，早將自己嫁與有情的兒郎。用著輕快、明朗的節奏，晁采的〈子夜歌〉大膽地表現了自己的熱情與想望。更因為這些擬作的〈子夜歌〉承受了南朝吳歌的影響，它的特色在往往使用諧音雙關的字眼，用於男女贈答的場合，看似忸怩，實是赤裸裸地奔放著纏綿的戀情。譬如在晁采的作品裡，處處可見端倪：

1. 何時得成「匹」？布匹之中隱「匹偶」之意。

2. 歡娛須是「棗」。以棗音諧「早」，祈求早日嫁郎。

3. 一年一日「雨」，底事太多「晴」。「雨」諧「語」，「晴」諧「情」。一年僅得一日好言語，道是無情（晴）卻有情（晴）。

4. 褰裳摘「藕」花。「藕」諧「偶」，欲結對成雙。

5. 夜夜得見「蓮」。「蓮」通「憐」。女郎柔媚可憐，希望得蒙輕憐蜜愛。

6. 「愁殺未成霜」。「霜」諧「雙」，寄語成雙。

詩中一十八首，吳儂軟語。入耳酥鬆，這等旖旎悱惻，教人好生流連。當然，這樣的女孩，不久便牢牢牽繫住文茂。昔日，活潑浪漫的少女一變為端嫻婀娜的少婦。在比翼雙飛的日子裡，最恨的就是別離。

思（一作夫）君遠別妾心愁。踏翠江邊送畫舟。欲待相看遲此別。只憂紅日向西流。

窗前細雨日啾啾。妾在閨中獨自愁。何事玉郎久離別。忘憂總對豈忘憂。

春風送雨過窗東。忽憶良人在客中。安得妾身今似雨。也隨風去與郎同。

　　第一首是〈春日送夫之長安〉，晁采於春日送別文茂，這時候愁染紅日，憂載畫舟，欲別而不忍，遲遲延延，送別者是如此難堪，臨歧者更是徬徨，於是，導出「欲待相看遲此別」的意念，多麼情癡！相看能抵得住離別嗎？縱然時間上可以延遲，分離的事實畢竟是無法更改的。後二首題名為〈雨中憶夫〉，細雨日啾啾，春風送過窗前。好一個多事的春風，愁打著閨中憂愁的少婦，玉郎為了什麼事，久久不歸？唉！但願我能化作春雨，隨風伴隨在郎君的身旁。這真是悽惋的情思，化作千千心結，拋向遠方，催動著離人歸鄉的腳步！傳說中的晁采，養了一隻白鶴，名喚素素，頗通靈性，晁采援筆成詩繫於鶴足之上，素素立刻展翅而飛，將這思念的音訊交付了文茂，客中的良人手握著這樣溫婉濃郁的呼喚，憶及千般恩愛，萬縷柔情，怎能不立即躍身上馬，踏取歸程？

二、紅綃帕裡的綺情

　　堅貞守節的觀念，在唐代要求還不太嚴謹。《新唐書、公主傳》中，公主挾其勢位再論婚嫁的有二十三人。而男子家中置妾，遊戲風塵的，更是比比皆是。再加上妾的地位形同個人的保有物。買賣輸贈，亦屬稀鬆平常，是而造成社會上不禁止改嫁、不逼令守節的風習。馮翊的喬氏有〈詠破簾〉（卷七九九）一首：「已漏風聲罷（一

作擺）。繩持也不禁。一從經落後（一作節）。無復有貞
心。」便可看出這種自由無涉的意念，李節度的寵姬更
以浪漫的行動表現了大膽的春情。《全唐詩》卷八百裡記
載她在元宵節的晚上，用紅綃巾帕裹著兩首情詩，擲於
路中，相約拾得的郎君，來年此夕會於相藍後門。如此
篤信天命——所謂「姻緣天訂，月老線牽」，甚至將自己
的終身都交付與天。因為這位李家的寵姬相信：她以至
誠殷勤求郎，必能感動上蒼，得到良配。

　　我們看她的〈書紅綃帕〉兩首：

　　囊裏真香誰見竊。鮫綃滴淚染成紅。殷勤遺下輕綃
意。好與情郎懷袖中。

　　金珠富貴吾家事。常渴佳期乃寂寥。偶用志誠求雅
合。良媒未必勝紅綃。

　　儘管身處富麗堂皇的環境，心靈的寂寞空虛卻無法
彌補，物質生活的享受愈提升，精神領域的不足愈強烈；
「如何求得知心」便成為她此生最熱切的希望。直到她
遇見了張生——這命中註定的鴛侶，如期地到達了約會
的地點。有情人一見如故，惺惺相惜，傾訴心曲：「門前
畫戟尋常設。堂上犀簪取次看。最是惱人情緒處。鳳皇
上月華寒。」〈會張生述懷〉（卷八〇〇）這惱人的情緒
原是一種相思，兩處閒愁！即使是鳳凰樓宇又有什麼值
得留戀？玉簪金環雖然耀眼，觸手卻是凜冽的寒華。空
洞的物質與溫暖的關懷；李節度的寵姬是選擇了後者，
她寧願徒手共建「愛」的家園。

三、豔詩致情的姚月華

　　姚月華是一個聰慧過人的女子，《全唐詩》卷八○○裡說她曾經夢著月亮墜落於閨中妝臺之上，這彷彿和「江淹夢得彩筆」一樣，姚月華由此一覺大悟，詩筆之下，才思雅逸，氣韻生動。她有一首〈怨詩效徐淑體〉：「妾生兮不辰。盛年兮逢屯。寒暑兮心結。夙夜兮眉顰。循環兮不息。如彼兮車輪。車輪兮可歇。妾心兮焉伸。離沓兮無緒。如彼兮絲棼。絲棼兮可理。妾心兮焉分。空閨兮岑寂。妝閣兮生塵。萱草兮徒樹。茲憂兮豈泯。幸逢兮君子。許結兮殷勤。分香兮翦髮。贈玉兮共珍。指天兮結誓。願為兮一身。所遭兮多舛。玉體兮難親。損餐兮減寢。帶緩兮羅裙。菱鑑兮慵啟。博鑪兮焉熏。整襪兮欲舉。塞路兮荊榛。逢人兮欲語。鞈匝兮頑嚚。煩冤兮憑胸。何時兮可論。願君兮見察。妾死兮何瞋。」（卷八○○）不僅是在模仿徐淑體悽怨的詩風。更是句句託物，層層比擬，似乎更有意地以漢時秦嘉與徐淑的恩愛作一範例，將女性的堅貞專情作了個極端坦率的告白。

　　一旦她遇到了書生楊達，這種內斂的信念更化作萬種柔情，表現在詩稿酬和之中。檢視《全唐詩》卷八○○裡第一首是她寫的〈製履贈楊達〉：「金刀翦紫絨。與郎作輕履。願化雙仙鳧。飛來入閨裏。」這是借著具體的實物傳達當事者的感覺，而男女之間由酬和到寄贈，已然跨入相愛相許的領域了。然而愛人〈有期不至〉：「銀燭清尊久延佇。出門入門天欲曙。月落星稀竟不來。煙柳朧朣鵲飛去。」於是便又有〈怨詩寄楊達（一作古怨）〉

二首:「春(一作江)水悠悠春草綠。對此思君淚相續。
羞將離恨向東風。理盡秦箏(一作瑤琴)不成曲。」「與
君形影分吳越。玉枕經(一作終)年對離別。登臺(一
作高)北望煙雨深。回身泣向寥天月。」這三首以景截
情,使得漫溢的情感倏爾由景象中收束,外表上看來好
像情景對峙,實際上是借景反襯,暗中有更多的思覺在
起落。譬如月落星稀而人不來,於是空恨鵲鳥飛離於煙
柳朦朧之中。那麼,這一段揚子江中的戀情也因此亮起
了紅燈!等到姚月華的父親出行江右,生生別離,離恨
情怨顯現在「與君形影分吳越,玉枕經年對離別」當中,
時間、空間便成了感情的絆腳石,無法超越於距離的疏
隔,無何的命運終於替愛情標下了休止符。

四、枕膝而逝的越溪楊女

　　越溪水畔的這位楊姓姑娘在《全唐詩》中的作品是
與她的大婿謝家兒郎的聯句,很巧妙地,她們的婚姻生
活,也是以聯句始,以聯句終,真可以「七年一覺飄香
夢」這句詩作為這段戀情淒美的註腳。《全唐詩》卷八〇
一中記載:「珠簾半床月。青竹滿林風。」這上聯是謝生
求婚時,楊女出的考題。下聯則是謝生的答案:「何事今
宵景。無人解語同。」越溪楊女為這「無人解語同」底
知音難覓深深打動,不禁歎息著說:「天生吾夫也。」
　　時光荏苒飛逝,七年之後,越溪楊女忽然題詩兩句:
「春盡花隨盡。其如自是花。」要謝生續答,謝云:「從

來說花意。不過此容華。」楊女又道:「明月易虧輪。好花難戀春。」這無疑是個不祥的詩兆。謝生十分駭異,倉遽成吟:「常將花月恨。并作可憐人。」楊女聽罷,不知不覺地,枕著郎君的膝頭就這樣杳然而逝。這真是一種浪漫淒美的告別式:死在所愛的人的懷裡,滿足、安詳,沒有一絲痛苦。

第三節　楊柳的自然投射

自遠古的神話傳說起，依依的楊柳便繫上了離愁，牽人的柳絲，狂飄的柳絮，凌亂漫散，網住千年以來的黯然銷魂，投射出了一個傷情的世界。

最早在《詩經》中：「昔我往矣，楊柳依依。」王充《論衡》裡提到提到儒者的記論：「日旦出扶桑，暮入細柳。扶桑，東方之地。細柳，西方之地。」這西方的「細柳」實際上就是《淮南子‧天文篇》中的「蒙谷」，也就是《書經‧堯典》中的「昧谷」。蒙昧雙聲。都作暗冥的解釋。黃永武在《中國詩學思想篇》中引用文字與聲韻的結構說明楊柳和暗冥意義的相關性，進而證實了王孝廉在〈神話與詩〉一文中所提出的觀念：柳由日沒推衍到人為的沒世，一樣地是投入一個暗冥的世界。於是，柳重複地出現在離別的場合，以一身柔弱纖細承載著無數、無奈、無能的憂愁！

在中唐時候，許堯佐曾經記載著這麼樣一個故事：[1]詩人韓翃有一個美麗的妾姓柳，當安祿山作亂之際，他們被迫分開，這位柳氏不幸因為美色被番將沙吒利劫走。當他們亂後重見時，韓翃將他的失意付詠了詩歌：「章台柳，章台柳，往日青青今在否？縱使長條似舊垂，也應攀折他人手。」柳氏接到這首詩，答以：「楊柳枝。芳菲

---

[1] 參見汪辟疆校《唐人小說》〈柳氏傳〉（台北，河洛圖書出版社）。

節。可（一作所）恨年年贈離別。一葉隨風忽報秋。縱使君來豈堪折。」（卷八〇〇）這首詩中，柳除了是自然現象「楊柳」的代稱外，還是這位柳姓妾侍的雙關隱語，韓翃在極度失意的情況下透露出不滿，韓詩起首三字「章台柳」，續接「縱使長條似舊垂，也應攀折他人手。」嫉怨之情，溢於詞表。而柳氏處在這樣悲哀的情境裡，不得不為自己作一辯護：「楊柳枝，芳菲節，可恨年年贈離別。」自己的命運不就正如無依無靠的楊柳，隨風飄拂，空惹得春日惆悵，秋夕凋殘嗎？

然而，柳不但伴隨著離人，半留相送半迎歸[2]；更陪伴著閨房中的佳人，繫聯著無盡的思念，如張琰的〈春詞〉：「垂柳鳴黃鸝。關關若求友。春情烈可耐。愁殺閨中婦。日暮登高樓。誰憐小垂手。」（卷八〇一）又如張夫人（吉中孚妻）的〈柳絮〉：「霭霭芳春朝。雪絮起青條。或值花同舞。不因風自飄。過尊浮綠醑。拂幌綴紅綃。那用持愁玩。春懷不自聊。」（卷七九九）再看程長文的〈春閨怨〉：「綺（陭）陌香飄柳如線。時光瞬息如（一作驚）流電。良人何處事功名。十載相思不相見。」（卷七九九）還有趙氏的〈雜言〉：「上林園中青青桂。折得一枝好夫婿。杏花如雪柳垂絲。春風蕩颺不同枝。」（卷七九九）以上三首，第一首以柳中黃鸝鳥鳴聲關關，這等求友的春情刺激著閨中的少婦，這時，春日凝妝上翠樓的她，在獨自堪憐誰疼小垂手之餘，終於也領略了

---

2 參見李商隱〈離亭賦得折楊柳〉一詩。

深鎖的寂寞愁腸。第二首張夫人的〈柳絮〉，任值花同舞，任因風自飄，春懷中的煩愁不盡，柳絮狂飛，究竟是有情還是無情？宋代的張耒有詩：「看盡道邊離別恨，爭教風絮不狂飛？」應是最好的解答。第三首程長文的〈春閨怨〉更直接把惹人相思的長條，比喻作「線」，讓人不禁想起崔道融的〈柳枝詞〉：「霧撚煙搓一索春，年年長似染來新，應須喚作風流線，繫得東西南北人。」這風流線即便繫得住人，也繫不住時光，繫不住功名利祿，那麼，良人長期地遲遲不歸，春閨中的怨嗟便無休無止了。最後一首七絕裡，作者有一個深切的期望：那就是嫁得一個好郎君。詩中將這個想像寓託於上林園的青桂，千萬可別像顛狂柳絮隨風而去，輕薄杏花逐水而流般地叫青春年華空自老去，在這兒，輕別易離的柳，代表著傷情與薄情，自然成為了姑娘們所排斥的物象。

此外，薛濤也有〈柳絮詩〉：「二月楊花輕復微，春風搖蕩惹人衣，他家本是無情物，一任南飛又北飛。」（卷八○三）於是，楊柳這個可恨又復可愛的東西，這個有情卻似無情的東西，承載著多少懸隔於空間的懷念？多少積累於時間的怨恨？在離人的心中譜成一曲曲離別，翻疊入詩，反映出人世間多少情傷？我們看詩人們一再吟詠：「羌笛何須怨楊柳，春風不度玉門關。」（王之渙〈出塞〉）「長安陌上無窮樹，唯有垂楊管別離。」（劉禹錫〈楊柳枝詩〉）「無情最是台城柳，依舊煙籠十里堤。」（韋莊〈金陵圖〉）「傷見路邊楊柳春，一重折盡一重新。今年還折去年處，不送去年離別人。」（施肩吾〈折柳枝

詩〉）這青青楊柳，到底是不祥的徵驗？還是多情的紀念？江文通曾說：「有別必怨，有怨必盈，使人意奪神骸，心折骨驚 …誰能摹暫離之狀，寫永訣之情者乎？」[3]惟獨楊柳之下，悠悠灞陵，萬緒千條，投射出了一個傷情的世界。

---

[3] 參見江淹〈別賦〉收入梁蕭統《昭明文選》（台北，藝文出版社）。

第四節　走進歷史的長廊——懷想從前

　　劉若愚在《中國詩學》裡認為：「中國的詩裡不僅可看出一種在時間中的敏銳的個人存在意識，而且也看出一種強烈的歷史感覺，……大體上，中國詩人對歷史的感覺，其方式很像他們對個人生命的感覺一樣：他們將朝代的興亡與自然那似乎永久不變的樣子相對照，他們感歎英雄功績與王者偉業的徒勞，他們為古代戰場或者往昔美人『去年之雪』[4]而流淚。」當我們走進歷史的長廊，將目光調回過去，煙塵的舊事宛如只隔層輕紗般地展現，殷鑑的例子不遠，人類的愚蠢造成覆轍重蹈。所以，遠離於政治權力的詩人，只有使用著「詠史」與「懷古」的方式，期望鑑戒歷史，得到迴響。而女性的歌歎者，往往以特有的細膩與纖柔的風格發出清越的詩音。

一、銅雀臺的懷想

　　銅雀臺，地址在今河南省臨漳縣西南鄴城內。建安十五年作銅雀臺。有名的魏主曹操就是當時銅雀臺的建造者。（參見《魏志、武帝紀》）這個時間是在赤壁戰敗

---

[4] 「去年之雪」是法國抒情詩人維雍(Francois Villon ,1431-63?)悼往昔美女的詩句。(見劉若愚原著、杜國清中譯的《中國詩學》(台北，聯經出版)頁83)

之後，當銅雀臺落成，孫策、周瑜已死，二喬都成了寡婦。但是，詩人們以驚人的想像力，將銅雀臺與二喬并擬，於是「東風不予周郎便，銅雀春深鎖二喬」便凝匯成一個動人的假說；在這個故事裡，東南這美麗的二喬便成為了銅雀臺的主人。[5]於是，許多淒美的詩篇總愛纏繞著如此似真似假的浪漫題材，欲借他人之酒，澆洗一己的胸中塊壘。到得曹操臨終時，相傳這位霸業輝煌的梟雄，要求死後的每月十五、三十日，在銅雀臺上放著床帳，命歌妓眺望他西陵的墓田，在帳前歌舞。英雄一時，終歸黃土，死後不甘寂寞，猶自邀人伴舞；而佳人薄命，毫無著落。後人緬懷前情，梁瓊在〈銅雀臺〉裡就吐露著這樣的心聲：「歌扇向陵開。齊行尊玉杯。舞時飛燕列。夢裏片雲來。月色空餘恨。松聲莫更哀。誰憐未死妾。掩袂下銅臺。」（卷八〇一）張琰[6]的〈銅雀臺〉則是：「君王冥漠不可見。銅雀歌舞空裝回。西陵嘖嘖悲宿鳥。高（一作空）殿沈沈閉青苔。青苔無人跡。紅粉空自（一作相）哀。」（卷八〇一）程長文也有〈銅雀臺怨〉：「君王去後行人絕。簫箏（一作竿）不響歌喉咽。雄劍無威光彩沈。寶琴零落金星滅。玉階寂寞（一作寂）墜秋露。月照當時歌舞處。當時歌舞人不迴。化為今日西陵灰。」（卷七九九）由於觸及同儕的幽怨，自然不能

5　東吳二喬，乃橋玄之二女，皆國色，孫策自納大喬，周瑜納小喬。(喬本作橋)見《吳志・周瑜傳》。

6　張琰，或作張瑛。(見《全唐詩》卷八〇一)

無感，而且在感覺上也無法呈現玩世不恭的閒情。只好
對著今日的沈沈青苔，空自裴回，這時依稀彷彿，當時
的歌舞笙簫尚在鳴響，然而乍然回首，卻是月色空餘恨，
松聲莫更哀。歌舞的人兒早化作今日灰揚的塵灰！

二、闔閭城懷古

> 五湖春水接遙（一作碧連）天。國破君亡不記（一作
> 計）年。唯有妖娥曾舞處。古臺寂寞起愁（一作寒）煙。

這是劉瑤的作品，詩題〈闔閭城懷古〉（卷八〇一），
闔閭是雄才大略的吳王，細數這一段吳越春秋：當年，
吳王夫差寵幸了苧蘿山下的美女西施，闔閭城中留香
徑，響屧廊……行樂的痕跡遍布。於是，流盼生香，舞
影醉人，不但傾倒吳王夫差的雄心，也傾倒了吳國的霸
業。王維的〈西施詠〉中曾這樣著筆：「艷色天下重，西
施寧久微？朝為越溪女，暮作吳宮妃。賤日豈殊眾，貴
來方悟稀。邀人傅脂粉，不自著羅衣。君寵益嬌態，君
憐無是非。……」便難怪劉瑤要將國破君亡的罪疚歸諸
妖娥擅舞，色媚蠱惑。但，豔色也好，妖媚也罷，終究
都要歸結於寂寞！

三、楚地‧楚王‧楚妃怨

楚地的百姓是一個多夢想的羅曼蒂克的民族，他們
擁抱著雲夢大澤，他們有著熱烈的情感，浪漫的愛情，
以及動人的故實。

　　我們看，薛瓊這首〈賦荊門〉：「黃鳥翻紅樹（一作
葉）。青牛臥綠苔。渚宮歌舞地。輕霧鎖樓臺。」（卷七
九九）荊門，在今湖北省宜都縣西北，山勢開合如門，
所以稱為「荊門」。李白有一首〈渡荊門送別〉，說明渡
過荊門之外，來到古代的楚國的這塊地方，只見「山隨
平野盡，江入大荒流，月下飛天鏡，雲生結海樓。」他
自大處刻劃楚地的景勢是如此壯闊，而薛瓊卻自細處著
手，小小的黃鳥翻飛於紅樹之上，青牛閒臥綠苔，輕霧
繚繞著昔日的宮池，景色煞是迷人。

　　那麼，宮殿池閣中的楚王又當如何？

　　昨夜巫山中（一作雲）。失卻陽臺女。朝來香閣裏。
（一作今朝香閣前。）獨伴楚王語。（薛媼〈古意〉卷七
九九）

　　巫山雲。巫山雨。朝雲暮雨無定所。南峰忽暗北峰
晴。空裏仙人語笑聲。曾侍荊（一作君）王枕席處。直
至如今如有靈。春風灔灔白雲閒。驚湍流水響千山。一
夜此中對明月。憶得此中與君別。感物情懷如舊時。君
今渺渺在天涯。曉看襟上淚流處。點點血痕猶在衣。（梁
瓊〈宿巫山寄遠人〉卷八〇一）

　　宋玉的〈神女賦〉裡曾頌高唐：楚襄王與宋玉遊於
雲夢之浦，夢巫山神女與之歡合。朝雲行雨，春宵一夢，
真令風流的楚王為之魂銷。然而，楚王多情，楚妃自然
有怨難銷。姚月華有一首〈楚妃怨〉：「梧桐葉下黃金井。
橫架轆轤　素綆。美人初起天未明。手拂銀瓶秋水冷。」

（卷八〇〇）首句「梧桐金井」，有秋感之思，楚宮中的美人破曉即起，手裏持著銀瓶，蕭涼寂寞，彷彿裝載著經年累月的清愁。記得《左傳》裡早就記載了楚文王妃息媯的悲愁。唐朝王右丞還曾經賦詩：「莫以今時寵，能忘舊日恩，看花滿眼淚，不共楚王言。」[7]還有愛上細腰的楚靈王，於是，「宮中多餓死」[8]的傳說，更傾瀉了楚宮中無言的憂怨。白居易在〈井底引銀瓶〉一詩中比喻：「井底引銀瓶，銀瓶欲上絲繩絕。」原因是「為君一日恩，誤妾百年身。」寄言癡小人家女，慎勿將身輕許人！更恍然是千古不變的警鐘。

四、懷念王昭君

「若夫明妃去時，仰天太息，紫台稍遠，關山無極，搖風忽起。白日西匿，隴雁少飛，代雲寡色，望君王兮何期？終蕪絕兮異域。」[9]好一個明妃別離！王介甫說她是：「淚溼春風鬢腳垂，低徊顧影無顏色。」歐陽永叔也有形容：「誰將漢女嫁胡兒？風沙無情貌如玉，身行不遇中國人，馬上自作思歸曲。」這王昭君本是恨人，面臨大漠黃沙，胡笳異語，人生到此，天道寧論？也惟有琵琶傳怨，道盡聲聲更苦。我們看唐朝婦女們思及王昭君

---

[7] 「王右丞為寧王奪餅妻事所作詩」一事見孟棨《本事詩》（台北，正光書局）。
[8] 《後漢書‧馬廖傳》中載：「楚王好細腰，宮中多餓死。」
[9] 見蕭統《昭明文選》江文通〈恨賦〉。

這段千古恨事，自難掩惆悵遺憾：「自古無和親。貽災（一作天貽）到妾身。朔風嘶去馬。漢月出行輪。衣薄狼山雪。妝成虜塞春。迴看父母國。生死畢胡塵。」梁環這首〈昭君怨〉（卷八○一），道盡重重怨憾。首二句仰首問天？是第一層怨。次二聯側身向景，所恨麗質，竟成塞外之春，是第二層怨。末尾在非常清楚自己今生無望歸鄉之際，可憐她身著漢家薄裳，生離故土，是第三層怨。杜甫〈詠懷古跡〉第三首中說明妃「一去紫台連朔漠，獨留青塚向黃昏。」「畫圖省識春風面。環珮空歸月夜魂。」「千載琵琶作胡語，分明怨恨曲中論。」與梁瓊這首「昭君怨」的怨淒相疊，相佐互應，使得這段塞外和親之恨，委實令人心驚不已！

第五節　巾幗不讓鬚眉底豪放

　　傳統的女子是溫室裡的花朵，香豔美麗卻纖弱，是籠子裏的金絲雀，嬌生慣養，婉雅溫柔而不堪風吹雨打。她們的任務是操勤持家，相夫教子。所以識字吟詩，只能充作「行有餘力，則以學文」的遊戲。何況舞刀掄棒。效命疆場，更是女性裡的奇例。歸有園在《麈談》中說：「婦人識字多誨淫。」這與「女子無才便是德」的想法一樣地偏頗，但是卻足以反映君主專制的權威裡，女子地位倍受壓抑，而在家事瑣碎繁雜下，又埋葬了多少紅粉的壯志華采？

　　於是，花木蘭、樊梨花、梁紅玉成了脂粉隊裡的英雌。而班昭、黃崇嘏、李清照也在男性縱橫的文壇裡分列一席，這些特殊的個例，流傳迄今，都是一篇篇膾炙人口的事蹟傳奇：在傳統面容底下，羞怯溫文、矜持溫婉的背後，另有一種豪放果敢，巾幗不讓鬚眉底英氣逼人。

一、女狀元黃崇嘏

　　前蜀的黃崇嘏，本是臨邛人，常喜歡作男子裝扮，遊歷兩川，因事下獄，曾貢詩於蜀相周庠：「偶辭（一作離）幽隱在（一作住）臨邛。行止堅貞比澗松。何事政清如水鏡。絆他野鶴在深籠。」（卷七九九）當時周庠職攝司戶參軍，政事明敏，一覽其詩，深愛其才，便想招

為東床快婿，黃崇嘏推卻不得；只有作詩明志：「一辭拾翠碧江湄。貧守蓬茅但賦詩。自服藍衫居邵掾。永拋鸞鏡畫蛾眉。立身卓爾青松操。挺志鏗然白璧姿。幕府若容為坦腹。願天速變作男兒。」（〈辭蜀相妻女詩（一作辭婚）〉卷七九九）周庠得詩大驚，這才知道她是女子。消息傳開，莫不稱奇，尊號為「女狀元」。陳敬之在《文學早期的女作家》中曾以「春風得意知何似？第一仙人話狀元」描述黃崇嘏。清朝乾隆間作《繁華夢傳奇》的王筠在〈鷓鴣天〉中的詞序裡也這樣陳詞：「閨閣沈埋十數年，不能身貴不能仙。讀書每羨班超志，把酒長吟太白篇。懷壯志，欲沖天，木蘭崇嘏事無緣。玉堂金馬生無分，好把心情付夢詮。」於是，這位姿容秀朗，才氣縱橫的黃崇嘏更見卓犖不群。

二、大家風範的王韞秀

　　王韞秀，河西節度使王忠嗣的女兒，後來嫁給元載為妻。元載在尚未獲取功名以前，家中十分貧窮，見輕於妻族，而韞秀深明大義，不以為恥，力勸夫婿游學，入秦求取功名。元載於是詩別韞秀：「年來誰不厭龍鐘，雖在侯門似不容。著取海上寒翠樹，苦遭霜霰到秦封。」卻不料王韞秀同甘苦共患難，一首〈同夫遊秦〉更加倍地鼓舞了元載：「路掃飢寒跡。天哀志氣人。休零離別淚。攜手入西秦。」（卷七九九）這樣的妻子，夫復何求？而元載果然不負期望，到達北京後，屢陳時務，深符上旨，肅宗拜為中書，王韞秀也隨著風光起來。直到元載拜相，

韞秀水漲船高，有〈寄姨妹〉一首：「相國已隨麟閣貴。家風第一右丞詩。笄年解笑鳴機婦。恥見蘇秦富貴時。」（卷七九九）正所謂「英雄不論出身低」，人世間的冷暖由此便可見一斑了。

元載任官為相的期間很長，歷肅、代兩朝，貴盛無比，賓客侯門，或多間阻，高觀遠識的王韞秀又苦心為詩，警惕元載：「楚竹燕歌動畫梁。春蘭（一作更闌）重換舞衣裳。公孫開閣（一作館）招嘉（一作佳）客。知道浮榮（一作雲）不久長。」（〈喻夫阻客〉卷七九九）不幸的是，浮榮的確不能久長，晚節不保的元載，終因貪恣被誅。王韞秀遭到牽累，罰降宮人，命其入宮奉侍。王韞秀遭此巨變，親眼目睹萬丈高樓自平地建起，然後轟然倒塌，撫今追昔，怎能不感慨歎傷：「二十年太原節度使女，十六年宰相妻，誰能為長信、昭陽之事，死亦幸矣！」至死不願入宮，終為京兆鞭笞而亡。

這是個典型的官場敗家的實例。王韞秀自幫助她的丈年獲取功名，鼓勵他，督勸他，卻因女子的言輕人微，不能彌補這滔天巨隙，而無法避免覆亡的厄運！其中最可敬的是她面臨大禍時，鎮定逾恆，貞亮自持，絕不苟延殘喘，辱名偷生，樹立了閨秀中不同的風範。

三、代夫作詩的孫氏

樂昌孫氏是進士孟昌期的妻子，通曉詩書翰墨，常常代夫題詩贈人，文筆簡潔雋永，清新可誦。《全唐詩》卷七九九中錄詩三首：

聞（一作聽）琴

　　玉指朱弦軋復清。湘妃愁怨最難聽。初疑颯颯涼風勁。（一作動。一作至。）又似蕭蕭暮雨零。近比流泉來碧嶂。遠如玄鶴下青冥。夜深彈罷堪惆悵。露溼叢蘭月滿庭。

白蠟燭詩（代夫贈人）

　　景勝銀釭香比蘭。（一作自占清香勝蕙蘭。）一條白玉偏人寒。他時紫禁春風夜。醉草天書仔細看。

謝人送酒（一作代謝崔家郎君送酒）

　　謝將清酒寄愁人。澄澈甘香氣味真。好是綠窗風（一作明）月夜。一杯搖蕩（一作動）滿懷春。

　　這三首詩就是她高雅的詩音，詠物寄興，比喻貼切，第一首以涼風暮雨比擬琴音；第二首用銀釭，白玉代表白燭；末首由色、香、味導出酒意香醇；用以寄語愁人千萬莫負春色。談到酒，原本是一個解憂、忘情的男性寵物，但在《全唐詩》卷七九九中發現湖州司法參軍陸濛的妻子蔣氏亦頗好杯中物，且有一首〈答諸姐妹戒飲〉的戲作：「平生偏好酒。勞爾勸吾餐。但得杯（一作尊）中滿。時光度不難。」說杯中的光陰，半解半迷，最是容易打發；正如同李白在〈將進酒〉中的高歌：「五花馬，千金裘，呼兒將出換美酒，與爾同銷萬古愁！」

　　可惜後來孫氏不涉詩書，竟又銷燬了她的文集創作，《全唐詩》在樂昌孫氏小傳中有這樣一段文字：「一日忽曰：『才思非婦人事，遂焚其集。』」終就應驗了

「不為海上騎鯨客，暫作花間化蝶人。是幻是真都是夢，三生誰證本來身！」[10]惟留得女兒才高的憾慰罷了！

---

[10] 見陳東原著《中國婦女生活史》（台北，商務印書館）頁 18 畢秋帆之太夫人的題詞。

第六節　分據元稹感情生命的三位女性

　　元和、長慶年間，在中唐的詩壇裡，出現了一種新的詩格：或為次韻相酬的排律；或為杯酒光景間的小碎篇章；其詩篇思深語近，律對調新，而風情宛然，天下文生競相倣效，蔚為風潮。其中，最負盛名的代表人物便是人稱元白唱和的元稹與白居易。李肇《國史補》中有這樣的記載：「元和以後，詩章學淺切於白居易，學淫靡於元稹。俱名元和體。」根據《舊唐書》一六六〈元稹傳〉中所錄：「元稹，字微之。河南人氏，其性聰警絕人，年少有才名。與太原白居易友善，工為詩，善狀詠風態物色。」《歸田詩話》卷上（七 a）記載他的詩十分有名，直入禁中，宮人皆能歌詠，直呼為「元才子」。《全唐詩》卷裡也有元微之遊戲風塵的實錄：其中包括了元稹與西蜀名妓薛濤的情詩漫唱，以及鏡湖春色中的一段韻事。他風流倜儻，瀟灑蘊藉，周旋於紅袖羅裙之間，麗情贈寄，無不款曲動人。此外，在他的戀愛過程及婚姻生活中所留下的詩篇，更是哀豔纏綿。陳寅恪先生在《元白詩箋證稿》第四章中這樣說：「微之天才也，文筆極詳繁切至之能事，既能於非正式男女關係如與鶯鶯之因緣，詳盡言之於會真詩傳。則亦可推之於正式男女間關係如韋氏者，抒其情，寫其事，纏綿哀感，遂成古今悼亡詩一體之絕唱。實由其特具寫小說之繁詳天才所

致，殊非偶然也。」綜而論之，元稹的愛情生活可分為三期：戀愛中的情侶—崔鶯鶯，婚姻史上的元配—韋叢，以及繼室裴柔之。

關於元稹早期戀愛的這一部分。《太平廣記》四八八雜傳記類的〈鶯鶯傳〉，不啻為元稹初戀故事的縮影。這個唐人所稱的〈會真記〉，原是採自傳中張生的賦詠，以及元稹所續的〈會真三十韻〉敷演而成。趙德麟在《侯鯖錄》中認為張生就是元微之的化身。而陳寅恪先生辨證推求後所獲的結論更肯定了張生即是元微之，[11]且崔鶯鶯一名也可能是杜撰，原本是假託於元稹的情人「雙文」：一個出身寒微的美麗女子。

而鶯鶯與張生這一段纏綿哀感的花月戀情，千古傳誦，癡迷顛倒著普天下多情的男女。由〈鶯鶯傳〉本是個始亂終棄的結局演變到〈西廂記〉改以大團圓的喜劇收場，正說明著由於廣大群眾的熱愛風靡，不忍見到男女戀人分散，而必要求其團圓結合的盲目樂觀精神。析觀〈唐人傳奇〉的敘述中，鶯鶯是在蒲東佛寺邂逅張生的，這一緣驚豔，使得張生魂牽夢縈，便千方百計地央求著鶯鶯的貼身女婢紅娘，傳送愛慕與思念。於是，鶯鶯久寂欲放的春心就這樣輕輕地給擾亂了，一首詩題「明月三五夜」的回音：「待月西廂下。迎風戶半開。拂牆花影動。疑是玉人來。」（卷八〇〇）更導致了「張生跳牆」

---

[11] 參見陳寅恪《元白詩箋證稿》（台北，世界書局）第四章〈豔詩與悼亡詩〉。

這幕高潮戲的發生。如此郎有情，妾有意，詩語著筆輕巧，完全是少年不識愁滋味的蜜意濃情，這樣甜蜜的愛情之果初嘗，是說不盡的恩愛綢繆。然而神聖地婚姻道路尚未攜手共進，情海中卻傳出了變濤。原因是忍人張生（元稹）西去長安之後，便音訊全無。獨留下翹首空盼的崔鶯鶯徬徨無依，肝腸寸斷，不自覺地發出了痛苦的音聲：「自從銷瘦減容光。萬轉千迴懶下床。不為傍人羞不起。為郎憔悴卻羞郎。」〈寄詩（一作絕微之）〉（卷八〇〇）反過來，我們看元稹在《全唐詩》中與雙文（崔鶯鶯）的片段詩詠互訴心情：既見「春風撩亂百勞語，況是此時拋去時，握手苦相問，竟不言後期，君情既決絕，妾意亦參差，惜如死生別，安得長苦悲。」的悲別離，更有「一去又一年，一年何可徹？有此迢遞期。不如死生別。天公隔是妒相憐，何不便教相決絕。」的絕情語。但儘管張生（元稹）薄倖如此，鶯鶯在日後張生重將探訪，欲續舊情時，卻仍秉承著傳統婦女最卑微，最堅忍的涵容力，溫婉的拒絕了：「棄置今何道。當時且自親。還將舊來意。憐取眼前人。」（〈告絕詩〉）其末尾兩句「還將舊來意，憐取眼前人」，寄予關懷，怨而不怒，深情溫厚，與張生的寡薄多疑，是一個多麼強烈的對比！

　　然而，誰是元稹所借用的敲門磚？一個高門望族的女兒，她就是韋叢，元稹的原配夫人。由於韋姓是當時聲勢顯赫的五大姓之一。元稹為了地位權勢，硬生生地別棄了鶯鶯，迎娶了韋叢。元稹有詩直敘心聲：「一夢何足云，良時事婚娶」，「韋門正全盛，出入多歡裕。」寫

自己追求門第顯貴人家的小姐，而將負心的往事比作無足輕重的春夢，詩中如此直率地坦承始亂終棄，毫無慚意，可見當時求娶五姓女的風習正熾，社會文化對文士晉身求貴的行為給予了相當程度的容忍與認可。[12]至於韋氏，白樂天曾有詩形容：「韋門女清貴。」[13]陳寅恪先生也認為她是一個勤儉治家的賢婦。可惜她在元和四年七月九日不幸逝世。考《全唐詩》中并無她個人的詩錄，倒是元稹對她的幾首悼亡詩，寫得相當感人。例如：「朝從空屋裡，騎馬入空台，盡日推閑事，還歸空屋來。月明穿暗隙，燈燼落殘灰，更想咸陽道，魂車昨夜回。」又如：「君入空臺裡，朝往暮還來，我入泉臺去，泉門無復開，鰥夫仍繫職，稚女未勝哀，寂寞咸陽道，家人覆墓迴。」《本事詩》上也留載了這麼一段文字：韋蕙叢逝，元微之為詩悼之曰：「曾經滄海難為水，除卻巫山不是雲。」這些悼亡的詩句，多就夫妻相依處實寫，不作誇大的炫揚，自然情文并茂，倍見真意了。

　　繼韋氏之後，裴柔之成為元稹的續絃。裴柔之，本名淑。《元氏長慶集》十二〈酬樂天東南行詩一百韻〉序上說：「通之人莫知言詩者，惟妻淑在旁，知狀。」而白樂天在微之墓誌銘上也稱揚裴氏賢明有禮，由此可以證明裴柔之知通文墨，才思敏捷；是一個明慧可人的女性。檢視《全唐詩》卷七九九曾經記載元微之自會稽拜尚書

---

[12] 參見黃永武《中國詩學鑑賞篇》自序（台北，巨流出版公司）頁 12-17。
[13] 見白居易《白香山詩集》（台北，世界書局）。

左丞的時候，到京師不滿一個月，又出鎮武昌，裴柔之以詩難之：「歲杪到家鄉，先春又赴任。」元稹便題詩相慰：「窮冬到鄉國，正歲別京華，自恨風塵眼，看他遠地花，碧幢還照耀，紅粉莫含嗟。嫁得浮雲婿，相隨即是家。」[14] 嫁得浮宦郎君，閨中少婦的情愁萬千、聊緒無奈都化作詩思輾轉，綿綿不盡地透入了字裡行間：「侯門初擁節。御苑柳絲新。不是悲殊命。唯愁別近親。黃鶯遷古木。朱（一作珠）履從清塵。想到千山外。滄江正暮春。」（卷七九九）是以，民間之上，煙花之外，侯門貴婦也有著情懷深切，那就是無論山崖水湄，思君念君，無遠弗至，無堅不摧，悠然超乎時空之外，以最古老、親切地文字藝術，溫文地表達了「惟愁別近親」底刻骨的相思。

---

14 見臺靜農編《百種詩話類編》（台北，藝文出版社）《全唐詩話續編》卷下，十八 a。

第七節 步非煙的幽恨

步非煙[15]是有恨的。「紅顏總歸薄命。」這真是個不幸的符咒。為什麼美麗的女人往往命運多舛？「娥眉曾有人妒。」這真是個俗氣的悲劇。為什麼無意爭春，群芳猶自鬥妍？所以，步非煙不能無恨。

時間是晚唐咸通年間，地點在河南府臨淮縣。已是河南府功曹參軍武公業寵妾的步非煙，容止纖麗，芳華絕代，還善聲好文，尤其是擊得一手好甌，音韻可與絲竹相合。這樣一個色藝雙絕的步非煙，自然深得武公業的變幸。

那麼，步非煙是如何有恨的呢？

可惜的是武公業一介武夫，個性麤悍；自恃嬌容的步非煙常以鮮花、牛糞為憾，自恨所配非偶。於是，這樁有缺陷的婚姻，基礎是極不穩固的，一旦出現外來的刺激，憾恨便化為一股反作用力，往往突破了倫理的界限與婚約的束縛。這個第三者，便是端秀倜儻的趙象。

趙象見到非煙的時候，年方弱冠，血氣未定。面對著嬌艷的芳姿，自然難以自持，廢食忘寐。這個膽大輕狂的少年郎，情不自禁題詩相誘：「一睹傾城貌，塵心只自猜，不隨蕭史去，擬學阿蘭來。」司馬相如琴挑，卓

---

[15] 步非煙事見汪辟疆校注《唐人小說》（台北，河洛出版社）第二九二頁。據明鈔原本《說郛》校錄：「步非煙」作「步飛煙」。

文君怦然心動，步非煙吁嗟良久，還是回答了趙象：「綠慘雙娥不自持。只緣幽恨在新詩。郎心應似琴心怨。脈脈春情更泥誰。」（卷八〇〇）詩中滿溢著無比的幽怨，「脈脈春情更泥誰？」非煙的心事，非煙的情懷，矛盾已極，真是「恨不相逢未嫁時」。

　　自此以後，趙象進攻佳人芳心，詩贈極為頻繁，深情款款，終於掌握了伊人的芳心。我們看趙象旖旎的情詩：「珍重佳人惠好音。綵牋花翰兩情深。薄於蟬翼誰供眼。密似蠅頭未寫心。疑是落花還碧洞。又思輕雨滿幽襟。百回消息千回夢。裁作長謠寄綠琴。」正好非煙小恙，初癒之際，感象深情蜜意，於是，詩并香囊一齊贈給了趙象：「無力嚴妝倚繡櫳。暗題蟬錦思難窮。近來贏得傷春病。柳弱花敧怯曉風。」趙象乍獲佳人信物，欣喜若狂，又憐非煙瘦損，自是疼惜萬分，情思萬端，不能自已，落筆之處是濃濃的關愛，密密的相思：「且說傷情為見春。想封蟬錦綠娥顰。叩頭與報卿卿道。第一風流最損人。」風流損人，風流損人，非煙遇得心契魂交的趙象，自傷垂髫而孤的童年，媒妁欺誤，匲合於瑣類的婚姻，著實動了真情，因贈〈寄懷〉一首：「畫簷（一作梁）春燕須同宿。蘭浦雙駕肯獨飛。長恨桃源諸女伴。等閒花裏送郎歸。」（卷八〇〇）羨春燕同宿，慕駕鴦雙飛，人兒怎能不成連理呢？於是，趁著武公業值班未歸的晚上，毗鄰而居的趙象踰垣而來，這一夕繾綣，萬種歡情，才子佳人都留下了詩篇。趙象難忘綢繆：「十洞三清雖路阻。有心還得傍瑤臺。瑞香風引思深夜。知是蕊

宮仙馭來。」非煙徒增情愁：「相思只恨難（一作怕不）見（一作識）。相見還愁卻別君。願得化為松上鶴。一雙飛去入行雲。」

　　但是，這樣的歡聚是不容於人情禮法的，短暫的歡樂的背後隱埋著不幸的陰影。一個曾遭非煙數過處罰的女奴，偷偷地密告了武公業，導致這一段孽緣曝光。先是，武公業佈下了陷阱：假裝離家守值，非煙不知大禍臨頭，依然幽會趙象。而後，武公業在趙象逃竄的時候，得到了證據：抓下了趙象半件長衫。俗語說：「武夫最恨綠巾恥」。憤怒的武公業笞詰步非煙，將她縛綁在大柱上，鞭笞血流，終於被強打絕死。可憐非煙瀕死的時候，還掙扎得說：「生得相親，死亦何恨。」

　　果真無恨嗎？

　　皇甫枚在《三水小牘》中下了這樣的結語：「噫！豔治之貌，則代有之矣，潔朗之操，則人鮮聞，故士矜才則德薄，女衒色則情私，若能如執盈，如臨深，則皆為端士淑女矣。非煙之罪，雖不可逭，察其心，亦可悲矣。」

　　所以，步非煙是不能無恨的。

第八節　胭脂淚，思未歸

　　和著胭脂的淚珠，是陽光下七彩的琉璃，美麗，短
暫而又帶著哀愁！不敢細究哀愁底中心：女郎，究為何
事哭泣？眼眸深處籠罩著憂愁，幽幽的思念落在無邊的
遠方。驚起鴻雁，分了白雲，握不住離別；而千帆過盡，
馬蹄踏遍。總不是歸人！只一任著七彩的琉璃破碎、閃
爍；閃爍、破碎。

一、亙古地思念

　　人類的感情像厚藏的大地，總是在無言的奉獻。雖
然，它表現的形式不一：或如熊熊烈焰，或似潺潺細流；
熱烈而溫婉，奔放而細緻；卻是亙古不變地。尤其是思
念這一環，最是愛的凝塑，剪不斷，理還亂，至死不休。
　　我們看劉雲這一首「有所思」：「朝亦有所思。暮亦
有所思。登樓望君處。藹藹蕭關道。掩淚向浮雲。誰知
妾懷抱。（一作靄靄浮雲飛。浮雲遮卻陽關道。向晚誰知
妾懷抱。）玉井蒼苔春院深。桐花落盡（一作地）無人
掃。」（卷八〇一）朝思夕念，掩淚向雲，誰知懷抱？原
只為了「登樓望君」，這真把入骨地想念赤裸地表達無遺
了。
　　又如郎大家宋氏的七首樂府：（卷八〇一）

採桑

　　春來南雁歸。日去西巂遠。妾思紛何極。客（一作君）遊殊未返。

　　宛轉歌（一作擬晉女劉妙容宛轉歌）二首（一作崔液詩）

　　風已清。月朗琴復鳴。掩抑非千態。殷勤是一聲。歌宛轉。宛轉和且長。願為雙鴻（一作黃）鵠。比翼共翱翔。

　　日已暮。長簷鳥聲度。此時（一本無上二字）望君君不來。此時（一本無上二字）思君君不顧。歌宛轉。宛轉那能異棲宿。願為形與影。出入恆相逐。

長相思

　　長相思。久離別。關山阻。風煙絕。臺上鏡文銷。袖中書字滅。不見君形影。何曾有歡悅。

朝雲引

　　巴西巫峽指（一作連）巴東。朝雲觸石上朝空。巫山巫峽高何已。行雨行雲一時起。一時起。三春暮。若言來。且就陽臺路。

女郎田娥的二首詩作：（卷八〇一）

寄遠

　　憶昨會詩酒。終日相逢迎。今來成故事。歲月令人驚。淚流紅粉薄。風度羅衣輕。難為子猷志。虛負文君名。

攜手

　　攜手共惜芳菲節。鶯啼錦花滿城闕。行樂逶迤念容色。色衰只死君恩歇。鳳笙龍管白日陰。盈虧自感青（一作中）天月。

宛轉的詩意，纏綿的相思，如泣如訴，尤其是戀惜起過去的芳菲時節，歲月跨過關山風煙，客遊不返，望君不來，焦灼紛亂，離後的情淚不自禁地便浸溼了羅衣。此時此景，真正是「滿眼是花花不見，一層明月一層霜」了！

崔仲容也有三首詠贈：（卷八〇一）

贈所思

新居幸接鄰。相見不相親。一似雲間月。何殊鏡裏人。丹誠（一作成）空有夢。腸斷不禁春。願作梁間燕。無由變此身。

戲贈

暫到崑崙未得歸。阮郎何事教人非。如今身佩上清籙。莫遺落花霑羽衣。

贈歌姬（《紀事》作贈歌妓）

水翦雙眸霧翦衣。當筵一曲媚春輝（一作時）。瀟湘夜瑟怨猶在。巫峽曉雲愁不稀（一作飛）。皓齒乍分寒玉細。黛眉輕蹙遠山微。渭城朝雨休重唱。滿眼陽關客未歸。

京兆女子的〈題興元明珠亭〉：（卷八〇一）

寂寥滿地落花紅。獨有離人萬恨中。回首池塘更無語。手彈淚珠與（一作背）春（一作東）風。

李主簿姬的〈寄詩〉：（卷八〇一）

去時盟約與心違。秋日離家春不歸。應是維揚風景好。恣情歡笑到芳菲。

崔公遠的〈獨夜詩〉：（卷八〇一）

晴天霜落寒風急。錦帳羅幃羞更入。秦箏不復續斷弦。回身掩淚挑燈立。

王麗真女郎的〈字字雙〉：（卷八九九）

床頭錦衾斑復斑。架上朱衣殷復殷。空庭明月閑復閑。夜長路遠山復山。

崔素娥的〈別詩〉：（卷八〇〇）

妾閉閑房君路岐。妾心君恨兩依依。神魂倘遇巫娥伴。猶逐朝雲暮雨歸。

湘驛女子的〈題玉泉溪〉：（卷八〇一）

紅葉（一作樹）醉秋色。碧溪彈夜弦。佳期不可再。風雨杳如年。

陽關客未歸，離人恨萬盅，盟約飄渺，佳期不再。這些境況一旦發生在以男性為主的社會型態裡，女子失去了終身相繫的依憑，煢獨無依，加上又無獨立生活的能力，寂寥悲歡，更不知如何自處了。此外，值得一提的是五代蜀尚書侯繼圖的妻子任氏有一首〈書桐葉〉（卷七九九），寫得更是情軟筆健，層波疊瀾。

拭翠斂娥（一作雙）眉。鬱（一作為）鬱心中事。搦管（一作桐葉）下庭除。書成（一作我）相思字。此字不書石。此字不書紙。書在桐（一作向秋）葉上。願逐秋風起。天下有心人，盡解相思死。天下負心人。不識相思字。有心與負心。不知落何地。

　　全首「相思」三重，反覆曲折，只為敘說這個心結，方東樹在《昭昧詹言》卷十一上說：「凡短章最要層次多，每一、二句即當一大段。」這首〈書桐葉〉因鬱而思，因思而書，書而復覺，覺後又疑。共分五層，而鬱、思、書、覺、疑，都是為了一解相思，一識相思。由其中也就可以判定有心與負心的區別了。

二、仕宦輕離

　　官職調動，貶謫升遷，多半浮幻無常。有的是平步青雲，鯉躍龍門；有的是冠蓋滿京華，斯人獨憔悴；無論獎掖升賞，或是連坐受累，總是官地非一，職司有異。那麼，遇到宦途崎嶇、降貶鄙塞、官儀繁數、初仕生澀的時候，自然無法攜眷同行。於是短暫的離別也許孕藏著希冀重逢的喜悅，然而長期的獨居卻是難以忍受的悲苦。譬如張氏的〈寄夫〉二首，便一吐哀音：（卷七九九）

　　久無音信到羅幃。路遠迢迢遣問誰。聞君折得東堂桂。折罷那能不暫歸。

　　驛使今朝過五湖。殷勤為我報狂夫。從來誇有龍泉劍。試割相思得斷無。

　　這正是在情深思切地問：任江西幕府的郎君彭伉，為了什麼遲遲不歸？又為了什麼久無音信？

　　再看王氏的〈書石壁〉：（卷七九九）

　　何事潘郎戀別筵。歡情未（一作不）斷妾心懸。汏王灘下相思處。猿叫山（一作空）山月滿船。

　　身為永福潘令的妻子，在汰王灘邊等候許久未歸的
夫婿，此時，猿叫空山，聲聲淒切，而題詩石壁，相思
恨深，許久不滅，更增添情淒哀絕的氣氛！

　　另外，劉淑柔、程洛賓、劉元載妻、鮑家四弦、薛
韞、劉媛，都將送君底離愁、思君底哀怨、不歸的惆悵，
經由山、水、花、月等意象，渲染著幽幽如夢的情腸。

中秋夜泊武昌　　　　　　　　　　劉淑柔（卷八〇〇）
　　兩城相對峙。一水向東流。今夜素娥月。何年黃鶴
樓。悠悠蘭棹晚。渺渺荻花秋。無奈柔腸斷。關山總是
愁。

歸李江州後寄別王氏　　　　　　　程洛賓（卷八〇〇）
　　魚雁回時寫報音。難憑剗蘖數年心。雖然情斷沙吒
後。爭奈平生怨恨深。

明月堂　　　　　　　　　　　　　劉氏婦（卷八〇一）
　　蟬鬢驚秋華髮新。可憐紅隙盡埃塵。西山一夢何年
覺。明月堂前不見人。

　　玉鉤風急響丁東。回首西山似夢中。明月堂前人不
到。庭梧一夜老秋風。

早梅（一作觀梅女仙詩）　　　　　劉元載妻（卷八〇一）
　　南枝向暖北枝寒。一種春風有兩般。憑仗高樓莫吹
笛。大家留取倚闌干。

送韋生酒　　　　　　　　　　　　鮑家四弦（卷八〇〇）
　　白露溼庭砌。皓（一作素）月臨前軒。此時去留恨。
含思獨無言。

送鮑生酒　　　　　　　　　　　　　　前人

風颭荷珠難暫圓。多情信有短姻緣。西樓今夜三更月。還照離人泣斷弦。

贈故人　　　　　　　　　　　　　薛媼（卷七九九）

昔別容如玉。今來鬢若絲。淚痕應共見。腸斷阿誰知。

送遠　　　　　　　　　　　　　　劉媛（卷八〇一）

聞道瞿塘灩澦堆。青山流水近陽臺。知君此去無還日。妾亦隨波不復迴。

　　這些閨中少婦的低吟，正透露著「悔教夫婿覓封侯」的懊惱。《唐詩別裁》杜秋孃[16]有一首金縷詞：「勸君莫惜金縷衣，勸君惜取少年時。有花堪折直須折。莫待無花空折枝。」也說明了功名利祿與愛情婚姻這兩樣東西，有的時候，正是魚與熊掌的抉擇，或者須作相當的付出或犧牲，才能換回一些微薄的報償。

　　不僅於夫妻鰜鰈情深，《全唐詩》中還有那年邁老母的思念，幼妹無依的想望，都化作了動人的詩篇。

　　《唐宋遺史》曾經記載在武后如意年間，一個七歲女孩的〈賦送兄詩〉：「別路雲初起。離亭雁正飛（一作稀）。所嗟人異雁。不作一行歸。」[17]將她的仕宦的哥哥明喻作離雁分飛，不料在第三句逆轉了這個意象，事實

---

[16] 沈德潛《唐詩別裁》（台北，商務印書館）（四）七絕頁146有〈金縷詞〉一首，杜秋孃作，或作「李錡妾」。

[17] 此詩又見於《全唐詩》卷七九九。《唐詩紀事》一一五五頁。《唐詩別裁》一〇八頁。《全唐詩稿本》五四頁。

上人與雁怎能相同呢？侯鳥定期回歸，人兒卻一去難返！這樣一來，竟是「人不如雁」！於是豐蘊的思旨使得這短短二十字出現飽和的詩趣。

　　至於老母思子遊仕，傷兒貶謫，更包容了天底下無微不至的關愛及體恤，《全唐詩》卷七九九裡，趙氏和林氏的作品正是這種竭極親恩的表現！

送男左貶詩　　　　　　　　　　　　　　　　　林氏

　　他日初投杼。勤王在飲冰。有辭期不罰。積毀竟（一作意許）相仍。謫宦今何在。銜冤猶未勝。天涯分越徼。驛騎（一作驟）速毘陵。腸斷腹非苦。書傳寫豈能。淚添江水遠。心劇海雲蒸。明月珠難識。甘泉賦可稱。但將忠報主。何懼點青蠅。

　　這就是為人母的苦心：「淚添江水遠。心劇海雲蒸」，而詩中全無責罵貶斥的用語，充滿著瞭解與關懷，末尾更以「忠心」鼓勵奮發，一如苦旱後的乾霖，撫慰了遊子的失意、怨懟與不平。

　　我們再看趙氏的〈古興〉三首：（卷七九九）

　　鬱蒸夏將半。暑氣扇飛閣。驟雨滿空來。當軒卷羅（一作簾）幕。度雲開夕霽。宇宙何清廓。明月流素光。輕風換炎鑠。孤鶯傷（一作相）對影。寶瑟悲別鶴。君子去不還。遙（一作搖）心欲何託。

　　金菊延清霜。玉壺多美酒。良人猶（一作獨）不歸。芳菲豈常有。不惜芳菲歇。但傷別離久。含情罷斟酌。凝怨對窗牖。

霽雪舒長野。寒雲半幽（一作伴秋）谷。嚴風振枯
條。猿啼（一作啼猿）抱冰木。所嗟遊宦子。少小荷天
祿。前程未云至。悽愴對車僕。歲寒成詠歌。日暮棲林
僕（一作曲）。不憚行險道（一作路險）。空悲年運促。

　　她悲別離，傷獨影，既擔心遊子歲寒行險，又哀怨
自己歲衰年蹙，白髮悽愴，別是暮年底心傷！

三、商賈情薄

　　官場之外，更有商場，負心薄倖，狠忍移情。白居
易〈琵琶行〉中說：「商人重利輕別離。」《全唐詩稿本》
頁五九更記載著這樣一個故事：長安女子郭紹蘭，嫁給
任宗為妻，這任宗是一個富商，從事生意常往來於湘中
一帶。誰知數年不歸，使得春閨中的良婦思念成癡，竟
妄想憑藉著梁間遊戲的雙燕，代她尋訪良人。就是這首
〈寄夫〉：「我婿去重湖。臨窗泣血書。殷勤憑燕翼。寄
與薄情夫。」（卷七九九）燕子縛繫著它，渡過千山萬水，
竟然就棲息在任宗的肩頭。萬物有靈，天地含情，何況
是有血有肉的人心？面對著一封血淚交融的呼喚，夾雜
著夫妻最原始，最真摯的至情。於是，任宗這才想起：
家鄉地湖畔、窗邊，還有著癡心地妻子在無涯地等待！

四、壯士不返

　　戰爭，是最殘酷的，為了利益的衝突？民族的仇恨？
統治者的榮耀？聚集了各方精銳、強悍的壯士，作一場

龍爭虎鬥，爭一個你死我活。然後，一將功成萬骨枯，這些漫山遍野棄置的枯骸殘骨，卻正是深閨妝台中朝思夕夢中的人兒！所謂「死者已矣，生者何堪」？在有知覺，有意識的生命、心靈裡，這應是最無情的打擊，最慘痛的記憶！即便是聲威遠播的大唐盛世，也不能免離兵荒馬亂的災禍，這樣一來，身受其害得不只是勇丁壯男，痛苦牽連而下，高堂、嬌妻、幼子都隨之陷入了淒風苦雨。在空閨寂冷中，詩作裡瀰漫的是一片愁雲慘霧。舉如裴羽仙〈哭夫〉二首：（卷八〇一）

風卷平沙日欲曛。狼煙遙認犬羊群。李陵一戰無歸日。望斷胡天哭塞雲。

良人平昔逐蕃渾。力戰輕行（一作生）出塞門。從此不歸成萬古。空留賤妾怨黃昏。

若耶溪女子的〈題三鄉詩〉：（卷八〇一）

昔逐良人西入關。良人身殁妾空還。謝娘衛女不相待。為雨為雲歸此山。

誰氏女的〈題沙鹿門〉：（卷八〇一）

昔逐良人去上京。良人身殁妾東征。同來不得同歸去。永負朝雲暮雨情。

胡地埋骨，春閨留恨。更不堪黃昏雲雨，真叫人一見一回腸一斷了！至於遠戍的征人，擊鼓待戰，生死只在一線之間。這時候，家人的思念又不同於殉國時的悲痛，更滲雜進了擔驚、焦慮、祝禱與關切。詩人施肩吾

有一首〈生別離〉，將這些複雜的心緒，以拙樸的語句表達得相當感人：「老母別愛子，少妻送征郎，血流既四面。乃一斷二腸，不愁寒無衣，不怕飢無糧。惟恐征戰不還鄉，母化為鬼妻為孀。」這完全是用著朗率直言的語調，將家屬內心深處的顧忌與憂慮，毫不掩飾的表現出來。此較起來，女性的情懷就顯得比較委婉柔淒，溫郁動人。譬如陳玉蘭的〈寄夫〉（卷七九九）：「夫戍邊關妾在吳。西風吹妾妾憂夫。一行書信千行淚。寒到君邊衣到無。」是西風吹動了我的憂愁，我的憂愁卻是繫在邊關的征夫身上。氣候寒了，可有邊衣禦寒，你知道嗎？每一行書信都是我流著千行的眼淚才完成地，更遑論平日累積的思念憂戚與辛酸了！而「看花燭不語，裴回雙淚潛」的崔公遠也不禁低吟著：「君今遠戍在何處。遺妾秋來長望天。」（卷八〇一）那麼「桐花落盡春又寒，紫塞征人猶未歸」的崔仲容，不覺紅顏老去，也只有空嗟白髮頻生了！（卷八〇一）更何況老母為遊子縫衣，少妻為征夫寄袍，真是寸寸殷勤，針針血淚。《唐詩別裁》（二）七言古詩中，裴羽仙有〈寄夫征衣〉一首：「深閨乍冷開香匣。玉筋微微濕紅頰。一陣霜風殺柳條。濃煙半夜成黃葉。重重白練如霜雪。獨下寒階轉淒切。祇知抱杵搗秋砧。不覺高樓已無月。時聞寒雁聲呼喚。紗窗只有燈相伴。幾展齊紈又懶裁。離腸空逐金刀斷。細想儀形執刀尺。回刀剪破澄江色。愁捻銀鍼信手縫。惆悵無人試寬窄。時時舉袖勻殘淚。紅箋漫有千行字。書中不盡心中事。一半殷勤托邊使。」看這征衣縫製的步驟：霜寒迫

近，思婦搗著如雪的白練襯著寒秋的砧杵聲，然後細想儀形，伴著燈兒裁斷剪做，再千針萬線地和著愁淚密密細縫，當製成新衣的時候，才發現郎君遠征邊邑，不能親試寬窄，於是，黯然憔悴，珠淚暗盈！這真是「欲寄征衣君不還，不寄征衣君又寒，寄與不寄間，妾身千萬難！」[18]

另外，《全唐詩》卷七九九裡，邊將張揆的妻子侯氏，作了一首迴文詩，繡作龜形，傳寄遠方，伴慰征人，詞情雋逸，詩理有致：「暌離已是十秋（一作年）強。對鏡那堪重理妝。聞雁幾迴修尺素。見霜先為製衣裳。開箱疊練先垂淚。拂杵調砧更斷腸。繡作龜形獻天子。願教征客早還鄉。」

還有，廉氏的〈懷遠〉、〈寄征人〉：（卷八○一）

懷遠

隙塵何微微。朝夕通其輝。人生各有託。君去獨不歸。青林有蟬響。赤日無鳥飛。裴回東南望。雙淚空霑衣。

寄征人

淒淒北風吹鴛被。娟娟西月生娥眉。誰知獨夜相思處。淚滴寒塘蕙草時。

長孫佐轉妻的〈答外〉：（卷八○一）

征人去年戍邊水。夜得邊書字盈紙。揮刀就燭裁紅綺。結作同心答千里。君寄邊書書莫絕。妾答同心心自結。

---

[18] 見姚燧元曲「寄征衣」一首。

同心再解不心離。離字頻看字愁滅。結成一衣和淚封。封
書只在懷袖中。莫如書故字難久。願學同心長可同。

　　都是一樣地相思情濃。無奈夜永如水，雖然同心結
繫，長寄千里，卻是剪不斷許多清愁！李白的〈子夜歌〉
中不也提到：「長安一片月，萬戶擣衣聲，秋風吹不盡，
總是玉關情，何日平胡虜，良人罷遠征！」「休戰」，的
確是普天下子民真摯底心願。

　　此外，由於徵兵關係的聯鎖，召募了不少農家子弟，
田園也隨之荒蕪。葛鴉兒這首〈懷良人〉：「蓬鬢荊釵世
所稀。布裙猶是嫁時衣。胡麻好種無人種。正是歸時不
見（一作底不）歸。」（卷八〇一）是以類疊的句法重出，
加上直陳的語氣，呼告的手法，使得簡單樸實的詩句變
得語調邈越，「胡麻好種無人種」，兩「種」字是怨句。「正
是歸時不見歸」，二「歸」字成歎息！《唐詩別裁》卷四
中曾評此詩：「以耕鑿望夫之歸，比悔教夫婿覓封侯較切
較正。」《本事詩》與《麗情集》裡記載關於這首〈懷良
人〉別有一段本事舖設：說是朱滔練兵，見部伍中有一
士子容止可觀，進趨淹雅，援筆成詞：「握筆題詩易。荷
戈征戍難。慣從鴛鴦被。怯向雁門寒，瘦盡寬衣帶，啼
多漬枕檀，試留青黛著，回日畫眉看。」又代妻作詩一
首，內容與葛鴉兒所作同調。朱滔過目，十分賞識，便
贈束帛，放歸故里。

　　於是，在這樣環境的限制、風習的左右下，柔弱的
女性總是無法掙脫出天命與人命雙重的控制，只有俯首
屈服。班昭在《女誡》七章敬慎第三中說：「男以強為貴，

女以弱為美。」這和西方莎翁的一句名諺：「弱者，你的
名字是女人。」於古老、迥異的文化背景裏，女子的角
色對待竟都充滿著卑微委曲！

第九節　婚姻叢裡的悲劇

一、女子沒有強制離婚的權利

　　專制與傳統雙軌籠罩下的婦女，是宗法系統中的男性的附從物。歷來對女子的限制甚嚴，《大戴禮本命篇》記載了七出之條：「不順父母，為其逆德也。無子，為其絕世也。淫，為其亂族也。妒，為其亂家也。有惡疾，為其不可與共粢盛也。口多言，為其離親也。竊盜，為其反義也。」這可以看出，決定婦女的運命的，來自三種不同的勢力：一個是宗廟法統；一個是舅姑，最後一個是自己的丈夫。班昭的《女誡》裡也羅列了卑弱、夫婦、敬慎、婦行、專心、曲從、和叔妹七種道德規範，在德、言、容、功四種女教之外，又要求了三從四德。所以連這本身處於女性立場，正可以作為女性發言的強有力的論著中，竟也有因襲舊有觀念，箝制婦女的意見出現，無怪乎數千年來女子的地位一蹶不振，如同枷鎖在身。譬如其中明文訂定：「禮，夫有再娶之道。婦無二適之文。」（《女誡，專心第五》）夫與婦之間，明顯的根本就無所謂於「地位的平等」，再加上道統和宗法的因素作祟，人類臣服於「君有恩於臣，而夫有恩於妻」的律條。故而，多少不得丈夫歡心的女子，縱使被拋棄不顧，仍然無法忘情於「丈夫」，舉如民歌中：「上山采蘼蕪，下山逢故夫，長跪問故夫，新人復何如？新人雖言好，

未若故人姝。……將縑來比素，新人不如故。」就是一例。同時，正因為這個「恩」的觀念根深蒂固，使得婦女們無論在形式上的法律教條，以及內在的心裡負荷上都加倍地蒙受壓迫，遭到限制。

《女誡》裡邊敬慎第三這個部份又談到了有關離婚的問題，其中要求婦女敬順，持久，寬裕，不可生出侮夫之心，曲不能爭，直不能訟。然後，才能避免譴訶及楚撻，否則，做丈夫的便可以正式宣告與妻子仳離。《唐律疏議》卷十四也有明白的規定：「婦人從夫，無自專之道，雖見兄弟，送迎尚不踰閾，若有心乖唱和，意在分離，背夫擅行，有懷他志，妻妾合徒二年，因擅去而即改嫁者徒三年，故云加二等。」由此證明妻子沒有強制離婚的權利。陶希聖先生在《婚姻與家族》一書中認為：強制離婚是說夫妻之一方以單方意思強制解消婚姻，依唐律，夫方有此權而妻方無此權。但合意離婚即「和離」，則為唐律所容許[19]。因此，在婚姻的舞台上，無論「合」與「分」，女性始終在扮演著一個被動的角色，男子則是高踞於本位主義上的君宰，只要他高興，可以同時納娶三妻四妾，以享受聲色之娛。當他覺得不滿意的時候，又有各種明訂的藉口，可以名正言順地遣走他所厭嫌或怠倦的女子，甚至於根本毋需解釋原因，女子便要倉遑自遁。這種不合理的現象，自高門貴族到販夫走卒，無論仕、農、工、商各次階層都屢見發生，并為社會輿論

---

[19] 見《唐律、疏議》卷十四。

所接受。這便可以想見女性在當時待遇是如何低落，男方可能隨時就恩義蕩然無存，女方卻仍得忠貞自許。反過來，女子若是棄夫他嫁，便是水性楊花的蕩婦淫行，永難安身。在這樣不健全的婚約環境中，女子只能是一個被同情的對象，如果，不幸碰到一個不務正業的丈夫或有虐待狂的配偶，也只能嗟歎自己的命運悲苦，並被迫地忍耐涵受。那麼，像這樣極端不愉快的生活經驗累積，便構成了婚姻叢裡的悲劇，甚至更超越於辛酸勞碌，充滿了血淚交織的無助。

二、棄婦無告

孟郊有一首〈薄命妾〉：「不惜十指絃，為君千萬彈，常恐新聲至，坐使故聲愁。棄置今日悲，即是昨日歡，將新變故易，持故為新難。」就在「新舊，舊新」的替換中間，完全呈現了屬於棄婦的這份無告，隱埋在棄婦心中失寵的隱憂。《中國婦女生活史》上說：「女子乃以出嫁為其一生之標準，既然寄其生命於男子，便須甘受許多不平等的待遇。男子可以多妻，女子卻要守節。男子可以再娶，女子卻不能貳嫁。（宋以前尚不嚴格）男子可以休妻，女子卻不能離夫。（漢時尚不嚴格），最可怪的，女子的心理總偏重於白頭偕老，男子的心理，則多是棄舊迎新，由此演出的痛苦，真是罄筆難書了。」翻開《全唐詩》，遭到拋棄的女子所受的痛苦，或恨，或怨，或悵惘無歸，或期企舊好，字裡行間仍是不忍遽捨的濃情。

　　至於男子的任意棄妻，歸納起來，不外以下幾種情形：

（一）豪家子的心態

　　「執千金，為紅妝」是風流人物競相誇侈的大手筆，這些豪門子弟一方面有鉅大的財力，一方面喜歡遊戲群芳。於是，很容易地大肆納娶，自然也很輕易地棄置反覆。雖然女孩兒家是貞心高節自持：（卷七九九）

雙槿樹

　　綠影競扶疏。紅姿相照灼。不學桃李花。亂向春風落。

溪口雲

　　溶溶（一作一片）溪口雲。纔向溪中吐。不復歸溪中。還作溪中（一作頭）雨。

池上竹

　　此君臨此池。枝低水相近。碧色綠波中。日日流不盡。

沙上鷺

　　沙頭一水禽。鼓翼揚清音。只待高風便。非無雲漢心。

　　「不學桃李花，亂向春風落。」「只待高風便，非無雲漢心。」這便是以竹自喻的張文姬的心聲，同時，也正是禮教中的女性最基本的修德。

　　反觀，高門大戶的執袴子弟就不如是想了；崔萱在《全唐詩》卷八〇一裡做了如實的描述：

豪家子

　　年少家藏累代金。紅樓盡日醉沈沈。馬非躞蹀寧酬價。人不蟬娟肯動心。

敍別

　　碧池漾漾春水綠。中有佳禽暮樓宿。願持此意永相貽。祇慮君懷中反覆。

還有張淡的〈春詞〉：

　　昨日桃花飛。今朝梨花吐。春色能幾時。那堪此愁緒。蕩子遊不歸。春來淚如雨。

　　既然豪家子弟輕易即為嬋娟動心，而沈醉紅樓，佳人怎能不憂慮郎君中情反覆呢？

（二）喜新厭舊的心理

　　白居易〈婦人苦〉開頭便說：「蟬鬢加意梳，娥眉用心掃。幾度曉妝成，君看不言好。妾身重同穴，君意輕偕老。」這寫得不正是婦人們在男子手腕底下討生活的悲哀。《全唐詩》卷七九九裡，周仲美有一首〈書壁〉：「愛妾不愛子。為問此何理。棄官更棄妻。人情寧可已。永訣泗之濱。遺言空在耳。三載無朝昏。孤幃淚如洗。婦人義從夫。一節誓生死。江鄉感殘春。腸斷晚煙起。西望太華峰。不知幾千里。」道得是捨妻棄子的委屈與不堪。還有魏氏的〈贈外〉：「浮萍依綠水。弱蔦寄（一作附）青松。與君結大義。移天得所從。翰林無雙鳥。劍水不分龍。諧和類琴瑟。堅固同膠漆。義重恩欲深。夷險貴如一。本自身不令。積多嬰痛疾。朝夕倦床枕。形體恥巾櫛。遊子倦風塵。從官初解巾。束裝赴南郢。脂駕出西秦。比翼終難遂。銜雌苦未因。徒悲楓岸遠。空對柳園春。男兒不重舊。丈夫多好新。新人喜新聘。朝

朝臨粉（一作寶）鏡。兩鴛固無比。雙娥誰與競。詎憐
愁思人。銜啼嗟薄命。蓱華不足恃。松枝有餘勁。所願
好（一作存）九思。勿令虧百行。」（卷七九九）更是「只
聞新人笑，不見舊人哭」的實證。陷入這種慘境的婦女，
先忍盡分離之苦，後復遭見棄之悲，面對「空」，卻仍秉
持著節義，篤信宿命，堅強自勵，渡過餘生。

（三）無子見棄

　　曹丕〈出婦賦〉有云：「夫色衰而愛絕，信古今其有
之。傷笻獨之無恃，恨胤嗣之不滋。信無子而應出，自
典禮之常度。……」沒有子嗣，在農業社會人丁繁盛的
要求裡，被認為是最大的不孝，雖然生男育女是夫妻共
同的責任，但在民智未開的閉塞風俗裡，負擔著生產痛
苦的女子便成為了代罪的羔羊。毘陵的慎氏就是因為無
子，遭受了休出的命運。我們看她這首〈感夫詩〉：「當
時心事已相關。雨散雲飛（一作收）一餉間。便是孤帆
從去。不堪重上（一作過）望夫山。」（卷七九九）多年
的婚姻生活，就為了沒有子息，戛然中止，孤帆遠渡，
雨散雲飛，如此地婚姻情份實在是脆薄不堪。

（四）色衰愛弛

　　袁宏道在〈妾薄命〉裡詳細地道出了年長色衰的苦
恨：「燈光不到明，寵極心還變。只此雙娥眉，供得幾回
盼？看多自成故，未必真衰老。辟彼自開花，不若初生
草。」薛媛的丈夫南楚材正是因為自己的妻子年華老去，

有意別娶潁牧家的小姐。不料，蘭心蕙質的薛媛窺破了
他的心意，便對鏡圖形，贈詩相寄：「欲下丹青筆。先拈
寶鏡寒。已經（一下驚）顏索寞。漸覺鬢凋殘。淚眼描
將（一作來）易。愁腸寫出難。恐君渾忘卻。時展畫圖
看。」（卷七九九）詩中貫瀉而下的是獨居的落寞以及凋
老的憂傷，更殘酷的事實是歲月不僅催老了容顏，連良
人的寵眷也隨著起了變化，遭到了冷落遺棄。

（五）富貴棄糟糠

　　工部尚書杜羔是德宗貞元年間的進士，在他及第
之前曾名落孫山，他的妻子趙氏一直是他精神上的支
柱，有詩云〈夫下第〉：「良人的的有奇才。何事年年被
放回。如今妾面羞君面。君若（一作到）來時近夜來。」
（卷七九九）首二句是瞭解與鼓舞，後二句卻是刺激與
壓力。正反兩面的關懷，正表露了她的用心良苦。

　　《中國婦女生活史》中提及讀書人人情最薄，這在
宦途仕史上是一個十分普遍的現象。當他熱衷功名，寒
窗苦讀時，作妻子的淡泊生活，獨守空閨。等到他一朝
富貴，功成名就的時候，卻又想另攀高門，別納新歡。
受罪吃苦的還是人老珠黃的糟糠：

聞夫杜羔登第
　　長安此去無多地。鬱鬱蔥蔥佳氣浮。良人得意正年
少。今夜醉眠何處樓。

雜言寄杜羔

君從淮海遊。再過蘭杜（一作杜蘭）秋。歸來未（一作不）須臾。又欲向梁州。梁州秦嶺西。棧道與雲齊。羌蠻（一作虜）萬餘落。矛戟自高低。已念寡儔侶。復慮勞攀躋。丈夫重志氣。兒女空悲啼。臨邛滯遊地。肯顧濁水泥。人生賦命有厚薄。君但（一作自）遨遊我寂莫。

好一句「君但（一作自）遨遊我寂莫」，這真是極不公平的對待，早知道有了功名權位後，反而學會了負心薄倖，那還不如做對平凡夫妻，用些粗茶淡飯來得溫飽愉快！

三、老夫少妻

不匹配的婚姻，也是一種不幸。老夫少妻，老婦少夫這樣的搭配，撇開第三者的感覺突兀不談，當事者的本身如果不是心甘情願，必然幽恨自盈。寒山有詩曰：「老翁娶少婦，髮白婦不耐，老婆嫁少夫，面黃夫不愛，老翁娶老婆，一一無棄背，少婦嫁少夫，兩兩相憐態。」詩中以錯綜地配搭，笑謔出悲歡愛憎不同的組合。再看唐時婦女自己的感受，崔氏的〈述懷〉中是這樣說的：「不怨盧郎年紀大。不怨盧郎官職卑。自恨妾身生較晚。不及盧郎年少時。」（卷七九九）

表面上說是不怨恨，實際上牢騷滿腹，這正造成了悲劇性的內在張力，恨己生遲，不及郎君年少，這樣的老少對照，說明著無邊的挹鬱，正像盧生龍鍾的形骸，無法拒絕承認一樣！

四、羅敷有夫

　　張籍的〈節婦吟〉末尾二句：「還君明珠雙淚垂，恨不相逢未嫁時。」是描述一個已經婚配的女人，委婉地拒絕了其他男人的追求。《全唐詩》卷七九九的王霞卿和卷八百的趙氏，也曾分別一度迷惑於愛情的抉擇，最後終於尋獲解脫。

答鄭殷彝　　　　　　　　　　　　　　　　　　　　**王霞卿**
　　君是煙霄折桂身。聖朝方切用儒珍。正堪西上文場戰。空向途中泥婦人。

寄情（一作許渾代作）　　　　　　　　　　　　　　**趙氏**
　　春風白馬紫絲韁。正值鸞娘未採桑。五夜有心隨暮雨。百年無節抱秋霜。重尋繡帶朱藤和。卻忍羅裙碧草長。為報西遊減離恨。阮郎纔去嫁劉郎。

　　前者是自覺身分不配，王霞卿在尚未邂逅進士鄭殷彝以前，已經是韓嵩的侍妾，她考慮到門戶不當的結合會成為鄭生前程的絆阻，是而斷然地斬絕情絲。後者則是由於光陰無情，滄海桑田，世事變遷下的悲劇，昔日衷情的伴侶今日已成為朋友的妻子，兒女成行，這時候再相見真是不如不見，面對著不能挽回的事實，不禁滿心酸楚，無處話淒涼。

五、遭遇強暴的不幸

　　妾家本住鄱陽曲。一片（一作堅）心比孤竹。當年二八盛容儀（一乍輝）。紅牋草隸恰如飛。盡日閒窗刺繡

坐。有時極浦採蓮歸。誰道居貧守都邑。幽閨（一作居）
寂寞無人識。海燕朝歸衾枕（一作枕席）寒。山花夜落
階墀溼。強暴之男何所為。手持白刃向簾幃。一命任從
刀下死。千金豈（一作不）受暗中欺。我心匪石情難轉。
志奪秋霜意不移。血濺羅衣終不恨。瘡黏錦袖亦何辭。
縣僚曾未知情緒。即便叫人繫囹圄。朱脣滴瀝獨銜冤。
玉筋闌干歎非所。十月寒更堪思（一作更愁）人。一聞
擊柝一傷神。高髻不梳雲已散。娥眉罷（一作淡）掃月
仍新。三尺嚴章難（一作焉）可越。百年心事向誰說。
但看洗雪出圜扉。始信白圭無玷缺。

　　這是鄱陽程長文的〈獄中書情上使君〉，可憐她花信
年華就遭逢這樣的不幸，已經是羞辱不堪，痛不欲生，
卻又受誣陷下獄。銜冤桎梏，更屬禍不單行，愁苦難熬。
由於身處重視貞操觀念的農業社會裡，講究白璧無瑕，
要求門風家教，這樣一個遭暴而又入獄的女子，就是洗
雪了冤枉，這件不幸也將永烙心頭，成為她婚姻的陰影，
終身的遺憾！

第四章　北里煙花

第一節　翠袖薰爐、紅裙侑酒的由來

　　妓女的問題是世界性的現象，這裏只就我國的情況略作討論：

一、社會地位的不平衡

　　在宗法制度下的社會裡，男尊女卑的觀念支配著將近三千年的歷代王朝。回溯周公制禮設樂的階段，男性系統的倫理基礎已經形成，女子沒有地位，本身缺乏獨立性：未嫁從父，既嫁從夫，夫死從子。《大戴禮記》上說：「女者，如也。子者，孳也。女子者，言如男子之教而長其義理者也；故謂之婦人。」《白虎通、嫁娶篇》也有：「陰卑不得自專，就陽而成之」的規條，連班昭《女誡》七條中也認為「禮夫有再娶之義。婦無二適之文，故曰夫者天也，天固不可逃，夫固不可離也，行違神祇，天則罰之。禮義有愆，夫則薄之。」實在是假禮教倫常來箝制婦女的一種極不合理的現象。

　　由於男子是宗法社會中的驕子，是有經濟權的主宰者，而女子們又多以出嫁為人生的歸宿，完全依賴與寄託男性的結果，除了要服從許多不平等的規定外，無論在生活，在心理上都缺乏保障。因此，一當經濟來源斷絕，環境變異，或是基於生活的壓迫，感情的欺騙，痛

苦的虐待，許多女子不得已的，或不知覺的便墜入北里教坊，日日生張熟魏，送往迎來。

　　陳東原在《中國婦女生活史》裡曾經作了一個歸納，將「妓女」這個特殊的行業的來源分為三種：第一種是從小賣與娼家的。第二種是遇人不淑，失身流落，輾轉墮入風塵的。第三種是媒聘厚賂，昧於明察，誤陷其中的。另外，章實齋在《章氏遺書、婦學篇》中指出：「前朝虐政，凡搢紳籍沒，波及妻孥，以致詩禮大家，多淪北里。」因此罪隸之家，往往妻孥連坐，受牽累而被迫進入十里煙花的也不在少數。

二、社會風氣的使然

　　中國之有妓女，其可考者記於漢武帝的營妓。[1]在漢以前，越王勾踐輸淫佚過犯之寡婦於山上，令士之憂思者游山以喜其意；（參見《吳越春秋》），已見妓的雛形。魏晉南北朝時，胡、漢融和，倡妓業已通行。[2]直到隋煬帝喜好聲色，褻狎女子，風氣遂壞。餘流迄唐，王公貴族亦多以風流自許，冶豔狎遊，甚至大內皇帝，也嘗遊北里。《唐語林》卷三：「武宗數幸教坊，作樂優娼，雜進酒酣，作技諧謔，如民間宴席。」而朝士宴聚，亦多藉風月之所聊寄閒情。孫棨《北里誌》序：「諸妓居平康里，舉子新及第，進士三司幕府，但未通朝籍，未直館

---

[1]　此說參考於陳東原著《中國婦女生活史》（台北，商務印書館）。

[2]　參見邯鄲淳《笑林》載某甲誤以藥方當曲牌，命家妓演唱一事，證明倡妓於時已經通行。

殿者，咸可就詣，如不惜所費，所下車，水陸備矣。」
由此可知，教坊曲里，雖非先王法制，卻是前代故事相
沿，又因為「上有所好，下乃成俗」蔚為靡風，更何況
「大德不踰矩，小德出入可也」。於是，紅粉麗情，青樓
唱和，板鐫詩稿，不累高行。章實齋先生有言：「文章可
以學古，而制度則必從時。」實在是為社會風氣的向背，
作了一個最好的註解。

三、社會階級的變遷

　　高宗武后以來，擢用人才，多以進士詞科以致身通
顯；拔取功名，也屢循翰林學士而至宰相一途。陳寅恪
先生在《元白詩箋證稿》第四章「豔詩及悼亡詩」裡有
這樣的批評：「此種社會階級重詞賦而不重經學，尚才華
而不尚禮法，以故唐代進士科，為浮薄放蕩之徒所歸聚，
與倡伎文學殊有關聯。觀孫棨《北里志》，及韓偓《香奩
集》，即其例證。」我們看《北里志》序上的說法：「自
大中皇帝好儒術，特重科第；故進士自此尤盛，曠古無
儔。僕馬豪華，宴遊崇侈。以同年俊少年為兩街探花使，
鼓扇輕浮，仍歲滋甚。」《香奩集》序中則作這樣的記載：
「自庚辰辛巳之際（即懿宗咸通元年及二年），迄辛丑庚
子之間（即僖宗廣明元年及中和元年），所著歌詩，不啻
千首，其間以綺麗得意，亦數百篇，往往在士大夫之口，
或樂工配入聲律，粉牆椒壁，斜行小宇，竊詠者不可勝
記。大盜入關，緗帙都墜。」這是科舉進士任誕無忌，
與妓女放佚恣遊的顛峰時期。而這些名士豔妓往來唱

和，留下了不少旖旎的詩句和纏綿的韻事，更引起時人
的欽羨嚮往。於是，「詞科進士」這個新興階級，便成為
「翠袖紅裙」的最直接、最有力的支持者了。

四、社會經濟的刺激

　　有唐一代，自貞觀到達開元，是文治武功的極盛時
期，版圖廣大，物產富庶，對外的貿易繁盛，經濟市場
上一片欣欣向榮。連帶著，人民生活經過休養生息，勤
作增產，也使得生活水準大大地提高，自然出現趨於嬉
遊娛樂的榮景。天寶十四年，安祿山之亂，打擊了唐代
的命脈年祚，農村的經濟遭受破壞，商業城市病態的苟
安繁榮，於是導致大批婦女擁入城市。且在肅宗、德宗
時代，藩鎮節度尚且暫能維持均勢，儘管暗中勾心鬥角，
表面上卻是粉飾平安；而民間社會，厭倦戰亂，得一喘
息的機會，便儘情地及時行樂，社會經濟一旦接受到這
樣的刺激，自然反應著奢華浮靡的氣息。這種現象，以
長醉花叢，耽迷歌舞最為普遍，居於政治中心的長安，
與經濟重鎮的揚州，便成了教坊煙花的大本營。《開元天
寶遺事》中的記載是：「長安有平康坊，妓女所居之地，
京都俠少，萃集于此，兼每年新進士，以紅牋名紙遊謁
其中，時人謂此坊為『風流藪澤』。」至於揚州，是鹽鐵
轉運之集散地，盡幹利勢，商賈如織。于鄴在《揚州夢
記》裡這樣報導著：「揚州，勝地也，每重城向夕，娼樓
之上，街中珠翠填咽。邈若仙境。」王建也有詩云：「夜
市千燈照碧雲，高樓紅袖客紛紛，如今不似時平日，猶

自笙歌徹曉聞。」而風流蘊藉的杜牧之更是大歎「落魄江湖載酒行，楚腰纖細掌中輕，十年一覺揚州夢，贏得青樓薄倖名」！

　　如此，夜月一簾幽夢，春風十里柔情，銷魂正當此際。於是，「翠袖薰鑪，紅裙侑酒」便這樣地在歡笑與辛酸的夾縫中生存下去了。

第二節　名流與名妓的詩唱

　　唐代在高祖登基以後，無論是處理種族方面、文化方面、宗教方面、經濟方面的問題都以一種極寬大開闊的態度去包容不同的模式。所以，唐代的版圖空前，文物薈粹，國力強盛，生命力堅韌持久。那麼，籠罩在這樣空氣下的社會，自然是自由而開放；化育在其中的人民，自然是勇敢進取而真誠坦蕩。

　　也就是這個緣故，唐代的社會同時容納著色情與享受；尤其是大都會中，歌台妓館，到處充斥。權貴之家，多蓄家妓；甚至士林宴集，也佐以歌妓，以娛賓客。至於時下的騷人墨客，王臣新貴，更是以風流蘊藉自高，流連香榭，醉吟歌舞，留下許多款款動人的詩情。這些名士固然才思奔放，情韻深摯；而這些名妓，也是國色天香，才藝燕婉。章學誠在《章氏遺書、婦學篇》中說：「自唐宋以迄前明，國制不廢女樂。公卿入直，則有翠袖薰鑪，官司供張，每見紅裙侑酒，梧桐金井，驛亭有秋感之緣，蘭麝天香；曲江有春明之誓，見於紀載，蓋亦詳矣。」談到坊妓中間，「有妙兼色藝，慧擅聲詩，都人大夫，從而酬唱。」今整理《全唐詩》中她們的作品流傳極多，也頗為時人所推崇。這種充沛的創作力的源頭除了要歸功於作者本身的素養經驗，作品產生的情境心態之外，娼妓們的思想與精神始終凝蓄在一種極自由、極活潑、極流動、極感性、極解放的真情裡，拋棄了世俗的桎梏，禮教的壓迫，應是一個非常重要的關鍵。

　　所以，唐代進士不但以擅於詩賦及第，更挾藉著風流的詩文與娼妓們酬答應和。或者逢場作戲，或者催動真情。都是一段足供懷詠的詩痕文跡。譬如：

一、王蘇蘇——李標

　　進士李標有一天跟著王左諫的弟侄去拜訪王蘇蘇，一見驚為國色，李標便戲題於西窗之上：「春暮花枝遶戶飛，王孫尋勝引塵衣，洞中仙子多情態，留住劉郎不放歸。」這時的蘇蘇還不認識李標，看到這首調情之作，嬌嗔大發，立刻取筆回敬一首：「怪得犬驚雞亂飛。羸童瘦馬老麻衣。阿誰亂引閒人到。留住青蚨熱趕歸。」（卷八〇二）詩中半譏半諷，李標頓時變成一個惹得雞飛狗跳的老窮酸，全詩用語造意十分詼諧有趣。

二、平康妓——裴思謙

　　裴思謙及第之後，到平康里點妓尋歡，當時，有一個花妓贈詩祝賀：「銀釭斜背解明璫。小語偷聲賀玉郎。從此不知蘭麝貴。夜來新惹桂枝香。」（卷八〇二）此情此景，所謂「洞房花燭夜，金榜題名時」，人生之樂莫大於此。

三、盛小叢——李訥：

　　李訥當浙東廉使的時候，在一個獨登城樓的夜晚，忽然聽到激切的歌聲，他尋聲覓人，發現了盛小叢，從此賞愛有加，每遇府幕讌集賦詩，必召小業赴會唱和。

下面一首就是李訥為崔侍御元範餞行，盛小叢歌詩一曲，以壯行色：雁門山上雁初飛。馬邑闌中馬正肥。日暵山西逢驛使。殷勤南北送征衣。（〈突厥三臺〉卷八〇二）

四、楊萊兒——趙光遠

楊萊兒，字蓬仙，才思敏妙，應對如流。頗得趙光遠的信寵嬌溺，而楊萊兒對趙光遠也是深情不移。當科舉放榜的那一天，楊萊兒深信參加應試的楊光遠必能一鳴驚人，所以盛妝立於門前等待報喜，一些京師紈袴弟便念詩戲謔萊兒：「一冬誇婿好聲名……光遠何曾解一鳴。」沒想到楊萊兒不慌不懼，應聲而答：「黃口小兒口莫（一作沒）憑。逡巡看取第三名。孝廉持水添餅子。莫向街頭亂椀鳴。」（〈答小子弟詩〉卷八〇二）

後來，趙光遠果然不負佳人，中了進士，他們二人還另有相和的題句〈和趙光遠題壁〉：「長者車塵每到門。長卿非慕卓王孫。定知羽翼難隨鳳。卻嘉波濤未化鯤。嬌別翠鈿黏去袂。醉歌金雀碎殘尊。多情多病年應促。早辦名香為返魂。」

可惜得是楊萊兒日後為豪門所奪，並未與趙光遠好事成諧，睹詩思人，空留下了綺麗的回憶。

五、武昌妓——韋蟾

唐人有宴，宴中必不能無詩、無酒、無妓。韋蟾在罷官鄂州的當兒，他的賓客僚屬設宴為他送行，酒酣耳

熱，詩興大發，韋蟾賤書了《文選》中句子為上聯，請座中文客續對。不料，座中立起盈盈一妓，清音送對，語出妙意，贏得了滿席嘉歡。韋蟾愛才，出手銀錢十千，納得此姬。也續成了佳話一段。（卷八〇二）這詩對是：

> 悲莫悲兮生別離。登山臨水送將歸。（韋蟾題）
> 武昌無限新栽柳。不見楊花撲面飛。（武昌妓續對）

《唐詩別裁》卷四讚美此詩上兩句集得好，下兩句續得好，天造地設，真是佳對。

六、崔紫雲──杜牧

唐朝的詩人裡頭，杜牧是有名的風流。他有一首〈贈別〉：「娉娉嫋嫋十三餘，豆蔻梢頭二月初，春風十里揚州路，卷上珠簾總不如。」《詩人玉屑》卷十六裡也有記載：「杜牧為御史，分司洛陽，時李司徒罷鎮閒居，聲妓為當時第一，一日開筵，朝士爭赴，以杜嘗持憲，不敢邀飲，杜諷坐客達意，願預斯會。李馳書，杜聞命遽來，會中女奴百餘，皆絕色殊藝，杜獨坐南行，瞪目注視，滿引三爵，問李曰：「聞有紫雲者孰是？」李指示之。杜凝睇良久，曰：「名不虛傳，宜以見惠。」李俯首而笑。諸妓亦回首破顏，杜又自引三爵，朗吟而起，曰：「華堂今日綺筵開，誰喚分司御史來，忽發狂言驚滿坐，兩行紅粉一時回。」意氣閑逸，旁若無人。《全唐詩》卷八〇〇崔紫雲下有一行小傳補註：李遂以贈。紫雲臨行，獻詩而別：「從來學製（一作得）裴然詩（一作詞）。不料

（一作意）霜臺御史知。忽見便教隨命去。戀恩腸斷出
門時。」詩中紫雲仍有戀主之情,「忽見便教隨命去」更
深刻地描繪出妓女地位的低賤,身價如物,時時易主,
誰知道會不會再有第二次的腸斷出門時呢?

　　由此可知,赴會高吟,臨色賦艷,贈妓伴讀,已成
當時風習。如此,浪跡花月,風雅在斯,怎能不韻事頻
傳呢?

七、舞柘枝女──李翱

　　舞柘枝女原是韋應物愛姬的女兒,後來流落潭州,
委身樂部。被李尚書翱在潭州席上發現。殷堯藩侍御有
一首詩說明當時經過:「姑蘇太守青娥女,流落長沙舞柘
枝,滿坐繡衣皆不識,可憐粉臉淚雙垂。」[3]由於李翱看
見這位女郎言語清楚,宛有冠蓋風儀,十分憐惜;便于
賓榻中,為她選了一個夫婿。舞柘枝女才情亦高,立即
詩獻李觀察一首:[4]「湘江舞罷忽成悲。便脫蠻靴出絳帷。
雖是蔡邕琴酒客。魏公懷舊嫁文姬。」(卷八○二)詩中
用蔡文姬典,自喻身世可悲,十分貼切。

八、元稹──劉采春

　　貞元時代,風流日趨,娛綺恣靡。李肇《國史補》
下云:「長安風俗,自貞元侈於遊宴。」直到咸通、廣明

---

[3]　此詩《全唐詩稿本》註明為李翱所作。
[4]　此詩《唐語林》卷四中言:或作為舒元輿贈李公詩。

年間，更是盡決藩離，放蕩無忌，處於這個時代的元微之，便是個處處留情，用心不專的花花公子。

　　除了在正式婚姻記錄上的情人、元配，續絃之外，元稹與娼妓階層交往也十分頻繁。如《唐語林》卷二中記載（頁五九）：「官妓高玲瓏，謝好好巧於應對，善歌舞，從元稹鎮於會稽，參其酬唱，每以筒竹盛詩來往。」《全唐詩話》中也可見元稹與薛濤，劉采春的唱和。薛濤是西蜀名妓，她的事跡多采多姿，另見後節專述。而劉采春乃是越州妓，容華無比，作品有〈囉嗊曲〉六首：（卷八〇二）

> 不喜秦淮水。生憎江上船。載兒夫婿去。經歲又經年。
> 借問果園柳。枯來得幾年。自無枝葉分。莫怨太陽偏。
> 莫作商人婦。金釵當卜錢。朝朝江口望。錯認幾人船。
> 那年離別日。只道住桐廬。桐廬人不見。今得廣州書。
> 昨日勝今日。今年老去年。黃河清有日。白髮黑無緣。
> 昨日北風寒。牽船浦裏安。潮來打纜斷。搖櫓始知難。

　　第一首語多重複：「不喜」、「生憎」，「經歲」，「經年」，純粹是小兒女子的口吻。而後幾首自傷行蹤不定，兼感時日無情。至於談及終身之事，更有「商人重利輕別離」，「早知潮有信，嫁與弄潮兒」的委屈。這實在是因為她身為坊妓，空負才貌，酬應繁瑣，送往迎來，自有知音何在，難以傾訴的苦衷。

　　當然，元稹是決不會忽略如此美麗而又帶點憂鬱氣質的劉采春的。他曾贈詩給她：「新粧巧樣畫雙蛾，謾裡常州透額羅，正面偷勻光滑笋，緩行輕踏皺紋波，言詞

雅措風流足，舉止低徊秀媚多。更有惱人腸斷處，選詞能唱望夫歌。」這裡所說的「望夫歌」，也就是前面所介紹的〈囉嗊曲〉六首。因為，元稹在浙江羈留長達七年，他在〈醉題東武亭〉中云：「役役行人事，紛紛碎簿書，功夫兩衙盡，留滯七年餘，病痛梅天發，親情海岸疏。因循未歸得，不是戀鱸魚。」正好無意洩露了他的心事。當時盧侍郎簡求戲曰：「丞相雖不為鱸魚，為好鏡湖春色耳。」而鏡湖春色就是劉采春。同時，這也正是元稹七年來記取這廂溫柔，忘卻那廂歸期的癥結所在。

　　此外，唐詩中詠妓的篇章還有：《李太白全集》中的〈秋獵孟諸夜歸置酒單父東樓觀妓〉，〈邯鄲南亭觀妓〉，白居易的〈琵琶行〉……等；而傳奇小說裡，文人名士與倡伎相戀的故事流傳如白行簡〈李娃傳〉，蔣防〈霍小玉傳〉，房千里〈楊娟傳〉……都是傳誦一時的佳作。這真是名流倜儻，名妓傾城，煙花醉舞於青樓，麗情銘鐫於詩稿了。

第三節　風月中的翹楚──薛洪度

一、薛洪度簡介

倘若翻開有唐一朝的青樓豔史，我們的目光首先要觸及的該是生於有唐元和時代，獨占花魁的西蜀名妓──薛洪度。

薛洪度，本名濤，根據《郡齋讀書志》所著錄的薛濤小傳以及《唐名媛詩》的記載：薛濤原本是長安良家子女，隨著父親仕宦，到達蜀地。她在八、九歲的年紀，就已懂得聲律。她的父親曾經指著井邊的梧桐，吟詠道：「庭除一古桐，聳幹入雲中。」薛濤應聲而續：「枝迎南北鳥，葉送往來風。」這樣的兩句詩在素來相信占驗的傳統觀念裡，被認為是不好的徵兆。因為送往迎來的生涯對女子來說，畢竟不是高尚的行業。因此薛濤的父親為此愀然良久。後來，薛濤一語成讖，在她父親去世之後，她終於流落異地，淪入了樂籍。

二、薛洪度的詩情

唐時煙花柳巷的地位雖然卑下，但是置身其中女子，由於生活環境的需要應酬唱和，所以往往嫻於擊鼓弄墨，個個能吟善舞。她們惹人愛憐的地方，不只限於外表的花容月貌，更富有實質的內涵，甚至以過人的才情，贏得了男性社會的重視。薛洪度就是其中一個最顯

明的例子。《唐名媛詩》[5]說她「笄以詩聞，又能掃眉塗粉。時韋皋鎮蜀，召令侍酒賦詩，僚佐多士為之改觀。期歲，皋議以校書郎奏請之，護軍不可而止。」封號這件事情雖然沒有成功，而西蜀稱妓為「校書」之習尚，實自薛濤開始。其後胡曾贈詩：「萬里橋邊女校書，枇杷樹下閉門居。掃眉才子知多少？管理春風總不如。」[6]對她的才色兼備，相當推重。《全唐詩》也有「辨慧斗工詩，具林下風致」這樣的評讚。因此，在貞元到寶曆這一段時期，薛濤豔名四播，直動京師。與她往來的名流俊秀，有元稹，白居易，牛僧孺，令狐楚，裴度，嚴綬，杜牧，劉禹錫，張籍……等二十餘人，這些應和的詩篇在薛濤留傳下的作品中，佔了一個很重要的地位。（卷八〇三）舉如：

宣上人見示與諸公唱和

　　許廁高齋唱。涓泉定不如。可憐誰記室。流水滿禪居。

和李書記席上見贈

　　翩翩射策東堂秀。豈復相逢愨寸心。借問風光為誰麗。萬條絲柳翠煙深。

棠梨花和李太尉

　　吳均蕙圃移嘉木。正及東溪春雨時。日晚鶯啼何所為。淺深紅膩壓繁枝。

酬文使君

　　延英曉拜漢恩新。五馬騰驤九陌塵。今日謝庭飛白雪。巴歌不復舊陽春。

---

[5]　見《婦人集》(清初夢香閣刊本)。
[6]　此詩又見於明何宇度《益部談資》卷中作「王建贈詩」。

酬吳隨（一作使）君

支公別墅接花肩。買得前山總未經。入戶剗溪雲水滿。高齋咫尺躡（一作接）青冥。

酬李校書

才遊象外身雖遠。學茂區中事易聞。自顧漳濱多病後。空瞻逸翮舞青雲。

平後上高相公

驚看天地白荒荒。瞥見青山舊夕陽。始信大（一作天，一作火）威能照映。由來日月借生光。

酬杜舍人

雙魚底事到儂家。撲手新詩片片霞。唱到白蘋洲畔曲。芙蓉空老蜀江花。

斛石山曉望寄呂侍御

曦輪初轉照仙扃。旋擘煙嵐上窅冥。不得玄暉同指點。天涯蒼翠漫青青。

寄詞

菌閣芝樓杳靄中。霞開深見玉皇宮。紫陽天上神仙客。稱在人間立世功。

罰赴邊上武相公二首（見《吟窗雜錄》）

螢在荒蕪月在天。螢飛豈到月輪邊。重光萬里應相照。目斷雲霄信不傳。

按轡嶺頭寒復寒。微風細雨徹心肝。但得放兒歸舍去。山水屏風永不看。

贈韋校書

芸香誤比荊山玉。那似登科甲乙年。澹池鮮風將綺思。飄花散蕊媚青天。

摩訶池贈蕭中丞

昔以多能佐碧油。今朝同泛舊仙舟。淒涼逝水頹波遠。惟有（一作到）碑泉（一作前）咽不流。

續嘉陵驛歌獻武相國

蜀門西更上青天。強為公歌蜀國弦。卓氏長卿稱士女。錦江（一作城）玉壘獻山川。

段相國遊武擔寺病不能從題寄

消瘦翻堪見令公。落花無那恨東風，儂心猶道青春在。羞看飛蓬石鏡中。

贈段校書

公子翩翩說校書。玉弓金勒紫綃裾。玄成莫便驕名譽。文采風流定不如。

酬雍秀才貽巴峽圖

千疊雲峰萬頃湖。白波分去遠荊吳。感君識我枕流意。重示瞿塘峽口圖。

上王尚書

碧至雙幢白玉郎。初辭天帝下扶桑。手持雲篆題新榜。十萬人家春日長。

和劉賓客玉蕣

瓊枝的皪露珊珊。欲折如披至（一作霞）彩寒。閒拂朱房何所似。緣山偏映月（一作日）輪殘。

上川主武元衡相國二首（一本無元衡二字）

落日重城夕霧收。玳筵雕俎薦諸侯。因令朗月當庭燎。不使珠簾下玉鉤。

東閣移尊綺席陳。貂簪龍節更宜春。軍城畫角三聲歇。雲幕初垂紅燭新。

春郊遊眺寄孫處士二首

低頭久立向（一作白）薔薇。愛似零陵香惹衣。何事碧溪（一作雞）孫處士。百勞東去燕西飛。

今朝縱目玩（一作悅）芳菲。夾纈籠裙繡地衣。滿袖滿頭兼手把。教人識是看花歸。

酬楊供奉法師見招

遠水長流潔復清。雪窗高臥與雲平。不嫌袁室無煙火。惟笑商山有姓名。

酬祝十三秀才

浩思藍（一作南）山玉彩寒。冰囊敲碎楚金盤。詩家利器馳聲久。何用春闈榜下看。

寄張元夫

前溪獨立後溪行。鷺識朱衣自不驚。借問人間愁寂意。伯牙弦絕已無聲。

酬辛員外折花見遺

青鳥東飛正落梅。銜花滿口下瑤臺。一枝為授殷勤意。把向風前旋旋開。

贈蘇十三（一作三十）中丞

洛陽陌上埋輪氣。欲逐秋空擊隼飛。今日芝泥檢徵詔。別須臺外振霜威。

和郭員外題萬里橋

萬里橋頭獨越吟。知憑文字寫愁心。細侯風韻兼前事。不止為舟也作霖。

這些酬和寄贈，適應著不同的對象，也表達出不同的心情。由這裡面，我們可以發現，薛濤以豐沛的感情，

奔放入詩，因而改造了事物的本身，使固定的事體在詩
人細密的觀照及真情的描摹下，無知的化為有知，無情
的轉為有情，宛若賦予了靈性，栩栩如生。譬如第十五
首〈段相國遊武擔寺病不能從題寄〉首二句：「消瘦翻堪
見令公，落花無那恨東風。」落花飄零，其魂已死，怎
麼會有「恨東風」的知覺？原來是作者傷己憐花，渾然
忘我，將自己的感傷投射給花，使花變成有意志、有情
性的生命體，而恨東風不解相思，實際上是暗暗理怨著
對方，竟空讓光陰催老了青春，而將我遺忘。又如第二
首〈和李書記席上見贈〉的「借問風光為誰麗？萬條絲
柳翠煙深。」第廿五首〈和李書記席上見贈〉的「一枝
為授殷勤意，把向風前旋旋開。」都在強調「花、柳」
充作詩人的慰藉；或盛開，或凋零，或有意，或無情，
無不在分享著作者的喜怒哀樂與悲歡離合。

　　除此以外，薛濤也把人情意態用於動物群像，這些
被感情重新塑造的物體，變得生活靈敏，似乎傾訴了作
者的心語，彌補著現實世界的缺憾。例如第十一首〈罰
赴邊上武相公二首〉第一首：「螢在荒蕪月在天，螢飛豈
到月輪邊，重光萬里應相照，目斷雲霄信不傳。」在這
裡，雙方遠隔時空，正如飛螢與月；而作者將分離日久
而一無消息的惆悵移情於物，便構成「驚心濺淚」的效
果。再舉第廿四首〈寄張元夫〉：「前溪獨立後溪行。鷺
識朱衣自不驚。借問人間愁寂意。伯牙弦絕已無聲。」
觀鷺之行於溪聲，續連著伯牙弦琴無聲，由有至無，正
是愁寂的寫意。孤獨的人（朱衣）與孤獨的鷺鳥兩不相
驚。而第十二首〈贈韋校書〉中：「澹池鮮風將綺思，飄

花散蕊媚青天」更見《皺水軒詞筌》裡賀黃公所稱的「無理而妙」的境界：鮮風與青天用綺思相連，進而使用飄花散蕊造成「媚悅」的意象。而這些暗示與薛濤的身分正隱隱相合，表現於與賓客名人應答的詩題中，也不覺突兀，因為薛濤周旋於交際場合，社會地位極為特殊，男性看待她們往往介於朋友與妻子之間，他們可以酬志歡答，宛若知心的朋友；她們也可親暱纏綿，好比雙飛的伴侶。但卻又不是永久相隨，專獨占有式的情人。所以，薛濤難於用情：既不能不動情，又不能過於情癡，結果往往是為情所苦，空自傷情。這些矛盾與傷感，每當季節轉換或是送別贈遠之際，都可以窺見端倪。

春望（一作望春）詞四首

花開不同賞。花落不同悲。欲問相思處。花開花落時。

攬（一作檻）草結同心。將以遺知音。春愁正斷絕。春鳥復哀吟。

風花日將老。佳期猶渺渺。不結同心人。空結同心草。

那堪花滿枝。翻作兩相思。玉筯垂朝鏡。春風知不知。

秋泉

冷色初澄一帶煙。幽聲遙瀉十絲弦。長來枕上牽情（一作愁）思。不使愁人半夜眠。

鄉思（用前韻。此首補入）。

峨嵋山下水如油。憐我心同不繫舟。何日片帆離錦浦。櫂聲齊唱發中流。

九日遇雨二首

萬里驚飆朔氣深。江城蕭索晝陰陰。誰憐不得登山去。可惜寒芳色似金。

茱萸秋節佳期阻。金菊寒花滿院香。神女欲來知有
意。先令雲雨暗池塘。

賦凌雲寺二首

聞說凌雲寺裏苔。風高日近絕纖（一作塵）埃。橫
雲點染芙蓉壁。似待詩人寶月來。

聞說凌雲寺裏花。飛空遶磴逐江斜。有時鎖得嫦娥
鏡。鏤出瑤臺五色霞。

謁巫山廟

亂猿啼處訪高唐。路入煙霞草木香。山色未能忘宋
玉。水聲猶是哭襄王。朝朝夜夜陽臺下。為雨為雲楚國
亡。惆悵廟前多少柳。春來空鬥畫眉長。

題竹郎廟

竹郎廟前多古木。夕陽沈沈山更綠。何處江村有笛
聲。聲聲盡是迎郎（一作仙）曲。

送友人

水國蒹葭夜有霜。月寒山色共蒼蒼。誰言千里自今
夕。離夢杳如關塞（一作路）長。

送姚員外

萬條江柳早秋枝。裊地翻風色未衰。欲折爾來將贈
別。莫教煙月兩鄉悲。

送盧員外

玉壘山前風雪夜。錦官城外（一作北）別離魂。信
陵公子如相問。長向夷門感舊恩。

別李郎中（一作中郎）

花落梧桐鳳別凰。想登秦嶺更淒涼。安仁縱有詩將
賦。一半音詞雜悼亡。

送鄭眉（一作資）州

雨暗眉山江水流。離人掩袂立高樓。雙旌千騎駢東陌。獨有羅敷望上頭。

江亭餞別（一作宴餞。一作江亭宴。）

綠沼紅泥物象幽。范汪兼倅李并州。離亭急管四更後。不見公車（一作車公）心獨愁。

送扶鍊師

錦浦歸舟巫峽雲。綠波迢遞雨紛紛。山陰妙術人傳久。也說將鵝與右軍。

贈遠二首

芙蓉新落蜀山秋。錦字開緘到是愁。閨閣不知戎馬事。月高還上望夫樓。

擾弱新蒲葉（一作綠）又齊。春深花落塞前溪。知君未轉秦關騎。月照千門掩袖啼。

〈春望詞〉是薛濤詩集中膾炙人口的作品，其文字質樸，毫無俗態；詩人胸襟蕩然，讀覽再三，自可體會其真、善、美的功夫。[7]所謂「風花日將老，佳期猶渺渺，不結同心人，空結同心草」，這不只是薛濤的悽苦，更是風月中人的辛酸。「欲問相思處」總在「花開花落時」，而「翻作兩相思」，還要問那「春風知不知？」傅庚生說：「情深則往往因無端之事，作有關之想，情之愈癡，愈遠於理。」所以，薛濤也不能免於「長來枕上牽情思，不使愁人半夜眠」〈秋泉〉，「芙蓉新落蜀山秋，錦色開緘

---

7 參見譚正璧《中國女性文學史》（中國天津，百花文藝出版社）頁
173-180。

到是愁」〈贈遠〉而「誰言千里自今夕，離夢杳如關塞長」
〈送友人〉。便欲折柳相贈，「莫教煙月兩鄉悲」〈送姚員
外〉，卻是「雨暗眉山江水流，離人掩袂立高樓」〈送鄭
眉州〉。但，更可悲的現實還在分離之後，「安仁縱有詩
將賦，一半音詞雜悼亡」〈別李郎中〉，這原是「此事古
難全」，儘管舊的記憶尚未完全沖淡，新的別離卻已悄悄
重演！可歎煙花的一生，是如此地用情無盡，卻只換得
佳期渺渺！

三、薛洪度的詩思

　　《全唐詩》卷八○三所錄薛洪度的詩雖多緣情綺靡
的篇幅，但是她才思機警，幾首臨宴詠歌的作品都別有
一番高遠的風格。《唐才子傳》中記載著：「高駢鎮蜀門
日，命之佐酒，行一字協音令，且需得其形象。高曰：『口
似沒量斗。』答曰：『川似三條椽。』公曰：『奈何一條
曲何？』曰：『相公為西川節度，尚用一破斗，況窮酒佐
三條椽，只有一條曲，何足怪哉？』其敏捷類此特多，
座客賞歎。」[8]又如一事：有黎州刺使作《千字文》
令，其中須帶魚禽鳥獸。其先云：「有虞（通魚）陶唐。」薛
道：「佐時阿衡。」刺使道：「語中並無魚鳥等字，需罰。」
薛笑道：「衡字內有小魚字，使君的『有虞陶唐』，一魚
也沒有。」坐客大笑。足見她不獨長於詩才，口辯亦佳。

---

[8]　《唐才子傳》著錄今佚。錄自楊家駱主編《歷代婦女著作考》中引用《唐
　　才子傳》中言。

　　此外，人多讚說其詩「詞意不苟，情盡筆墨，翰苑崇高，輒能攀附。」舉如《唐詩別裁》卷四薛濤有一首〈高駢席上作〉[9]「聞說邊城苦。如今到始知。羞將筵上曲。唱與隴頭兒。」《升庵詩話》卷十四（一 b）對這首在高駢宴上聞邊報所作的樂府十分推美，認為「有諷諭而不露，得詩人之妙，使李白見之，亦當叩首；元、白流紛紛停筆，不亦宜乎？」其中一「羞」字情韻最佳，反襯邊城之「苦」，淋漓盡致；而「筵上曲」與「隴頭兒」除在字格的對仗工整之外，詩意的對比尤其珍貴，和「春閨夢裡人，無定河邊骨」實有相同悲切的警諷作用。我們再看她另外一首〈籌邊樓〉：「平臨雲鳥八窗秋。壯壓西川四十州。諸將莫貪羌族馬。最高層處見邊頭。」《四庫全書提要》特別摘取此首，說「其託意深遠，有魯嫠不恤緯，漆室女坐嘯之思，非尋常裙履所及，宜其名重一時。」像這些詩致俊逸的即席之作，如非機巧閑捷，怎能在談笑風生，箸盤杯盞之間，委婉傳意，清音高吟呢？

　　而後，當元稹授監察御史，出使西蜀的時候，得見薛濤走筆寫作〈四友贊〉（見《唐名媛詩》），其略曰：「磨捫蝨先生之腹，濡藏鋒都尉之頭，引書媒而默默，又文畝以休休。」使得元稹大為驚服。從此過從甚密，其中有一次薛濤酒醺微醉，因為爭令擲注子，誤傷了元微之，關係因此疏遠，薛濤便作〈十離詩〉上獻元微之。[10]

---

[9]　此首《全唐詩》卷八〇三作〈罰赴邊有懷上韋令公〉又作〈陳情上韋令公〉。又作〈上元相公〉。

[10]　此事另有一翻案說法：為此詩非薛濤所作。根據《全唐詩話續編》卷上

犬離主

馴擾朱門四五年。毛香足淨主人憐。無端（一作只
因）咬著親情客（一作親情腳）。不得紅絲毯上眠。（濤
因醉爭令擲注子誤傷相公猶子去幕。故云。）

筆離手

越管宣毫始稱情。紅箋紙上撒（一作散）花瓊。都
緣用久鋒頭盡。不得義之手裏擎。

馬離廄

雪耳紅毛淺碧蹄。追風曾到日東西。為驚玉貌郎君
墜。不得華軒更一嘶。

鸚鵡離籠

隴西獨自一孤身。飛去飛來上錦茵。都緣出語無方
便。不得籠中再喚人。

燕離巢

出入朱門未忍拋。主人常愛語交交。銜泥穢污（一
作污卻）珊瑚枕（一作簟）。不得梁間更壘巢。

珠離掌

皎潔圓明內外通。清光似照水晶宮。只（一作都）
緣一點玷（一作瑕）相穢。不得終宵（一作朝）在掌中。

(八 b)言：「十離詩為元微之在浙東時，賓府薛書記所作。」是指獻《十
離詩》之薛書記另有其人，為薛秀才，男性，是元微之在浙東時的賓府
中人。另《唐摭言》《鑒誡錄》中則記載薛濤上蓮師，犬離家，魚離池，
鸚鵡離籠，竹離業，珠離掌五詩。所傳非一，今依《全唐詩》收錄，入
薛濤詩中。

魚離池

　　跳（一作戲）躍深（一作蓮）池四五秋。常搖朱尾弄綸（一作銀）鉤。無端擺斷芙蓉朵。不得清波更一遊。

鷹離鞲

　　爪利如鋒眼似鈴。平原捉兔稱高情。無端竄向青雲外。不得君王臂上（一作手裏）擎。

竹離亭

　　蓊鬱新栽四五行。常將勁節負秋霜。為緣春筍鑽牆破。不得垂陰覆玉堂。

鏡離臺

　　鑄瀉黃金鏡始開。初生三五月裴回。為遭無限塵蒙蔽。不得華堂上玉臺。

　　在她的筆下，尋常事物都重新建立起一個尖新生動的外貌，同時為她的無意過失也作了一個楚楚可憐、達情合理的解釋，如此聰慧的姑娘，伶俐的才思，流暢的詩文，就是元積本身，也不禁為她這份深深的無奈所感，為她這份絕世的才華所動，終於重修舊好了。

四、薛洪度的詩語

　　薛洪度在脩辭設色，鍛句鍊字這一類詩語的選用上，各見藏與露；濃與淡；雅與俗等不同的美。[11]所謂藏與露，劉勰以為「情在詞外」為隱。以「狀意目前」為

---

[11] 藏與露，濃與淡，雅與俗各見其美。參考黃永武先生《中國詩學鑑賞篇》（台北，巨流圖書公司）的區分。

秀，（見《歲寒堂詩話》引《文心雕龍》闕文），黃永武
在《中國詩學、鑑賞篇》也指出「隱是以繁複的含意為
工，秀是以卓絕的表現為巧，可見隱藏微婉是一種美，
快直舖露也是一種美」。以薛濤詩為例：

風
　　臘蕙微風遠。飄弦唳一聲。林梢鳴淅瀝。松徑夜淒清。

月
　　魄依鉤樣小。扇逐漢機團。細影將圓質。人間幾處看。

蟬（一作聞蟬）
　　露滌清香遠。風吹數（一作故）葉齊。聲聲似相接。
各在一枝棲。

池上雙鳥
　　雙棲綠池上。朝暮共（一作去暮）飛還。更憶將雛
日。同心蓮葉間。

鴛鴦草
　　綠英滿香砌。兩兩鴛鴦小。但娛春日長。不管秋（一
作春）風草。

詠八十一顆
　　色比丹霞朝日。形如合浦箟籛（一作圓璫）。開時九
九如（一作知）數。見處雙雙頡頏。

　　這是「露」，薛濤具體的描繪出他們的形狀—月：「魄
依鉤樣小，扇逐漢機團」。聲音—風「飄弦唳一聲」。蟬
「露滌清音遠……聲聲似相接」。顏色—詠八十一顆：
「色比丹霞朝日」。數目—「開時九九如數」，九九暗合
八十一之數。情態—池上雙鳥：「雙棲綠池上……同心

蓮葉間」。鴛鴦草：「綠英滿香砌，兩兩鴛鴦小」。無不真切合宜。

　　至於〈牡丹〉這首：「去春零落暮春時。淚溼紅箋怨別離。常恐便同巫峽散。因何重有武陵期。傳情每向馨香得。不語還應彼此知。只欲欄邊安枕席。夜深閒共說相思。」這便是「藏」了，說道「淚溼紅箋怨別離……傳情每向馨香得……只欲欄邊安枕席。夜深閒共說相思。」都是一種內歛的比擬，而其中又混雜著自況，組織成繁密的詩網，衍伸出多角的猜測，造成耐人尋味的想像。

　　我們再看薛濤作品中濃郁的色彩：

海棠溪

　　春教風景駐仙霞。水面魚身總帶花。人世不思靈卉異。競將紅纈染輕沙。

採蓮舟

　　風前一葉壓荷渠。解報新秋又得魚。兔走烏馳人語靜。滿溪紅袂櫂歌初。

菱荇沼

　　水荇斜牽綠藻浮。柳絲和葉臥清流。何時得向溪頭賞。旋摘菱花旋泛舟。

金燈花

　　闌邊不見襄襄葉。砌下惟翻豔豔叢。細視欲將何物比。曉霞初疊赤城宮。

試新服裁製初成三首

　　紫陽宮裏賜紅綃。仙霧朦朧隔海遙。霜兔毳寒冰繭淨。嫦娥笑指織星橋。

　　九氣分為九色霞。五靈仙馭五雲車。春風因過東君舍。偷樣人間染百花。

　　長裾（一作裙）本是上清儀。曾逐群仙把玉芝。每到宮中歌舞會。折腰齊唱步虛詞。

　　菱荇沼裡「綠藻，柳絲，水荇葉」，綠得濃重。金燈花中「曩曩，豔豔，曉霞，疊，赤城」，豔得明麗。試新服裁製初成更是「九色霞，五雲車，染百花，織星橋」似乎將天地間極耀眼絢爛的事物都集中於此了。

　　至於，薛濤使用清淡的筆調入詩，往往挾著一份清淡，配合著詩語中清虛蒼勁的主題。舉如：

聽僧吹蘆管

　　曉蟬鳴咽暮鶯愁。言語殷勤十指頭。罷閱梵書聊一弄。散隨金磬泥清秋。

酬人雨後玩竹

　　南天春雨時。那鑒雪霜姿。眾類亦云茂。虛心能自持。多留晉賢醉。早伴舜妃悲。晚歲（一作歲晚）君能賞。蒼蒼勁節奇。

江邊

　　西風忽報雁（一作燕）雙雙。人世心形兩自降。不為魚腸有真訣。誰能夢夢（一作夜夜）立清江。

西巖

　　憑闌卻憶騎鯨客。把酒臨風手自招。細雨聲中停去馬。夕陽影裏亂鳴蜩。

江月樓

　　秋風彷彿吳江冷。鷗鷺參差夕陽影。垂虹納納臥譙

門。雉堞眈眈俯漁艇。陽安小兒拍手笑。使君幻出江南
景。

　　以上〈西巖〉與〈江月樓〉兩首就是雅俗互見的詩
例，〈西巖〉由憑欄憶客始，把酒、臨風、招手盡是人世
間俗事，然後將感情作結於細雨聲中馬停，夕陽影裡蜩
鳴；雅意便出。〈江月樓〉則由景物的沉雅，轉出「陽安
小兒拍手笑」，原本是極通俗的形容，末接「使君幻出江
南景」，詞意新警不鄙，呈現著一種拙樸的美。

五、薛洪度的詩箋

　　除了薛洪度的艷名、才名在唐代詩史上留下記錄以
外，薛洪度另外有一項特殊的創意，那便是著名的「薛
濤箋」。根據《唐名媛詩》的說法是這樣的：「濤歸浣花
所，浣花之人，多造十色彩箋，濤別造新樣小幅松花紙。」
原因是薛濤好製小詩，以一般詩紙篇章太大，於是便選
深紅色的小彩箋裁書，以供吟獻酬應賢傑，一時流行，
謂之「薛濤箋」。相傳當年已回京師，登任翰林的元積曾
經使用松花紙，題寄對薛濤的相思：「錦江滑膩峨嵋秀，
幻出文君與薛濤。言語巧偷鸚鵡舌，文章分得鳳凰毛。
紛紛詞客皆停筆，簡簡公侯欲夢刀。別後相思隔煙水，
菖蒲花發五雲高。」薛濤便用「薛濤箋」回寄了舊詩一
首給元微之：「詩篇調態人皆有。細膩風光我獨知。月下
詠花憐暗澹。雨朝題柳為攲垂。長教碧玉藏深處。總向
紅牋寫自隨。老大不能收拾得。與君開似教男兒。」紅
牋隨寫，風光細膩，這段韻事更為「薛濤箋」增加了浪

漫多情的色彩。在《益部談資》中也錄有「薛濤井，舊
名玉女津。『薛濤箋』乃於井畔築室，今卒守之，每年定
期命匠製紙，用以為入京表疏，市無貿者」的正式記載。

　　到今天，千百年帝國一坏黃土，而四川錦江畔，還
有望江樓、清婉室、浣箋亭、吟詩樓、薛濤井、玉吟仙
館等古勝名蹟以供憑弔，人們在流連嚮往之餘，想見這
一代名妓，才情獨步，艷色第一，在眾香國度裡，曾是
如何地娉婷解語，冠蓋風華。

第四節　燕子樓中燕——關盼盼

　　彭城的燕子樓中，東坡的〈永遇樂〉裡，曾詠著一位多情的紅粉，她的名字叫做關盼盼。

　　關盼盼原是徐州的名妓，當尚書張建封鎮守徐州的時候，發現這位色藝雙絕的女郎，十分愛賞。自古名士風流，美女多情，於是，盼盼便由青樓煙花成為了燕子樓中的嬌娥。盼盼進入張府之後，才有機會結識當代的文士名人，每當賓客雲集，盼盼總是歌曲流觴，舞影翩翩，雅態風華；而酒酣情昂，酬贈唱和的際會，盼盼詩句琅琅，飄香佐飲，更見動人的才情。就是中唐大家白居易對盼盼也十分心折，他曾有詩讚美盼盼：「醉嬌勝不得，風嫋牡丹花。」

　　然而，風月如水，流年偷換，張尚書先離盼盼而去，恩愛頓成雲煙，盼盼獨居舊第，感念舊愛深恩，立誓不嫁，而相思感懷，情愁濃起，不能無言，燕子樓三首就是她此時的心聲：（卷八〇二）

　　樓上殘燈伴曉霜。獨眠人起合歡床。相思一夜情（一作知）多少。地角天涯不（一作未）是長。

　　北邙松柏鎖愁煙。燕子樓中思悄然。自埋劍履歌塵散。紅袖（一作褪）香銷一（一作已）十年。

　　適看鴻雁岳陽迴。又覩玄禽逼社來。瑤瑟玉簫無意緒。任從蛛網任從灰。

　　境況是形單影隻，心情是黯黯殘愁。都藉著突出的景照下露出消息：獨眠人──起──合歡床。鴻雁──岳陽──迴。瑤瑟玉簫──無意緒，所以蛛結網，塵堆積。這樣，往昔的歡愛物語與目前的悄然孤獨頓然形成尖銳的對照，詩人自簡單的日常景物透過時空，反襯了自身的寂愁，是那麼真摯痛楚。後來，這三首詩傳到白居易的耳裡，自然引起了共鳴：「滿窗明月滿簾霜，被冷燈殘拂臥床。燕子樓中寒月夜，秋來只為一人長。」「細帶羅衫色似煙，几回欲起即潸然。自從不舞霓裳曲，疊在空箱十二年。」「今春有客洛陽迴，曾到尚書墓上來。見說白楊堪作柱，爭教紅粉不成灰。」好一句「燕子樓中寒月夜，秋來只為一人長」，真是道盡了關盼盼的心境。但是，白居易的〈別贈絕句〉：「黃金不惜買娥眉，揀得如花四五枝。歌舞教成心力盡，一朝身去不相隨。」卻隱含「金谷墜樓」的譏刺：既然無意再嫁，何必獨守空閨，而不情影相隨？聰明剔透的盼盼，得詩之後，禁住珠淚潸然，一首〈和白公詩〉（卷八○二）也表明了自己的立場：「自守空樓斂恨眉。形同春後牡丹枝。舍人不會人深意。訝道泉臺不去隨。」《全唐詩話》卷六裡（31b）更詳細記載了她偷生的理由，竟是：恐怕後世笑話張尚書重色，有從死之妾，而玷污了張建封的清範亮節，真是設思周密。如此真情逾金石的關盼盼這樣地堅貞風節，卻被人歪曲了，誤解了；所以，呈現在詩中的便是悲涼到底的哀怨。所謂「春後牡丹枝，空樓斂恨眉」，這并不算最悽慘的痛苦；而「訝道泉台不去隨」的譏諷才最難堪忍受。這首詩出一「訝」字便是警語。白居易驚

訝盼盼為何泉台不去隨？關盼盼驚訝白樂天不解心事，給了她這樣的評價。而在這雙層、極度驚訝底背後，掩埋的又是一段如何不為人知的心暮，如何難啟齒的悽愴！

　　自此以後的關盼盼更形心傷，日見憔悴，悒悒怏怏，沒有多少天的光景，終於漸漸不食而香消玉殞，臨死之前，她留下兩句話，猶見屈抑的情思：「兒童不識沖天物，漫把青泥污雪毫。」這麼一個美麗、多情的佳人，這麼一個淒清的愛情詩事，難怪蘇東坡遊倦天涯，憑弔燕子樓空，想見佳人何在？惟有樓中燕空鎖記憶之際，只好低歎「古今如夢，何曾夢覺」了！

第五節　青樓紅粉的遺憾

　　北里青樓中的詩文，最多抒情之作，即便是應酬唱和，詠物寫景，無不著感驅情。所以，情漫春草，思遠秋楓。投贈類於文游，殷勤通於燕婉，便成為傾城名妓，交接名流，酬答詩章中最常見的題材。

　　青樓中的煙花，與閨閣裡的佳人雖然境遇不同，地位有別，但是她們都是柔弱纖微的女性，在情感上，都一樣地需求愛護與照顧；在心理上，她們也希冀著相知與相憐。不幸得是，由於生存環境的差異，縱使是一牆之隔，一牖之距，教坊中的女子常難實現她們的願望，或許是從了良，但她們的身分總是屈居於妾待，不會與一般良家婦女相同。那麼，更遑論那些生於青樓，長於青樓，終老於青樓，甚至埋骨於青樓的姑娘，內心有多少淒苦、不平、幽恨與哀愁！這樣地一個有情又復無情的世界，一旦涵詠於詩文，表達於音聲，便凝練出青樓紅粉的憾恨與心傷。

一、紅粉心傷

　　紅粉究竟為何心傷？蜀妓張窈窕的一首〈上成都在事（一作成都即事）〉說得好：「昨日賣衣裳。今日賣衣裳。衣裳渾賣盡。羞見嫁時箱。有賣愁仍緩。無時心轉傷。故園有虜（一作多阻）隔。何處事蠶桑。」（卷八〇二）所謂「故園有虜隔，不得事蠶桑。」如今衣裳都賣光了，當我看見嫁時的衣箱，真是難為情呀！但是「有

賣愁仍緩，無時心轉傷」，難為情尚是小事，現在連要賣都沒衣服賣了，蹇困若此，孤零無依，怎麼不令人傷心斷腸？

而江淮間妓徐月英，也有詩〈敘懷〉：「為失三從泣淚頻。此身何用處人倫。雖然日逐笙歌樂。長羨荊釵與布裙。」（卷八○二）「誰稀罕這錦繡綾羅？我甘心做一個荊釵布裙！」這徹底表現了娼妓生活的真象，她們厭倦於逐舞笙歌，而「三從」雖然不是什麼好道德，她還因求之不得而頻頻哭泣呢！她們地位卑賤，長期忍受被壓迫的椎心的痛苦。這真是「生不逢時，不滿境況」的心傷。

那麼，「送君南浦，傷如之何」？

送人（《唐詩紀事稿本》）

惆悵人間萬事違。兩人同去一人歸。生憎平望亭前水。忍照鴛鴦相背（一作對）飛。

徐月英這首〈送人〉（卷八○二），愁情滿紙，生憎別離，第二句「兩人同去一人歸」七字筆墨淡淡，寫盡送人的悲傷！然而，送別短痛，相思長苦，無盡無休的想念更讓人哀痛莫銘。我們看張窈窕下面四首詩作：（卷八○二）

春思二首

門前梅（一作桃）柳爛春輝。閉妾深閨繡舞衣。雙燕不知腸欲斷。銜泥故故傍人飛。

井上梧桐是妾移。夜來花發最高枝。若教不向深閨種。春過門前爭得知。

西江行
　　日下西塞山。南來洞庭客。晴空白鳥度。萬里秋光碧。

贈（一作別）所思
　　與君咫尺長離別。遺妾容華為誰說。夕望層城眼欲穿。曉臨明鏡腸堪絕。

句
　　滿院花飛人不到。含情欲語燕雙雙。(〈春情〉見《吟窗雜錄》。)

　　郎君長別，空負著嬌美的容華，讓我在那兒望眼欲穿地痴痴地等待！
　　再看常浩的二首詩作：(卷八○二)

贈盧夫人
　　佳人惜顏色。死逐芳菲歇。日暮出畫堂。下階拜新月。拜月如（一作仍）有詞。傍人那得知。歸來投玉枕（一作玉臺下）。始覺淚痕垂。

寄遠
　　年年二月時。十年期別期。春風不知信。軒蓋獨遲遲。今日無端捲珠箔。始見庭花復零（一作見）落。人心一往不復歸。歲月來時未嘗錯。可憐熒熒玉鏡臺。塵飛冪冪幾時開。卻念容華非昔好。畫眉猶自待君來。

　　襄陽妓一首：(卷八○二)

送武補闕
　　弄珠灘上欲銷魂。獨把離懷寄酒尊。無限煙花不留意。忍教芳草怨王孫。

　　拜月的動機是為了誰？拜月的祝禱又是什麼內容？為什麼芳草年年綠，卻不忍怪怨王孫？女性的心思纖密，對季節的變遷是如何的敏感，惟對十年的別期，至今未歸，卻沒有絲毫的怨恨。縱然你已經不戀惜我的顏色，青樓中的人兒依舊在為你畫眉妝扮。這樣底痴情，便不僅是作者的傷心罷了，連旁人也要為之心酸不已！

　　又如：太原妓的〈寄歐陽詹〉：「自從別後減容光。半是思郎半恨郎。欲識舊來雲鬢樣。為奴開取縷金箱。」（卷八○二）紅綃妓的〈憶崔生〉：「深洞（一作谷）鶯啼恨阮郎。偷來花下解珠璫。碧雲飄斷音書絕。空倚玉簫愁鳳凰。」（卷八○二）徐月英另有兩句敘訴離情：「枕前淚與階前雨。隔箇窗兒滴到明。」說得是愁雨點點滴滴，好不纏人。而相思又有「幸」與「命」兩種結局，前者太原妓對歐陽詹，竟然相思成疾，作得此詩之後，絕筆而逝，而詩中猶見「半思半恨」交織，真是命運堪憐！後者的紅綃妓，在唐人小說〈崑崙奴〉的故事裡，得到崔生的垂青，雖然也經過煎熬的相思之苦，但是崔生有一個家奴是位異人，夜半負紅綃而出，二人終於得以長相廝守，這又是何其地幸運！

二、青樓餘憾

　　「自古多情空餘恨」，青樓有情，便不能無憾！
　　儘管個中有「連理枝前同設誓，丁香樹下共論心」[12]

---

[12] 韓襄客句見《全唐詩》卷八○二，頁9034。

的愛情，卻也有「落花徒有意，流水自無情」的恨事！
例如：陳陶處士棄絕了蓮花妓；蓮花妓只好黯然求去：（卷
八〇二）

獻陳陶處士

　　蓮花為號玉為腮。珍重尚書遣妾來。處士不生巫峽
夢。虛勞神女（一作雲雨）下陽臺。

　　另外北里妓王福娘鍾情於孫棨，曾題詩寄情，自明
心意，如這首〈題孫棨詩後〉[13]：「苦把文章邀勸人。吟
看好箇語言新。雖然不及相如賦。也直黃金一二斤。」（卷
八〇二）又有〈問棨詩〉[14]：「日日悲傷未有圖。懶將心
事話凡夫。非同覆水應收得。只問仙郎有意無。」

　　當時的孫棨只是逢場作戲，並沒有真心附託的念頭，
便回詩拒絕了王福娘：「韶妙如何有遠圖。未能相為信非
夫。泥中蓮子雖無染。移入家園未得無。」後來等到孫棨
自洛還京，又與福娘邂逅，想續前歡，卻也被福娘識破了
薄倖。以〈謝棨詩〉（一作擲紅巾詩）回拒：「久賦思情欲
託身。已將心事再三陳。泥蓮既沒移栽分。今日分離莫恨
人。」（卷八〇二）像王福娘這樣的遭遇，在十里煙花場
中是很常見的現象，因為人們總是認為：到青樓裡原是為
了尋歡作樂，只要有錢都就可以買得調情笑謔。這樣的觀
念一旦生根，自然不易攜帶著真情入場了。

---

[13] 根據《全唐詩》王福娘小傳中記載：孫棨贈福娘詩，俱題窗左紅牆，後
　　有數行未滿，福娘因自題一絕，即為此首〈題孫棨詩後〉。

[14] 〈問棨詩〉一作〈題紅箋上〉，是福娘一日於歡洽際，嘗自慘然；忽以
　　紅箋題詩授棨索和。

　　下面，我們再舉兩個例子，說明「妓」的地位低下。第一個是作為潤筆酬勞的嚴續姬，第二個是買賣隨主的楚兒。嚴續是南唐僕射，他曾請韓熙載為他撰寫〈父神道碑〉；而潤筆的酬勞就是這位本為歌妓的姬妾。後來，因為嚴續要求韓熙載在敘述譜系品秩時，更加竄改；為韓所拒，便又還其所贈。臨行之際，這位嚴續的姬妾有感而發：「風柳搖搖無定枝。陽臺雲雨夢中歸。他年蓬島音塵絕。留取尊前舊舞衣。」（〈贈別〉卷八〇〇）

　　楚兒，字潤娘，本為曲妓，後為捕賊官郭鍛所納，一日遊曲江時，遇到舊識鄭昌圖，為郭鍛發現，先將她痛打一頓，然後又賣於臨街窗下，只得重操琵琶生涯。楚兒有〈貽鄭昌圖〉一首留下：「應是前生有宿冤，不期今世惡因緣。娥眉欲碎巨靈掌（一作手）。雞肋難勝子路（一作石勒）拳。祗擬嚇人傳鐵券。未應教我踏青蓮。曲江昨日君相遇。當遭他數十鞭。」（卷八〇二）不管是宿冤也好，惡因緣也罷，當時豪公貴族蓄養妓妾，視如草芥之物，贈妾（如柳氏之贈與韓翃）、換妾（如張籍以愛姬柳葉換山茶一株，盧殷、張祐之愛妾換馬）[15]等事數見不鮮，至於打罵妾侍，買妓賣妓的行為更是司空見慣；所以妓妾的地位極為低賤。而其本身，或因久於送往迎來；或因所嫁非偶，悵恨暗生，而不能專心自持，安於本分的也有；如孟氏，本是壽春妓，雖然嫁給了維揚的

---

[15] 張籍事見明陳詩教《花裡活卷》中的記載；盧殷以妾換馬見於《全唐詩》卷四百七十；張祐事見《全唐詩》卷五百十一。

萬貞，其後又與鄰家的美少年私相授受。《全唐詩》卷八
○○的詩作裡即可得見二者的私情：

獨遊家園
　　可惜春時節。依前獨自遊。無端兩行淚。長只（一
作祇）對花流。

答少年
　　誰家少年兒。心中暗自欺。不道終不可。可即恐郎
知。

　　詩中又愛又怕，芳心矛盾無主，這份巨大的自責直
迫得她喘不過氣來。這樣糾纏的感情冤債，最後只得歸
之於一場憾事無奈了！

　　然而，在《全唐詩》收錄的妓女中，最為悽慘哀憐
的要算是「臨終召客」的顏令賓了，她在病中見到落花，
傷已不祥。卻堅持召客歡飲，終於吟詩而亡：「氣餘三五
喘。花剩兩三枝。話別一尊酒。相邀無後期。」（卷八○
二）就這樣的墜落於青樓之中，縱任得她生前舉措風流，
捧心嫵媚。而今掩面嘆息，此夕委實堪傷。正是人生無
常，青樓空留餘憾而已！

第五章　方外尼冠

第一節　尼冠文學產生的背景

　　在戰爭動亂、政治黑暗與名教束縛所重重籠罩的魏晉時代，玄學像一道神秘而新生的彩光，照向當時苦悶、絕望的知識階級，而以清虛空無的姿態，建立起一個抽象逍遙的世界。王弼曾經說過：「言者所以明象，得象而忘言；象者所以存意，得意而忘象。」又說：「忘象者乃得意者也，忘言者乃得象者也。」這樣重視神理情味，擺脫世俗的意見，對當時的社會風氣與文學領域造成極大的衝擊，於是，佛教的思想交織著道家的哲學，成為時代的寵兒。這個種子經歷了六朝，融合了異族文化，在唐朝的國度上開花結果。範圍也從哲學思想的浸淫，逐漸移植到文學作品的冶鍊。於是方衲、名士唱和，玄理、禪思入詩，更開拓了唐詩的氣韻境界。

　　如此承受著儒、道、釋三家，唐朝并未生吞活剝，消化不良；正如其文治武功，其自成了文化系統，輝煌壯大。原因是大唐的政府雖然具備基本的宗教體系，但是對於其他的教義並不拒絕，即使有所貶抑，但是此起彼落，并沒有全面的、嚴格的禁止。最重要的一點是其始終不脫離儒範的軌蹤。儘管當時的國教尊崇道家，倫理的觀念依然無損。《唐會要》卷五十中的記載說明著道教成為唐代國教的經過：

「武德三年五月，普州人吉善，行于羊角山，見一老叟，乘白馬朱鬣，儀容甚偉。曰：謂吾語唐天子，吾汝祖也。今年平賊後，子孫享國千歲。高祖異之，乃立廟于其地，乾封元年三月二十日。追尊老君為太上元元皇帝。」老君姓李名耳。李淵建唐，自是李家天下，追溯遠祖的結果，道教便在唐朝形成一個極大的勢力，入觀修冠，更是蔚為習風。

至於釋典沖虛，佛法宏揚，唐太宗時玄奘之西域求經，也到達了高峰。《唐會要》卷四十七中唐高宗以及玄宗的皇諭明白的標識著尊崇禮法的要求：唐高宗顯慶二年有詔：「聖人之心，主於慈孝。父子君臣之際，長幼仁義之序，與夫周孔之教，異轍同歸。棄禮悖義，朕所不取。……」玄宗開元二年閏二月十三日亦下勅，言：「自今已後，道士、女冠、僧尼等，并令拜父母，至於喪祀輕重，及尊屬禮數，一準常儀，庶能正此頹弊，用明典則。」由此，釋、道二流，不敢亂俗，法有遵崇，蒼生安樂。宗教哲理便在帝王貴臣們的提倡下，給文學的命脈注進了新的氣息，帶動起高遠無機的淡雅詩情。同時也影響了民間信仰，浮屠煉獄，善惡輪迴，提示了慈悲救人的指標。而修身煉丹，渡化渾沌的本事，在小說、雜錄上數見不鮮。尤其在遭遇困蹇，災象異常的情況裡，上自天子下至庶民無不靜沐薰禱，祈福免厄；告祭開壇，驅惡迎祥。甚且有帝后公妃，文臣名士出家立觀，居士修行的例子。如景雲元年，新都公主子武僵宮出家為道士，立福唐觀。天寶元年十二月二十日，太子賓客賀知章，請為道士，還鄉，拾會稽宅為千秋觀。天寶六載，

新昌公主因駙馬蕭衡亡，奏請度為女冠，遂立新昌觀。[1]此外，王維好佛；白居易自隱香山，號為居士。皮日休、陸龜蒙的崇道思；李白的夢神仙；都說明了有唐一代宗教哲學的普及，不僅生活化，也文學化了。

直到唐祚由盛極始衰，政治的力量本身不穩，便無法有力地支配宗教的發展。社會民心的浮散，經濟的空弊，也動搖了禮教的約束，生活更見靡華，風氣更見自由，信仰的末流難免佻達變質，懲犯禮法。一些道士、女冠、和尚、尼姑的品粹不純：有情場失意之徒，萬念俱灰，遁跡空門；有觸犯法網之奸，剃度為僧、道，藉以逃避刑責。而君主們沉迷於神仙不老，過份迷信徵驗、鼓兆，實已走火入魔，為自己種下滅亡的苦果。

在這樣的宗教氣氛下，上行下效的結果，貴人民間與釋道方外交往頻繁，女冠文學也如是秀起。魚玄機、李冶都是其中的佼佼者。

至於中國婦女之出家為尼者，始於晉愍帝時的淨檢；女尼誦經，則始於劉宋明帝時的道馨[2]；而出家別立尼寺者，則始於劉宋孝武帝時的淨秀[3]，故中國女尼出家事業，由萌芽而大盛，約由晉愍帝建興年間至劉宋明帝泰始年間。至於道教大興於北魏，女冠之興起，自晚於

---

[1] 見宋王溥《唐會要》（台北，世界書局）卷五十，頁 865-882。

[2] 梁僧定唱《比丘尼傳》云：「洛陽竹林寺民淨檢，晉建興中出家洛城東尼寺。尼道馨，宋泰始（明帝年號）中出家，比丘尼誦經，馨其始也。」

[3] 法瓊〈僧行篇〉載梁沈純〈淨秀狀〉云：「本於青園寺出家，宋大明（孝武年號）別立住處，初置精舍。泰始二年，明帝賜號禪林，制龕造象，寫經集眾，招納同位十餘人。」

女尼，但到達隋代，女冠制度業已盛行。如《隋書、煬帝本紀》曰：「煬帝出巡，嘗以僧尼女冠道士自隨，謂之四道場。」後自北魏至唐朝，女尼女冠已普及全國。其中公主妃嬪，貴族豪門的女子，出家修道，入寺修行的甚多。據《新唐書》卷八十三諸帝公主傳的記錄，唐代公主為女冠者有十四人。其中武后則天曾為比丘尼，[4]楊貴妃也當過女冠，號為「太真」。並藉以由此斷絕了夫妻與家族的俗世關係，而後乃以此特殊的宗教身分進入宮禁，即可以脫離禮法的約束。且洎乎唐代，女尼道姑之中，行為放蕩、言語狎謔的，時見文籍，韓翃有戲贈於越尼子歌；著名者如李季蘭、魚玄機與士大夫的往來酬答也放浪不羈。前者觀諸《玉堂閒話》：「李季蘭以女子有才名……後為女冠，劉長卿諸人皆與往還，……然素行放浪，不能自持。」後者見於《三水小牘》的記載：「唐西京咸宜觀女道士魚玄機，……蕙蘭弱質，不能自持，復為豪俠所調。……於是風流之士，爭修飾以求狎，或載酒詣之者，必鳴琴賦詩，間以謔浪。」

　　但是刻苦清修，遵守寺廟清規，道觀律法的女尼女冠仍有，由於她們別有宗教的寄託，在唐代社會成為一種特殊的階級。

4　《新唐書》卷四〈則天順聖武皇后本紀〉曰：「太宗崩、后削髮為比丘尼，居於感業寺。」

第二節　女冠之一：魚玄機

　　魚玄機，字幼微，一字蕙蘭。家居長安里，喜讀書，有才思。《唐詩紀事》中錄其佳句如：「焚香登玉壇。端簡禮金闕。」「綺陌春望遠。瑤徽春興多。」「殷勤不得語。紅淚一雙流。」「雲情自鬱爭同夢。仙貌長芳又勝花。」皆是抒寫性靈的感興，用字一洗尋常斧鑿堆砌的痕跡，絲毫不落俗塵。

　　懿宗咸通年間，補闕李億聽聞玄機「色既傾國，思更入神」，便納為府妾，寵愛有加。這個時期的魚玄機縱情山水，紀事寓詩臨景賦情，詠物有感，作品頗為可觀。如：（卷八〇四）

題任處士創資福寺
　　幽人創奇境。遊客駐（一作寄）行程。粉壁空留字。蓮宮未有名。鑿池泉自出。開徑草重生。百尺金輪閣。當川豁眼明。

題隱霧亭
　　春花秋月入詩篇。白日清宵是散仙。空捲珠簾不曾下。長移一榻對山眠。

重陽阻雨
　　滿庭黃菊籬邊折（一作折）。兩朵芙蓉鏡裏開。落帽臺前風雨阻。不知何處醉金杯。

遊崇真觀南樓覩新及第題名處
　　雲峰滿目放春晴。歷歷銀鉤指下生。自恨羅衣掩詩句。舉頭空羨榜中名。

過鄂州

柳拂蘭橈花滿枝。石城城下暮帆遲。折牌（一作碑）峰上三閭墓。遠火山頭五馬旗。白雪調高題舊寺。陽春歌在換新詞。莫愁魂逐清江去。空使行人萬首詩。

夏日山居

移得仙居此地來。花叢自徧不曾栽。庭前亞樹張衣桁。坐上新泉泛酒杯。軒檻暗傳深竹徑。綺羅長擁亂書堆。閒乘畫舫吟明月。信任輕風吹卻回。

暮春即事

深巷窮門少侶儔。阮郎唯有夢中留。香飄羅綺誰家席。風送歌聲何處樓。街近鼓鼙喧曉睡。庭閒鵲語亂春愁。安能追逐人間事。萬里身同繫舟。

代人悼亡

曾觀夭桃想玉姿。帶風楊柳認蛾眉。珠歸龍窟知誰見。鏡在鸞臺話向誰。從此夢悲煙雨夜。不堪吟苦寂廖時。西山日落東山月。恨想無因有了期。

賦得江邊柳（一作臨江樹）

翠（一作草）色連（一作迷）荒岸。煙姿入遠樓。影（一作葉）鋪秋水面。花落釣人（一作磯）頭。根老藏魚（一作龍）窟。枝低繫（一作拂）客舟。蕭蕭風雨夜。驚夢復添愁。

打毬作

堅圓淨滑一星流。月杖爭敲未擬休。無滯礙時從撥弄。有遮攔處任鉤留。不辭宛轉長隨手。卻恐相將不到頭。畢竟入門應始了。願君爭取最前籌。

送別

秦樓（一作層城）幾夜愜心期。不料仙郎有別離。
睡覺莫言（一作不嫌）雲去處。殘燈一醆野蛾飛。

折楊柳

朝朝送別泣花鈿。折盡春風楊柳煙。願得西山無樹
木。免教人作淚懸懸。

愁思（一作秋思）

落葉紛紛暮雨和。朱（一作冰）絲獨撫自清歌。放
情休恨無心友。養性空拋苦海波。長者車音門外有。道
家書卷枕前多。布衣終作雲霄客。綠水青山時一過。

秋怨

自歎多情是足愁。況當風月滿庭秋。洞房偏與更聲
近。夜夜燈前欲白頭。

江行

大江橫抱武昌斜。鸚鵡洲前戶萬（一作萬戶）家。
畫舸春眠朝未足（一作猶未穩）。夢為蝴蝶也尋花。煙花
已入鸕鷀港。畫舸猶沿（一作題）鸚鵡洲。醉臥醒吟都
不覺。今朝驚在漢江頭。

早秋

嫩菊含新彩。遠山閒（一作閉）夕煙。涼風驚綠樹。
清韻入朱弦。思婦機中錦。征人塞外天。雁飛魚在水。
書信若為傳。

期友人阻雨不至

雁魚空有信。雞黍恨無期。閉戶方籠月。褰簾已散
絲。近泉鳴砌畔。遠浪漲江湄。鄉思悲秋客。愁吟五字
詩。

浣紗廟

吳越相謀計策多。浣紗神女已相和。一雙笑靨才回面。十萬精兵盡倒戈。范蠡功成身隱遁。伍胥諫死國消磨。只今諸暨長江畔。空有青山號苧蘿。

賣殘牡丹

臨風興歎落花頻。芳意潛消又一春。應為價高人不問。卻緣香甚蝶難親。紅英只稱生宮裏。翠葉那堪染路塵。及至移根上林苑。王孫方恨買無因。

這些詩不啻是魚玄機日常生活的縮影。面對著春去秋來，歲月的變換，魚玄機不能無傷。而人事的凋零、送別、悼亡，魚玄機又怎能無動於衷？隱隱地便有了「安能追逐人間事」？「恨想無因有了期」的惆悵與落寞。

那麼，才華出眾的魚玄機如何消除落寞與惆悵呢？於是，她排遣文字，酬和贈寄，尤其是與光、威、衰姐妹三人的「聯句次韻」[5]最為別致：「昔聞南國容華少。今日東鄰姐妹三。妝閣相看鸚鵡賦。碧窗應繡鳳凰衫。紅

---

[5] 根據《全唐詩》卷八〇四魚玄機詩〈與光、威、衰姐妹三人〉聯句下註說明其聯句因由：「光威衰姐妹三人少孤而始妍。乃有是作，精粹難儔；雖謝家聯雪，何以加（一作如）之？有客自京師來者示予因次其韻。」今附錄卷八〇一〈光、威、衰姐妹三人聯句〉於後：「朱樓影直日當午。玉樹陰低月已三（光）。膩紛暗銷銀鏤合。錯刀閒翦泥金衫（威）。繡床怕引烏龍吠。錦字愁教青鳥銜（衰）。百味鍊來憐益母。千花開處鬥宜男（光）。鴛鴦有伴誰能美。鸚鵡無言我自慚（威）。浪嘉游蜂飛撲撲。伴鶯孤燕語喃喃（衰）。偏憐愛數蟋蟀掌。每憶光抽玳瑁簪（光）。煙洞幾年悲尚在。屋橋一夕悵空含（威）。窗前時節羞虛擲。世上風流笑苦諳（衰）。獨結香綃偷餉送。暗垂檀袖學通參（光）。須知化石心難定。卻是為雲分易甘（威）。看見風光零落盡。弦聲猶逐望江南（衰）。」

芳滿院參差折。綠醽盈杯次第銜。恐向瑤池曾作女。謫
來塵世未為男。文姬有貌終堪比。西子無言我更慚。一
曲豔歌琴杳杳。四弦輕撥語喃喃。當臺競鬥青絲髮。對
月爭誇白玉簪。小有洞中松露滴。大羅天上柳煙含。但
能為雨心長在。不怕吹簫事未諧。阿母幾嗔花下語。潘
郎曾向夢中參。暫持清句魂猶斷。若覩紅顏死亦甘。悵
望佳人何處在。行雲歸北又歸南。」（卷八〇四）聯句之
風最早起於漢武帝柏梁台上與群臣唱和；遞次至唐，太
宗、高宗也有與眾卿戲聯助興的作品留下。流風相衍，
元和長慶以來，詩人往來唱和，吟詠納交，宴集歡酢，
更以聯句相邀，或逞心志，或尚辭采，不但能測驗才思
的遲速，極具趣味性；又能切磋詩境，富有進取性；更
能暢歡盡樂，掀起相聚的高潮。此處魚玄機所以次韻相
和，是鑑於光、威、裒三姐妹的聯句精粹難儔，搔得癢
處，玄機得詩，不覺詩興大發，便採同字之韻，應對成
篇，個中詩意婉嫕旖旎，真是閨閣中的佳作。

　　此外由於魚玄機交遊甚廣：尚書、詞家、學士、鄰
居、朋友，都有吟和。她與李子安、溫飛卿、李近仁等
交情密切，詩作往返頻仍。其中又以與李子安詩寄最多，
檢索詩題為李子安的情詩即有六首。此外，有兩首寄訪
鍊師的詩，十分特殊：

和人

　　茫茫九陌無知己。暮去朝來典繡衣。寶匣鏡昏蟬鬢
亂。博山爐暖（一作冷）麝煙微。多情公子春留句。少
思文君晝掩扉。莫惜羊車頻列載。柳絲（一作舒）梅綻
正芳菲。

左名場自澤州至京使人傳語

閑居作賦幾年愁。王屋山前是舊遊。詩詠東西千嶂亂。馬隨南北一泉流。曾陪雨夜同歡席。別後花時獨上樓。忽喜扣門傳語至。為憐鄰巷小房幽。相如琴罷朱弦斷。雙燕巢分白露秋。莫倦（一作厭）蓬門時一訪。每春忙在曲江頭。

和人次韻

喧喧朱紫雜人寰。獨自清吟日（一作月）色間。何事玉郎搜藻思。忽將瓊韻扣柴關。白花發詠慚稱謝。僻巷深居謬學顏。不用多情欲相見。松蘿高處是前山。

贈鄰女（一作寄李億員外）

羞日遮（一作障）羅袖。愁春懶起妝。易求無價寶。難得有心郎。枕上潛垂淚。花間暗斷腸。自能窺宋玉。何必恨王昌。

寄國香

旦夕醉吟身。相思又此春（一作何處申。）雨中寄書使。窗下斷腸人。山捲珠簾看。愁隨芳草新。別來清宴上。幾度落梁塵。

暮春有感寄友人

鶯語驚殘夢。輕妝改淚容。竹陰初月薄。江靜晚煙濃。溼嘴銜泥燕。香鬚採蕊蜂。獨憐無限思。吟罷亞枝松。

冬夜寄溫飛卿

苦思（一作憶）搜詩（一作思）燈下吟。不眠長夜怕寒衾。滿庭木葉愁風起。透幌紗窗惜月沈。疏散未閑終遂願。盛衰空見本來心。幽棲莫定梧桐處。暮雀啾啾空繞（一作繞竹）林。

聞李端公垂釣回寄贈

無限荷香染暑衣。院郎何處弄船歸。自慚不及鴛鴦侶。猶得雙雙近（一作繞。又作傍。）釣磯。

寄劉尚書

八座鎮雄軍。歌謠滿路新。汾川三月雨。晉水百花春。囹圄長空鎖。干戈久覆塵。儒僧觀子夜。羈客醉紅茵。筆硯行隨手。

酬李學士寄簟

珍簟新鋪翡翠樓。泓澄玉水記方流。唯應雲扇（一作宿）情相似。同向銀床恨早秋。

迎李近仁員外

今日嘉時聞喜鵲。昨宵燈下拜燈花。焚香出戶迎潘岳。不羨牽牛織女家。

酬李郢夏日釣魚回見示

住處雖同巷。經年不一過。清詞勸（一作歡）舊女。香桂折新柯。道性欺冰雪。禪心笑綺羅。跡登霄漢上。無路接煙波。

次韻西鄰新居兼乞酒

一首詩來百度吟。新情（一作清新）字字又聲金。酉看已有登垣意。遠望能無化石心。河漢期賒空極目。瀟湘夢斷罷調琴。況逢寒節添鄉思。叔夜佳醪莫獨斟。

和友人次韻

何事能銷旅館愁。紅牋開處見銀鉤。蓬山雨灑千峰小。嶰谷風吹萬葉秋。字字朝看輕碧玉。篇篇夜誦在衾裯。欲將香匣收藏卻。且惜時吟在手頭。

寄飛卿

階砌亂蛩鳴。庭柯煙露清。月中鄰樂響。樓上遠山明。珍簟涼風著。瑤琴寄恨生。稽君懶書札。底物慰秋情。

和新及第悼亡詩二首

屯籍人間不久留。片時已過十經秋。鴛鴦帳下香猶暖。鸚鵡籠中語未休。朝露綴花如臉恨。晚風欹柳似眉愁。彩雲一去無消息。潘岳多情欲白頭。

一枝丹桂和煙秀。萬樹江桃帶雨紅。且醉尊前休悵望。古來悲樂與今（一作君）同。

感懷寄人

恨寄朱弦上。含情意不任。早知雲雨會。未起蕙蘭心。灼灼桃兼李。無妨國士尋。蒼蒼松與桂。仍羨世人欽。月色苔階淨。歌聲竹院深。門前紅葉地。不掃待知音。

閨怨

靡蕪盈手泣斜暉。聞道鄰家夫婿歸。別日南鴻才北去。今朝北雁又南飛。春來秋去相思在。秋去春來信息稀（一作違）。扃閉朱門人不到。砧聲何事透羅幃。

春情寄子安

山路欹斜石磴危。不愁行苦（一作路）苦相思。冰銷遠澗憐清韻。雪遠寒峰想玉姿。莫聽凡歌春病酒。休招閑客夜貪棋。如松匪石盟長在。比翼連襟會肯遲。雖恨獨行冬盡日。終期相見月圓時。別君何物堪持贈。淚落晴光一首詩。

情書（一作情書）寄李子安（一本題下有補闕二字）

飲冰食藥志無功。晉水壺關在夢中。秦鏡欲分愁墮
（一作墜）鵲。舜琴將弄怨飛鴻。井邊桐葉鳴秋雨。窗
下銀燈暗曉風。書信茫茫何處問。持竿盡日碧江空。

送別

水柔（一作流）逐器知難定。雲出無心肯再歸。惆
悵春風楚江暮。鴛鴦一隻失群飛。

遺懷

閒散身無事。風光獨自遊。斷雲江上月。解纜海中
舟。琴弄蕭梁寺。詩吟庾亮樓。叢篁堪作伴。片石好為
儔。燕雀徒為貴。金銀志不求。滿杯春酒綠。對月夜窗
幽。繞砌澄清沼。抽簪映細流。臥床書冊徧。半醉起梳
頭。

隔漢江寄子安

江南江北愁望。相思相憶空吟。鴛鴦暖臥沙浦。鸂
鶒閒飛橘林。煙裏歌聲隱隱。渡頭月色沈沈。含情咫尺
千里。況聽家家遠砧。

寓言

紅桃處處春色。碧柳家家月明。樓上新妝待夜。閨
中獨坐含情。芙蓉月（一作葉）下魚戲。螮蝀天邊雀（一
作鶴）聲。人生悲歡一夢。如何得作雙成。

江陵愁望寄子安

楓葉千枝復萬枝。江橋掩映暮帆遲。憶君心似西江
水。日夜東流無歇時。

寄子安

醉別千卮不浣愁。離腸百結解無由。蕙蘭鎖歇歸春

圍。楊柳東西絆客舟。聚散已悲（一作愁）雲不定。恩
情須學水長流。有花時節知難遇。未肯厭厭醉玉樓。

寄題鍊師（第三句缺一字。第四句缺一字。）

　　霞彩翦為衣。添香出繡幃。芙蓉花葉□。山水帔□
稀。駐履聞鶯語。開籠放鶴飛。高堂春睡覺。暮雨正霏
霏。

訪趙鍊師不遇

　　何處同仙侶。青衣獨在家。暖爐留煮藥。鄰院為煎茶。
畫壁燈光暗。幡竿日影斜。殷勤重回首。牆外數枝花。

　　鍊師是道教中的人物，最後一首盡寫道語。可見魚
玄機平素就與道流有所接觸，難怪她以後會從冠帔於
觀。至於魚玄機出世的最主要因素究竟是為了什麼？《全
唐詩》卷八〇四作者小傳中註明：「愛衰，遂從冠帔於咸
宜觀」。《北夢瑣言》也說：「魚玄機愛衰，有詩曰：『蕙
蘭銷歇歸春圃，楊柳東西絆客舟。』自是縱懷，為女道
士」。我們看她這些別李億，寄李億，遣懷，寓言，訴怨
的情詩，是如此地哀怨動人。但是，逝去的歡愛好似西
江之水，日夜東流無歇時，當惆悵地春風掠過楚江的暮
色，只有一雙失群的鴛鴦獨自地在拍翅欲飛！人間的聚
散悲歡，魚玄機是遍嚐個中滋味了。當玄機失去了丈夫
的寵愛，心緒十分消沈，由相思→期待→焦慮→猜疑→
失望→絕望底過程中，她的作品裡多以時空的遙隔暗暗
地透露「斷」、「分」、「別」、「愁」、「恨」的孤獨無望。
最後，她在極度的灰黯中終於選擇了惟一熟知而可依靠
的補償：成為一個才高的女出世者，作為此生的歸宿。

　　哀怨的詩文到此似應結束，然而，《太平廣記》一百三十〈綠翹〉故事卻交付與魚玄機一個更悲慘的結局。原因是這個入觀想要追求三清長生的女冠，不幸未能忘情於解珮薦枕之歡；或許因為唐代修肉身道的詩人很多，便形成風氣。黃永武先生認為李白與白居易都具有這種野性原始的道思。[6]影響所及，即便是出家的女道士也一面熱衷求道，一面又貪戀著肉慾，乍看似乎是有出世、入世的矛盾；實際上，她們所追求的只是重視肉身，求得長生。修道并不曾節制欲望的熾張；反而，因為脫離了塵俗的約束，更得以暢所欲為地對現實進行反抗挑戰，追求極度的浪漫與享樂。由於，魚玄機妒忌家中一個明慧有色的女僮「綠翹」，懷疑綠翹勾引她的狎客，竟將綠翹打死，然後棄屍滅跡於後院之中。然而，彊魂不死，冤靈不滅，神明不縱淫佚，官府不饒罪惡。一個深秋的黎明，魚玄機終於以生命回報了她這一生所犯的最嚴重的錯誤！

6　參見黃永武《中國詩學，思想篇》（台北，巨流出版公司）頁 200-201
　頁。

第三節　女冠之二：李季蘭

　　謝无量先生在《中國婦女文學史》曾經提及：「唐時重道，貴人名家，多出為女冠，至其末流，或尚佻達而恣禮法。故唐之女冠，恆與士人往來酬答，失之流蕩，蓋異於娼優者鮮矣。就中李季蘭，魚玄機雅有文才，為當時詩人所許，雖其行檢不足稱，而其文亦不可沒也。」

　　考察《全唐詩》卷八〇五、卷八八八共計收錄李季蘭詩一十八首，[7]《吟窗雜錄》也收有散句四則。這位字季蘭的李冶，在五、六歲的時候就有驚人之語；她對著薔薇斜倚，紅艷動人的景色，隨意地便脫口吟出：「經時未架卻，心緒亂縱橫。」她的父親為這二句小詩十分悵惋，恐怕李季蘭將來行為失檢。[8]果然，長大後的李季蘭作了道士，但作風豪放，不拘小節，常與名士騷人酬和，調笑戲謔，意態放浪。《中興閒氣集》記載：「嘗與諸賢會烏程開元寺，劉長卿有陰瘻疾。冶調之曰：山（諧疝）氣日夕佳。長卿對曰：眾鳥欣有託。舉坐大笑，論者美之。長卿曰：季蘭，女中詩豪也。」今《四庫全書》存薛濤、李冶詩集二卷。在《四庫提要》裡也鈔有李冶嘗與劉禹錫交遊的事蹟。並盛推李冶詩以五言擅長，例如〈寄校書七兄詩〉，〈送韓揆之江西詩〉，〈送閻二十六赴

---

[7]　統計《全唐詩》卷八〇五錄李冶詩十六首。卷八八八《補遺》李冶詩兩首，共計十八首。

[8]　見《全唐詩稿本》頁 247。

剡縣詩〉等幾首送別贈寄的作品，置於大歷十子之中，
幾不可復辨，其風格應是在薛濤之上了。

寄校書七兄（一作送韓校書）

無事烏程縣。蹉跎歲月餘。不知芸閣吏。寂寞竟何
如。遠水浮仙棹。寒星伴使車。因過大雷岸（一作澤）。
莫忘八（一作幾）行書。

寄朱放（一作昉，《才調集》作「昉」）

望水（一作遠）試登山。山高湖又闊。相思無曉夕。
相望經年月。鬱鬱山木榮（一作青）。綿綿野花發。別後
無限情。相逢一時說。

送韓揆之江西（一作送閻伯鈞往江州）

相看指（一作招折）楊柳。別恨轉依依。萬里江西
水。孤舟何處歸。溢城潮不到。夏口信應稀。唯有衡（一
作隨）陽雁。年年來去飛。

道意寄崔侍郎

莫漫戀浮名。應須薄宦情。百年齊旦暮。前事盡虛
盈。愁鬢行看白。童顏學未成。無過天竺國。依止古（一
作故）先生。

送閻二十六赴剡縣

流水閶門外。孤舟日復西。離情遍芳草。無處不萋
萋。妾夢經吳苑。君行到剡溪。歸來重相訪。莫學阮郎
迷。

得閻伯鈞書

情來對鏡懶梳頭。暮雨蕭蕭庭樹秋。莫怪闌干垂玉
筯。只緣惆悵對銀鉤。

結素魚貽友人

尺素如殘雪。結為雙鯉魚。欲知心裏事。看取腹中書。

唐朝大歷年間是盛唐與中唐的分界，此時杜甫未死，而錢起、劉長卿亦為開元時人。然而錢、劉不入盛唐，杜甫不列中唐，此時詩風繼唐詩極盛以後，境界氣象漸由闊大變為纖細，由雄壯變為高秀，我們看以上李季蘭的詩作，詩格新奇，理致清贍，尤其是「遠水浮仙棹，寒星伴使車」一聯，《唐詩別裁》說是：「不求深遠，自足雅音」。《全唐詩話》裡高仲武更是激賞倍至：「士有百行，女唯四德，季蘭則不然，形器既雄，詩意亦蕩，自鮑昭以下，罕有其倫。如『遠水、寒星』句，此五言之佳境也。上方班姬則不足，下比韓英則有餘[9]，不以遲暮，亦一俊嫗。」檢考其詩作中，與之往返應和的有朱放、韓揆、閻伯均、蕭叔子等人，同時亦與山人陸羽、上人皎然意甚相得。其中，有〈恩命追入留別廣陵故人〉一首疑是誤屬：「無才多病分龍鍾。不料虛名達九重。仰愧彈冠上華髮。多慚拂鏡理衰容。馳心北闕隨芳草。極目南山望舊峰。桂樹不能留野客。沙鷗出浦漫相逢。」《四庫全書》提要特別申明：「詳其詞意，不類冶作。殆好事者，欲哀冶詩與濤相配，病其太少，姑摭他詩足之也。」

此外，李季蘭的幾首有關臥病、相思、偶居、留別、閨怨、詠物的有感而發，都用語鏗鏘，詞調麗婉。

9　鍾嶸《詩品》卷下：「齊鮑令暉，韓蘭英。令暉歌詩，往往斷絕清巧，擬古尤勝，唯百願淫矣。蘭英綺密，甚有名篇，又善談笑。齊武謂韓云：借使二媛，生於上葉，則玉階之賦，紈素之辭，未詎多也。」

湖上臥病喜陸鴻漸至

昔去繁霜月。今來苦霧時。相逢仍臥病。欲語淚先垂。強勸陶家酒。還吟謝客詩。偶然成一醉。此外更何之。

偶居

心遠浮雲知不還。心雲併在有無間。狂風何事相搖蕩。吹向南山復北山。

明月夜留別

離人無語月無聲。明月有光有情。別後相思人似月。雲間水上到層城。

春閨怨

百尺井欄上。數株桃已紅。念君遼海北。拋妾宋家東。

從蕭叔子聽彈琴賦得三峽流泉歌

妾家本住巫山雲。巫山流泉常自聞。玉琴彈（一作奏）出轉寥夐。直是（一作似）當時夢裏聽。三峽迢迢（一作流泉）幾千里。一時流入幽閨（一作深閨）裏。巨石崩崖指下生。飛泉（一作波）走浪弦中起。初疑憤怒（一作湧）含雷風。又似鳴咽流不通。迴湍曲瀨勢（一作意）將盡。時復滴瀝平沙中。憶昔阮公為此曲。能令仲容聽不足。一彈既罷復（一作還）一彈。願作（一作與。一作比。一作似）流泉鎮相續。

相思怨

人道海水深。不抵相思半。海水尚有涯。相思渺無畔。攜琴上高（一作酒）樓。樓虛月華滿。彈著（一作得）相思曲。弦腸一時斷。

感興

　　朝雲暮雨鎮相隨。去雁來人有返期。玉枕祇知長下淚。銀燈空照不眠時。仰看明月翻含意。俯眄流波欲寄詞。卻憶初聞鳳樓曲。教人寂寞復相思。

八至六言

　　至近至遠東西。至深至淺清溪。至高至明日月。至親至疏夫妻。

薔薇花

　　翠融紅綻渾無力。斜倚欄干似詫人。深處最宜香惹蝶。摘時兼恐焰燒春。當空巧結玲瓏帳。著地能鋪錦繡裀。最好凌晨和露看。碧紗窗外一枝新。

柳

　　最愛纖纖曲水濱。夕陽移影過青蘋。東風又染一年綠。楚客更傷千里春。低葉已藏依岸櫂。高枝應閉上樓人。舞腰漸重煙光老。散作飛綿惹翠裀。

　　這裡面，最有趣的一首要算是「八至」這首六言詩了。李季蘭以程度現象來刻劃出四樣實體，別饒清新的逸致。而在其餘的幾首詩歌中，我們可以發現她對於複合意象的處理十分獨到。所謂複合意象，是在說明包含兩種或兩種以上事物之間的關聯性，並不一定著重在明喻和隱喻之間的形式區別。或許只是將自然的現象與人生的情況并列一起，以暗示類推或對照。[10]如〈相思怨〉：「人道海水深。不抵相思半，海水尚有涯，相思渺無畔。

---

[10] 舉如「并置」、「比擬」、「替代」等名詞，參閱黃永武《中國詩學鑑賞篇》第二章「意象與象徵」頁151-213。

攜琴上高樓，樓虛月華滿，彈著相思曲，弦腸一時斷。」
海水與相思二者並置，雖然并未明顯指出何者是喻依，
何者是喻體，但是，讀者并不難看出其間的暗示作用。
又如：〈明月夜留別〉：「離人無語月無聲，明月有光人有
情，別後相思人似月，雲間水上到層城。」這裡「別後
相思人似月」就是一種「比擬」的手法，她直接地將兩
個意象：「人」、「月」聯結，塑造出明簡的印象。另外，
李季蘭在兩首詠物詩：〈薔薇花〉以及〈柳〉裡，很成功
地使用了「替代」的意象；譬如：「香惹蝶」替代著薔薇
的香味，滿足了嗅覺的官能。「焰燒春」替代著薔薇的色
澤，並火燒之勢撩撥著春情。「當空巧結玲瓏帳。著地能
鋪錦繡裀」，則著力描繪著薔薇的恣態，滿足了視覺與觸
覺的官能。結尾一句「碧紗窗外一枝新」更刻劃出主體
的裊娜，而「碧紗窗外」四字更是著重於綠意反襯出薔
薇的紅麗。至於柳枝纖纖，低葉藏榷，高枝閉人；都是
以景象替代主題，最後更將柳比作一個玲瓏的舞者，當
舞腰漸重，春光隨之欲老，柳枝散落了輕絮，隨風飄搖
在翠碧氤氳之中，空惹得一季春愁！

第四節　女冠之三：元淳與女尼海印

　　元淳是洛中的女道士，她的作品不多。所以將她這一部分與女尼海印合節敘述。其中，元淳的作品清綺，有道家風味。（卷八〇五）

寄洛中諸姐
　　舊國經年別。關河萬里思。題詩（一作書）憑雁翼。望月想蛾眉。白髮愁偏覺。歸心夢獨知。誰堪離亂處。掩淚向南枝。

秦中春望
　　鳳樓春望好。宮闕一重重。上苑雨中樹。終南霽後峰。落花行處徧。佳氣晚來濃。嘉見休明代。霓裳躡道蹤。

句
　　弟兄俱已盡。松柏問何人。（寄洛中姐妹）

　　聞道茂陵山水好。碧溪流水有桃源。（寄楊女冠）

　　赤城峭壁無人到。丹竈芝田有鶴來。（霍師妹遊天台）

　　三千宮女露蛾眉。笑煮黃金日月遲。（寓言。以上俱見《吟窗雜錄》）

　　由〈寄洛中諸姐〉一首我們可以看出離亂山河的影子，這使得這位歸依太清的元淳仍然無法淡然於心。憑雁題詩，白髮掩淚都證明她還不能真正太上忘情。而〈秦中春望〉裡提到道家的勝地終南山，依稀彷彿可追躡道蹤。至於《吟窗雜錄》所存四則詩句，情景交融，有青松夾路；

有丹竈芝田；茂陵山水煮黃金，世外桃源笑日月；這番情景，真令人不禁想託蓬萊，高蹈於風塵之外了。

女尼海印的作品只有〈舟夜一章〉，化外的詩語裡滿是清峻的才思：「水色連天色。風聲益浪聲。旅人歸思苦。漁叟夢魂驚。舉棹雲先到。移舟月逐行。旋吟詩句罷。猶見遠山橫。」（卷八〇五）在這兒，自然的景觀都成了點綴，無心於物，便處處化機，一片天真。旅人的苦，漁叟的驚，在出家人的眼中是吹縐的一池春水，愚昧的世人啊？為什麼還要執著於悲苦的深淵？雲月幻化，風浪無情，而水天一色，舟棹變成累贅。海印吟罷此詩，驀然回望，猶見遠山相橫。這才驚喜地發現道的本體：既無名象，不落言詮，其誰辨之？正如大塊的景物，沉寂無語，只是亙久地以璞然的真象巍峨矗立。一任人們得者自得，失者自失。

第六章　靈異世界

第一節　幢幢鬼影

一、如何看待「鬼」

　　死亡是什麼？這自然是生存現實裡最大的危機。一方面是生活的形體發生變化，不再具有外動機能來操作行為。一方面是不可見的精神力量隱藏消遁，知覺反應趨指歸零。古代人類因為無法瞭解這種神秘不可知的改變，對本身的處境安危產生出了恐懼與疑慮。在如此觀照之下，當他面對原始的自然以及無能避免的死亡關卡時，便不自覺的把死亡化裝，透過形象的變遷，將死、生銜接，將靈魂移轉，從幽冥的世界再生。莊子有言：「生也死之徒，死也生之始，孰知其紀。」那麼，在生死相伏，福禍相倚中，活著的人們給了死去的魂體另外的安排（安置？），賦予了永恒的無限。不但使人類個體彷彿逃避了「死亡」，（這時候，死亡已不代表寂滅無存，而是另外一個世界的重起爐灶。）同時，更使得生存的自我得到安慰與補償。這樣一來，不可逃避的「死亡」，便昇湧出一片生機，這便是宇宙生息起滅底輪迴觀念的起源。

　　於是，信有一個靈魂，能夠脫離肉體之外獨立生存，同時可以幻化成形，倏爾消失不見。這在各民族的初期神話學中都是存在的。林惠祥在《民俗學》中指出：各

民族指靈魂的字幾乎全是借用「氣息」、「陰影」這一類的字。亞爾貢昆人使用 atahahup 表示「他的影」，亞畢奔人的 lokal 兼涵了「影、魂、回聲、映像」。古埃及人以為生存是靈魂的相合，死亡是靈魂的解體。埃及葬棺上所雕的一隻鳥便是「生魂」ka 的象徵。至於在古老的中國民間也有三魂七魄的說法，然而，對這種無形、無質、依附於身體的東西，善於幻想的人們戲劇化地給了「它」一個地位，名之曰「鬼」。《說文解字》上說：「人所歸為鬼，從儿，甶象鬼頭；從厶，鬼陰气賊害故從厶。」《書經、虞書》曰：「……鬼神其依，龜筮協從。……」韓愈在〈原鬼論〉中也說：「……無聲與形者，物有之矣。鬼神是也。」邵雍《邵子》也有「鬼者人之影也，人者鬼之形也」的說法。而「鬼與靈魂」之說流行，加上半依附著祖先的崇拜以及禳祓的儀式，有關靈異的研究儼然成為一門學問。「鬼」的地位升高，可以祐福保障，鎮撫痛苦，懲置邪惡；於是，竟反賓為主，本自人形變化，在獲得超自然的「法力」後，又凌駕「凡人」之上，取得了反常特殊的信仰。

　　那麼，試問死後的靈魂何去何從呢？根據人類的想像分類：第一個去處是另外一個世界。這個說法十分抽象，卻最受大眾所深信不疑。最通俗的一個論調是「好人上天堂成仙成神；惡人下地獄變魔變鬼。」但無論天堂、地獄，總是遠離於凡人們的知覺世界，而是屬於渺不可知的冥冥虛空。第二個下落是仍然棲隱於此人生界，而變形為另一個物體。台灣番族便說他們的祖先死

後變為蛇。然後再生為另一個人或動物。[1]就前面第一種歸宿：「鬼魂」的這一部分是我們詩論的主題。

　　大致說來，鬼魂不一定都是惡的，歐洲的傳說是自殺者以及被害者，和一些在陽世義務未盡的人常成為無一定住所的遊魂。中國也有縊死鬼和溺死鬼找尋替身以得超生的安排。更有那蒙冤而死的鬼魂，還要重返陽間向壞人兇手索命。所謂「平生不作虧心事，夜半敲門心不驚」就是借鬼魂之說訓善戒惡，而鍾馗搖身一變乃成為傳說中妖鬼的剋星。然而「鬼魂」雖屬於陰物，與人世隔離，但是卻多仍變化成為人的形像，在陽界中活動。

　　但當它走入文學場域，成為詩詞小說中的主角題材，便往往與作者的隱情、宿願結合，達到了洩憤導鬱的功能。而隨著文學技巧的烘托誇飾，人鬼綺情的香艷情節設計麗出，卻始終不會脫離它那驚心動魄、怪異玄邈的幽靈本質。

二、「鬼」詩

　　《全唐詩》卷八六六裡盡是以女鬼為身分的詩詠。因為鬼的真實性直到科學昌明的今天仍是一個懸疑。那麼，這些作品，便牽涉了真偽的質疑與代作的問題，可信度自然偏低。由於鬼是屬於傳統的東方一股玄奧的力量，具有神秘的影響；在華夏民族的重視祭祀的文化裡，早已成為一種奇妙而特殊的風習信仰。因此，不論是持

---

[1]　參見林惠祥《民俗學》（台北，商務印書館）第二章「信仰」，頁 29。

以子虛烏有的對待，或是寧可信其真有；我們並不廢棄
這些遺產，而企圖經由這些作品、臆說，對女性心理進
行不同層次角度的探索，並藉以完整勾勒女性版圖。

　　整理「女鬼」這部份的作品，個個若謎。然而，它
們有一個共通的趨向就是其詩作書寫的目的多半在表現
「女鬼」這個身分角色的一種補償的心理：一種基於苦
悶、傷害或挫折的補償。譬如因著男女思慕的苦悶，便
演出了「倩女離魂，書生奇遇」：

（一）王麗真（女鬼）與曾季衡冥會詩：（卷八六六）

　　五原分袂真吳越。燕拆鶯離芳草歇。年少煙花處處
春。北邙空恨清秋月。（麗真留別）。

　　莎草青青雁欲歸。玉腮珠淚灑臨岐。雲鬟飄去香風
盡。愁見鶯啼紅樹枝。（季衡酬別）。

（二）安邑坊女（女鬼）給進士臧夏的〈幽恨詩〉：（卷八六六）

　　卜得上峽日。秋江（一作天）風浪多。巴陵一夜雨。
腸斷木蘭歌。

（三）王氏婦與李章武贈答詩：（卷八六六）

　　鴛鴦綺。知結幾千絲。別後尋交頸。應傷未別時。（章
武贈王氏鴛鴦綺）

　　捻指環。相思見環重相憶。願君永持玩。循環無終
極。（王氏答李章武白玉指環）

　　河漢已傾斜。神魂欲超越。願郎更迴抱。終天從止
訣。（王氏贈別李章武）

　　分從幽顯隔。豈謂有佳期。寧辭重重別。所歎去何
之。（章武答王氏）

昔辭懷後會。今別便終天。新悲與舊恨。千古閉窮泉。（王氏再贈章武）

後期杳無約。前恨已相尋。別路無行信。何因得寄心。（章武再答王氏）

水不西歸月暫圓。令人惆悵古城邊。蕭條明旱分岐路。知更相逢何歲年。（章武懷念王氏）

（四）無名女鬼〈示宋善威〉：（卷八六六）

月落三株樹。日映九重天。良夜歡宴罷。暫別庚申年。

（五）客戶里女子的〈贈段何〉：（卷八六六）

樂廣清羸經幾年。姹娘相托不論錢。輕盈妙質歸何處。惆悵碧樓紅玉鈿。

（六）金車美人與謝翱贈答詩：（卷八六六）

陽臺後會杳無期。碧樹煙深玉漏遲。半夜香風滿庭月。花前空賦別離詩。（翱）

相思無路莫相思。風裏花開只片時。惆悵深閨獨歸處（一作去。）曉鶯啼斷綠楊枝。（美人）

一紙華箋灑（一作麗）碧雲。餘香猶在墨猶新。空添滿目淒涼事。不見三山縹緲人。斜月照衣今夜夢。落花啼鳥去年春。紅閨更有堪愁處。窗上蟲絲几（一作鏡）上塵。（翱）

惆悵佳期一夢中。武陵春色盡成空。欲知離別偏堪恨。只為音塵兩不通。愁態上眉凝淺綠。淚痕侵臉落輕紅。雙輪暫與王孫駐。明日西馳又向東。（美人）

這位金車美人附隨著牡丹，帶給謝翱無法忘懷的一段戀情，可惜佳人為鬼，姻緣路上無緣，這個癡情的書

生在往尋不遇的悵怨下，悒鬱而卒。這真是應了「相思無路莫相思」，濃郁纏綿的愛情發生在人、鬼之間，所留下的詩語歌詠別添了一層淒美的色彩。《彥周詩話》也評論這鬼仙詩是多麼婉約可愛。[2]

　　還有遭受與深愛的伴侶死別最是種痛苦。而當亡妻在夜深時悄然蒞臨，似夢還真，的有隔世重逢的喜悅：

（一）魏朋妻有〈贈朋詩〉：（卷八六六）

　　孤墳臨清江。每覯白日晚。松影搖長風。蟾光落巖甸。故鄉千里餘。親戚罕相見。望望空雲山。哀哀淚如霰。恨為泉臺客。復此異鄉縣。願言敦疇昔。勿以棄疵賤。

（二）韋檢亡姬〈和檢詩〉：（卷八六六）

　　春雨濛濛不見天。家家門外柳和煙。如今腸斷空垂淚。歡笑重追別有年。

　　（附）檢悼亡姬詩

　　寶劍化龍歸碧落。嫦娥隨月下黃泉。一杯酒向青春晚。寂寞書窗恨獨眠。

（三）唐晅妻張氏〈答夫詩〉二首：（卷八六六）

　　不分殊幽顯。那堪異古今。陰陽徒（一作途）自隔。聚散兩難（一作難為）心。

　　蘭階兔月斜。銀燭燭半含花。自憐長夜客。泉路以為家。

　　（附）唐晅悼妻詩

　　寢室悲長簟。妝樓泣鏡臺。獨悲桃李節。不共夜泉開。魂兮若有感。髣髴夢中來。

2　參見臺靜農《百種詩話類編》（台北，文化圖書公司）中集頁 1258。

常時華堂靜。笑語度更籌。恍惚人事改。冥寞委荒丘。陽原歌薤露。陰壑惜（一作悼）藏舟。清夜妝台月。空想畫眉愁。

（四）韋璜的〈贈夫〉二首：（卷八六六）

不得長相守。青春天蕣華。舊遊今永已。泉路卻為家。

早知離別切人心。悔作從來恩愛深。黃泉冥寞雖長逝。白日屏帷還重尋。

（五）蘇檢妻〈與夫同詠詩〉：（卷八六六）

楚水平如鏡。同迴白鳥飛。金陵幾多地。一去不知歸。（檢妻）

還吳東去過（一作下）澄城。樓上清風酒半醒。想得到家春已暮。海棠千樹已凋零。（檢）

（六）劉氏亡婦有〈題明月堂〉二首：（卷八六六）

蟬鬢驚秋華髮新。可憐紅隙盡埃塵。西山一夢何年覺。明月堂前不見人。

玉鉤風急響丁東。回首西山似夢中。明月堂前人不到。庭前一夜老秋風。

這些以泉路為家的女子，硬生生地與相愛的人分離，聚散兩牽掛，點點滴滴凝鑄了成這般深清的心聲：「早知離別切人心，悔作從來恩愛深」。較得蘇東坡的思亡妻：「十年生死兩茫茫，不思量，自難忘，千里孤墳無處話淒涼。縱使相逢應不識，塵滿面，鬢如霜。夜來幽夢忽還鄉，小軒窗，正梳妝，相見無言，惟有淚千行，料得年年腸斷處，明月夜，短松崗」，別有一份坦白、深摯的悲痛與憐惜。其中，亡魂託夢寄詩，情意纏綿，生人

接獲詩詠，更添思怨，情結不消，有的甚至怨卒，如此
詩篇又附麗情愛故事，浪漫相感，更增奇幻怪誕的色彩。

　　除了牽掛的夫妻恩愛外，免不了的是體恤孤子的親
情。很奇特的是這種思子的心情是可以陰陽相感，心脈
相通的。《全唐詩》卷八六六有孔氏〈贈夫詩〉三首，就
暗含了譴責與痛惜。

> 不忿成故人。掩涕每盈巾。死生今有隔。相見永無因。
> 匣裏殘妝粉。留將與後人。黃泉無用處。恨作家中塵。
> 有意懷男女。無情亦任君。欲知腸斷處。明月照孤墳。

　　此外，有的則是來自前塵遺恨的補償作用的角度發
言，在逝去的歷史中或許含恨而死的名妃麗媛，經過這
千百年的寂寞，幽幽悄悄地從芳鬼簿中走出，搖身一變，
尋一個老實多情的讀書郎君，在燭火搖曳中相會，託意
訴情。《全唐詩》卷八六六裡，就錄集了不少我們所熟知
的史冊中的芳魂，舉如西施與王軒有一系列贈答：

> 妾自吳宮還越國。素衣千載無人識。當時心比金石
> 堅。今日為君堅不得。

（附）王軒題西施石詩

> 嶺上千峰秀。江邊細草春。今逢浣紗石。不見浣紗人。

（附）軒詩

> 佳人去千載。溪山久寂寞。野水浮白煙。巖花自開落。
> 猿鳥舊清音。風月閒樓閣。無語立斜陽。幽情入天幕。

西施詩

> 高花巖外曉相鮮。幽鳥雨中啼不歇。紅黑飛過大江
> 西。從此人間怨風月。

（附）軒詩

　　當時計拙笑將軍。何事安邦賴美人。一自仙葩入吳
國。從茲越國更無春。

西施詩

　　雲霞出沒群峰外。鷗鳥浮沈一水間。一自越兵齊振
地。夢魂不到虎丘山。

　　又如陳宮妃嬪的〈與顏濬冥會詩〉，其中包括了陳朝
的張麗華，孔貴嬪以及侍兒趙幼芳的吟詠：

　　秋草荒臺響夜蛩。白楊凋（一作聲）盡減悲風。綵
箋曾擘欺江總。綺閣塵消（一作清）玉樹空。（麗華賦）

　　寶閣排雲稱望仙。五雲高豔擁朝天。清溪猶有當時
月。應照瓊花綻綺筵。（貴嬪賦）

　　素（一作皓）魄初圓恨翠娥。繁華濃豔竟如何。南
（一作兩）朝唯有長江水。依舊門前作逝波。（幼芳賦）

　　蕭管清吟怨麗華。秋江寒月綺窗斜。慚非後主題箋
（一作詩）客。得見臨春閣上花。（濬詩）

　　另如洛浦神女甄后的〈與蕭曠冥會詩〉：盛會之中，
除彈琴助興外，並召龍王織綃女傳觴敘語作陪：

　　玉筯凝腮憶魏宮。朱弦（一作絲）一弄洗清風。明
晨追賞應愁寂。沙渚煙銷翠羽空。（甄后留別蕭曠）

　　織綃泉底少歡娛。更勸蕭郎盡酒壺。愁見玉琴彈別
鶴。又將清淚滴真珠。（織綃女詩）

　　紅蘭吐豔間天桃。自喜尋芳數已遭。珠珮鵲橋從此
斷。遙天空恨碧雲高。（蕭曠答詩）

以及宮嬪的〈冥會詩〉：這些都是一些曾經有身分、地位的女子的發言；分別是京寶仙昭儀、張華國夫人、景舜英才人，然所處年代不詳。

爭不逢人話此身。此身長夜不如春。自從國破家亡後。隴上惟添芳草新。（京昭儀寶仙）

休說人間恨戀多。況逢佳客此相過。堂中縱有千般樂。爭及陽春一曲歌。（張夫人華國）

幽谷窮花似妾身。縱懷香豔吐無因。多情公子能相訪。應解回風暫借春。（景才人舜英）

恩情未足曉光催。數朵眠花未得開。卻羨一雙金扼臂。得隨人世出將來。（一作「隨君此去出泉臺」）

還有一位夷陵女郎的〈空館夜歌〉，細探其詩意，應該也曾是個帝王身畔的佳人：「明月清風。良宵會同。星河易翻。歡娛不終。綠樽翠杓。為君斟酌。今夕不飲。何時歡樂。」「楊柳楊柳。嫋嫋隨風急。西樓美人春夢長。繡簾斜捲千條入。」「玉（王）戶金缸。願陪君王。邯鄲宮中。金石絲簧。衛女秦娥。左右成行。紈綺繽紛。翠眉紅妝。王歡顧盼。為王歌舞。願得君歡。常無災苦。」在這些詩句中充滿著對國破家亡的悼念，言下之意不勝惋惜，想到自己隴上墓畔芳草苦長，更有繁華如夢，嬌寵似煙的覺醒；於是詩語中顯露著把酒今朝，及時行樂的訊息，無非是做著一種我自堪憐的補償。

此外，也有的女鬼另有特殊的要求：借由託夢現形，拜託生人收骨歸葬，超渡幽魂。例如孟蜀妃張太華的〈葬後見形詩〉：「獨臥經秋墮蟬鬢。白楊風起不成眠。尋思

往日椒房寵。淚濕衣襟損翠鈿。」卷八六六的詩前小序中記載道士李元沖一日忽見張太華現形，懇求超拔幽魂，後沖於中元節黃籙齋會為其奠長生金簡生神玉章得度；張太華復有一詩謝李若沖：「府吏匆匆扣夜扃。便隨金簡出幽冥。蒙師薦拔恩非淺。領得生神灸過經。」以及同卷中記載太和初，有一進士趙合遊五原，夜聞一李姓女子悲訴其三年前省親，路為盜匪所殺，肯其歸骨小李村。趙合如言收骨，後女子以玄微之道相報，趙合因得參度。我門看這首沙磧女子的〈五原夜吟〉：「雲鬟消盡轉蓬稀。埋骨窮荒（一作鄉）失（一作無）所依。牧馬不嘶沙月白。孤魂空逐雁南飛。」詩中充滿葉落歸根，狐死首丘的想望。

另有詩歌提到冥婚習俗的，如臨淄縣主與獨孤穆〈冥會詩〉數首往來。先看一首是臨淄縣主（隋朝死於廣陵之變的齊王女）的獨白：「江都昔喪亂。闕下多搆兵。豺虎恣吞噬。干戈日縱橫。逆徒自外至。半夜開重城。膏血浸宮殿。刀槍倚簷楹。今知從逆者。迺是公與卿。白刃污黃屋。邦家遂因傾。疾風知勁草。世亂識忠臣。哀哀獨孤公。臨死乃結纓。天地既板蕩。雲雷時未亨。今者二百載。幽懷猶未平。山河風月古。陵寢露煙青。君子秉（一作稟）祖德。方垂忠烈名。華軒一惠顧。土室以為榮。丈夫立志操。存沒感其情。求義若可託。誰能抱幽貞。」

唐貞元年間，身為隋將獨孤盛裔孫的獨孤穆做這樣的應答：「皇天昔降禍。隋室若綴旒。患難在雙闕。干戈連九州。出門皆凶豎。所向多逆謀。白日忽然暮。頹波

不可收。望夷既結釁。宗社亦貽羞。溫室兵始合。宮闈
血已流。憫哉吹簫子。悲啼下鳳樓。霜刃徒見逼。玉笄
不可求。羅襦遺侍者。粉黛成仇讎。邦國已淪覆。餘生
誓不留。英英將軍祖。獨以社稷憂。丹血濺黈扆。豐肌
染戈矛。今來見禾黍。盡日悲宗周。玉樹已寂寞。泉臺
千萬秋。感茲一顧重。願以死節酬。幽顯儻不昧。終焉
契綢繆。」（卷八六六）　詩中顯示這位被臨淄縣主看中
的世冑忠烈的男兒，也十分多情。同意了「冥婚」。以下
依序是二人就禮，相許，遷葬，贈答的詩篇：

　　平陽縣中樹。久作廣陵塵。不意何郎至。黃泉重見
春。（來家歌人詩）

　　金閨久無主。羅袂坐生塵。願作吹簫伴。同為騎鳳
人。（穆諷縣主就禮）

　　朱軒下長路。青草啟孤墳。猶勝陽臺上。空看朝暮
雲。（縣主許穆詩）

　　露草芊芊。頹塋未遷。自我居此。於今幾年。與君
先祖。疇昔恩波。死生契闊。忽此相遇。誰謂佳期。尋
當別離。俟君之北。攜手同歸。（縣主請遷葬詩。）

　　伊彼維揚。在天一方。驅馬悠悠。忽來異鄉。情通
幽顯。獲此相見。義感疇昔。言存繾綣。清江桂洲。可
以遨遊。惟子之故。不遑淹留。（穆答縣主。）

　　根據《周禮、地官媒氏》上的記載：「禁遷葬者與嫁
殤者。」漢鄭玄注：「遷葬，謂生時非夫婦，死既葬，遷
之，使相從也。嫁殤者。謂嫁死人也，今時娶會是也。
殤，十九以下，未嫁而死者，生不以禮相接，死而合之，

是亦亂人倫者也。」臺靜農先生在《大陸雜誌》一卷十期〈冥婚〉一文裡認為：「嫁殤」之俗，秦以前已有，且極盛行，所以有禁止的條文。宋朝康與之《昨夢錄》載有冥婚的詳細儀節。可以補充唐代資料的不足：「北俗男女年當嫁娶，未婚而死者，兩家命媒互求之，謂之鬼媒人。通家狀細帖，各以父母命，禱而卜之，得卜即製衣，男冠帶，女裙帔等畢備，媒者就男墓，備酒果，祭以合婚，設二座相並，各立一小幡，長尺餘者于座後，其未奠也，二幡凝然直垂不動，奠畢，祝請男女相就，若合卺焉。其相喜者，則二幡微動，以致相合若一，不喜者幡不為動。且合也，又有慮男女年幼或未聞教訓，男即取先生已死者，書其姓名，生時以薦之，使受教女，即作冥器，充保母使婢之屬。既已成婚，則或夢新婦謁公姑。婿謁外舅也。不如是，則男女或作祟，見穢惡之跡，謂之男祥鬼，女祥鬼，兩家亦薄以幣帛酬鬼媒。鬼媒每歲察鄉里之死者，而議資以養生焉。」考《舊唐書》卷九十二〈蕭至忠傳〉中：「韋庶人又為亡弟贈汝南王泂，與至忠亡女為冥婚，合葬。及韋氏敗，至忠發墓。持其女柩歸。」可見這個冥婚的儀俗，雖然有人諷刺為荒誕迷信，但是，它主要的用意乃在撫慰逝著的靈魂，平復生者悼念的哀慟，無非想借由這個舉動，對早夭罹禍者作一個心理上的彌補。這對於生者的意義實在遠超過於對死者的償代。所以，沿襲至今，仍被人們所曲意維護。

　　然而，《全唐詩》的這個詩例，唐朝男子獨孤穆與隋朝女鬼臨淄縣主是在突破時空的限制下得以相見，這人鬼的結合是一椿無理而妙的安排。而其中與傳統認定的

冥婚還有不同的地方是當時獨孤穆尚是陽世間人，是在把臨淄縣主改葬之後。到了已卯這一天，獨孤穆才突然暴亡。然後，二者才合窆同葬，靈魂得以相依。這樣的過程看起來彷彿是一個預約的行為，一切依照著女鬼的指示而按部就班地發生。這似乎是冥冥中註定，宛然暗示著超現實詭異虛無的消息，使這個冥婚的習俗格外地塗染上一層神秘，幻異的色彩。[3]

綜觀以上諸條詩析，《全唐詩》卷八六六女鬼詩作這部份，毫無疑問地，女鬼是詩詠中的核心，其出現的時間在晚上，是為了配合鬼屬於「陰」相，雞啼日出，實形亦破。而出現的地點有野剎、廢墟、凶宅、荒郊及古墓等處，是取其人煙稀少以襯其怪誕荒幽，使人將信將疑。至於吟詠的目的則如前面所言乃是一種補償心理的表現。但其所選擇的對象卻多選擇於「讀書人」這個範圍，例如登榜的進士，落第的秀才，晉京趕考的書生。而不見於其他的階層，這可能是因為：

1、「仕、農、工、商」，當時讀書人的地位最高。

2、書生儒雅多情，溫柔體貼，容易成為詩詠本事中感情寄訴的對象。

3、文人解詩通律，韻事之中加上吟詠贈答，角色扮演既有情調也不顯得突兀悖理。許多詩作序傳軼事，後來進入小說傳奇成為藍本，多所衍發，也正由於這個理由，女鬼的這些詩作很容易便使人產生是否為詩人的幻

3　參見戴君孚《廣異記》中也記載唐代冥婚事一則。其內容與臨淄縣主和
　　獨孤穆冥婚之經過有些許相似。

想臆說、筆下代作的聯想，而且也存有可能經過文士修改的嫌疑。如此一來，作者就是男主角，自然不會考慮「書生」以外的身分。關於這一點，弗洛依德曾經提出一個看法：「人類往往將痛苦或挫敗的經驗內藏，當這種憂慮的情結成熟，便將昇華外放。」呈現在文藝作品之中，歌德的單戀經歷失敗，而後乃有《少年維特之煩惱》的鉅作出現。因此，詩人們在承受落第的刺激，求愛不成，仕宦不順的苦惱積鬱……等種種逆境的包圍下，很可能使繃得過緊的神經逸出常軌，而經由冥思幻念的旅遊，紓解了不平衡的壓力，然後回歸現實，記錄下來，便形成了如此異性替代的反身式自陳。

這樣的說法，和研究的主題「婦女詩歌」或許產生了矛盾？然而倘若拋開「鬼魂到底存在與否」這個懸案不談。在文學的創作動機上，經由幻念、知覺這種心路歷程所排導的苦悶象徵是一個重要的過程，因為作者在靈感外射創作的一剎那，或者「見鬼」，或曰未見，但作者本身確實是接受著「鬼」這個信念，而花費心力、設身處地的作一代言，仍有可觀。因此我們以這樣地認識與瞭解來賞析，係依《全唐詩》冊目所錄的詩篇，復據其作者分類進行討論。[4]

是而，我們發現在《全唐詩》詩例中，所描繪「鬼」這個意象並非極端的恐怖僵懼。儘管多得是古壁生塵，羈魂幻語，但仍然與人類的感情相當接近，每一個女鬼

---

[4]　〈靈界世界〉這一章，有關虛無存在的「鬼、神、夢、怪」的討論，都依承這個觀點進行討論評析，他節不再贅述。

都擬人化了，是如此無助而不陰森，是如此哀婉而不悽
慘。也許是沒有厲鬼報仇，冤魂索債的場景案例。所以，
詩語中只有在回到寥落的黃泉的時候，方才透露出了一
些寂黯、陰冷的色調以及冷漠、虛無的氣氛，所謂「紙
灰化作白蝴蝶，血淚染成紅杜鵑」，這才憬然在陰間與陽
世中間，描繪出一道人、鬼的界限。

第二節　渺渺仙跡

　　有關神仙的聯想與鬼魂的擬喻一直是屬於精神領域的言說，原因是儘管科學發達，從事靈異的研究或許發現其中有怪異不可解的現象，但是一直缺乏靠得住、合理而令人完全信服的基證。而自天地開闢，渾沌乍現清明，遠祖先民面對奧秘的大自然，懷有不可解的尊敬與迷惘，同時也無法掩抑莫名的恐懼與好奇。原始的蠻族信服宇宙的變遷，而無力抗衡。先知的智者嘗試尋找恆定的真理，而加以解釋。這個時期，自然的力量完全統治著初民的信仰，無力抗衡的結果帶動崇拜神祇和祭祀默禱的信仰和儀式的起源。嘗試解釋的舉動便造成古老神話的發端。而後，人民由依賴→瞭解→征服→利用再到創造大自然這個過程，賓主的地位逐漸動易，深植於人類心靈的信仰之根，卻不能拔除。或許轉化，或許沖淡，然而，不可知的懸疑仍然存在。因此，睿智的至聖先師孔子很早就教給了華夏子孫一個原則：「敬鬼神而遠之。」並且對天命與道，以及怪、力、亂、神這一類事物，覺得是沒有加以詮釋的必要。再加上「以靜制動」的哲學觀，如此地態度使得漢民族的神話傳說一直沒有得到大力地、有系統地整理和發揚。

　　然自殷墟貞卜的文辭、屈原的《楚辭九歌、天問、遠遊》、《山海經圖》、《穆天子傳》……等天外寓託中，分別地建立勾勒了神仙的形象，這些神話往往與宗教不

期然的疊合互釋，[5]再加上現實危境突然的產生，成為人
類前進的阻礙之時，「神仙」的構想在原始初民的心靈
中，便成為鼓舞與誘導人類奮力振起、企圖獲得超越的
誘因，直到最後克服了形體的有限，賦予了「超凡的」
力量，便塑型了「神仙」。故而，伴隨著的現實世界的自
然性、人文性（家族制度、道德意識等）、社會性（生產
經濟的方式、社會的習俗、分歧的階級等）和宗教性（司
祭、信仰等）這四種不同的背景作為助力，神仙的造型
便由神話傳說這個文學的母胎，分別進入詩、小說、戲
曲，甚至由創作的領域提昇到思想的境界，而遊仙的高
蹈明顯地改革了哲學的玄秘。

　　揀自《全唐詩》女性的作品裡，屬於女仙類的有三
十位，若從神的源頭處析究，可分為二種；一種是人格
化的自然神。一種是人類修成的神。而這二種區別的神，
前者的作品內容傾向有詠物、寄情、勸道三項；後者則
偏重於詠史、寄情、感概與化機四個部分。

一、人格化的自然神──「守護神」

　　前面提過，原始初民對宇宙異象深富好奇心而力圖
尋求解答。因此，他們面臨不可思議的事物，自己發出
疑問，又自己加以詮釋。可惜，他們的觀察不足，知識
基礎薄弱，他們很輕易就滿足，也很容易就發生錯誤。
而野蠻世界裡，文化正在起步的民族認為：宇宙之中存

---

[5]　例如西王母的神話流傳迄今成為廟宇中供奉的王母娘娘，成為信仰的寄
　　託。

在著神，這是非物質的，其能力並超越普通人類，分別掌管一部分自然，以謀諧調。而華夏民族，秉承著兼容并蓄的傳統，對於各類的神均不排斥。因之，種種不同的職業衍生出種種不同的神靈，成為他們崇拜祭祀的對象，與憑附、寄託的偶俑。例如：戰士們奉信戰神；農人們祭禱風神、水神、雨神，收獲的神（包括主宰飢荒或是瘟疫的神祇）；還有婚姻之神─牽紅線的月下老人；廚房裡的灶神；廳堂外的門神；方圓幾百里的土地公公……等，種類很多。當文化漸趨複雜，社會組織更趨嚴密的時候，這些神的來源愈難追溯，但是，他們天賦的機能卻絲毫沒有減弱，繼續延伸著他們的影響力。原因是這種亙古的信仰起自人類的遠祖，傳續下來並沒有產生任何不便，更重要得是穩定了人類的心靈，引起了恐怖、敬畏、尊仰、感激的情緒，這些都是造成崇拜的原素。倘若執意將之正名，"guardian detities"這個名詞應與其早期所擔負的任務，所扮演的角色相距不遠。我們將它翻譯為「守護神」[6]。這些守護神，原都屬於自然，有所參與，也有所掌管，職司各異，但都是以人格化的姿態出現。

（一）花卉中的神仙─觀梅女仙的〈題壁〉：「南枝向暖北枝寒。一種春花有兩般。憑仗高樓莫吹笛。大家留取倚闌看。」（卷八六三）

這是首詠物詩，摻雜了請君惜花的心情。桃花夫人的〈在紫霄夫人席上作〉：「昔時訓子西河上。漢使經過

---

[6]　參見林惠祥《民俗學》（台北，商務印書館）第二章信仰頁32。

問妾緣。自到仙山不知老。凡間喚作幾千年。」（卷八六三）高遠的神仙境台之上，悄悄讀出了時間的匆匆。「天上一宿，凡間千年」，這便是「人間」與「仙境」所清楚分劃的時間觀。

（二）流水中的神仙──流水悠悠，恁地溫柔，中有女仙，最是多情。

湘中蛟女有〈答鄭生歌〉：「沂青山兮江之隅。拖湘波兮　綠裾。荷拳拳兮情未舒。匪同歸兮將焉如。」（卷八六四）龍女的〈感懷詩〉：「海門連洞庭。每去三千里。十載一歸來。辛苦瀟湘水。」（卷八六四）

另明月潭龍女有數首〈與何光遠贈答詩〉：

簷上簷前燕語新。花開柳發自傷神。誰能將我相思意。說與江隈解佩人。（何光遠傷春吟。）

坐久風吹綠綺寒。九天月照水精盤。不思卻返沈潛去。為惜春光一夜歡。（龍女贈光遠。）

澹蕩春光物象饒。一枝瓊豔不勝嬌。若能許解相思佩。何羨星天渡鵲橋。（光遠答龍女。）

玉漏涓涓銀漢清。鵲橋新架路初成。催妝既要裁篇詠。鳳吹鸞歌早會迎。（催妝二首。）

寶車輾駐彩雲開。誤到蓬萊頂上來。瓊室既登花得折。永將凡骨逐風雷。

負妾當時窈窕求。從茲粉面阻綢繆。宮空月苦瑤雲斷。寂寞巴江水自流。（龍女留別光遠。）

這些都是仙宮寂寞，暗動凡心的例子。參照白居易〈長恨歌〉「在天願為比翼鳥，在地願為連理枝」；這真

是「只羨鴛鴦不羨仙」的生動寫照了。

　　此外，洛川仙女的〈答張鬱歌〉，便又換了一種面貌：
「彩雲入帝鄉。白鶴又回翔。久留深不可。蓬島路遙長。」
「空愛長生術。不是長生人。今日洛川別。可惜洞中春。」
（卷八六三）這不再是仙姑思凡，而是正正經經的神仙
說道，裡邊一句「空愛長生術，不是長生人」便毫不留
情地戮破了浮生如夢的省悟和空想帝鄉的假面具，神仙
道路可也是一條堅忍持久的苦修歷程呢！

　　（三）鄉邑中的神仙─舉如嵩山女〈書任生案〉兩
首：「我本籍上清。謫居遊五岳。以君無俗累。來勸神仙
學。」「葛洪還有婦。王母亦有夫。神仙盡靈匹。君意合
何如。」（卷八六三）吳興神女的〈贈謝府君〉：「玉釵空
中墜。金釧色已歇。獨泣謝春風。秋夜傷明月。」（卷八
六四）慈恩塔院女仙〈題寺廊柱〉二首：「皇（一作黃）
子陂頭好月明。忘卻華筵到曉行。煙收山低翠黛橫。折
得荷花遠恨（一作贈遠）生。」「湖水團團夜如鏡。碧樹
紅花相掩映。北斗闌干移曉柄。有似佳期常不定。」（卷
八六三）黃陵美人的〈寄紫蓋陽居士〉：「落葉棲鴉掩廟
扉。菟絲金縷舊羅衣。渡頭明月好攜手。獨自待郎郎不
歸。」鍾陵西山的吳彩鸞有〈歌〉一首：「若能相伴陟仙
壇。應得文簫駕綵鸞。自有繡襦并甲帳。瑤臺不怕雪霜
寒。」桃源仙子〈與崔渥冥會雜詩〉：「桃花流水兩堪傷。
洞口煙波月漸長。莫道仙家無別恨。至今垂淚憶劉郎。」
（卷八六四）上元夫人的〈贈封陟〉：「謫居蓬島別瑤池。
春媚煙花有所思。為愛君心能潔白。願操箕帚奉屏幃。」
〈再贈〉：「弄玉有夫皆得道。劉綱（一作剛）兼室盡登

仙。君能仔細窺朝露。須逐雲車拜洞天。」以及〈留別〉：
「蕭郎不顧鳳樓人。雲澀回車澈臉新。愁想蓬瀛歸去路。
難窺舊苑碧桃春。」（卷八六三）

　　無論是環繞山林、邑縣、塔寺間的女仙，也都有著
人為的癡情，然而待郎不歸，佳期無著，只好空嚼著孤
獨神仙地悲涼。這些詩歌，雖述仙情，但卻十分珍重愛
惜這俗世的塵緣，戀情依依，寫得實在委婉動人，直是
人間至情之語。還有經過仙女指引普渡，終於得道的。
南溟夫人的〈題玉壺贈元柳二子〉：「來從一葉舟中來。
去向百花橋上去。若到人間扣玉壺。鴛鴦自解分明語。」
（卷八六三）道偈玄深，足見「菩提本無樹，明鏡亦非
台。本來無一物，何處惹塵埃」自家參解的功夫！

　　（四）天庭中的女神──舉如蜀宮群仙所作的〈王母〉：
「滄海感塵幾萬秋。碧桃花發長春愁。不來便是數千載。
周穆漢皇何處遊。」〈麻姑〉「世間何事溯然。得失（一作
人得）人情命不延。適向蔡家廳上飲。回頭已見一千年。」
王母娘娘相傳是瑤池中的女主人，地位高出眾女仙之上而
為天庭中的女性主宰，與玉皇大帝分庭抗禮。《山海經、
西山經》裡西王母的圖騰還是一個面目猙獰的怪獸，[7]到
《漢武帝內傳》卻脫胎換骨為風韻猶存的半老徐娘。由此
可見仙話的衍傳到成為民間信仰，受到了美化修飾的痕
跡。而在永生不死的神仙國度，西王母的壽筵上也曾留下
「麻姑獻壽」這一段插曲：無論滄海成塵，無論碧桃花發，

7　西王母的神話見《山海經西山經》（台北，中華書局印行）頁十九 b：「西
　　王母其狀如人豹尾，虎齒，而善嘯。蓬髮戴勝，是司天之厲及五殘。」

天庭之中是沒有得失情命，也是不應有恨的。[8]

　　除外，還有織女的相思，青童的謫凡：

　　織女〈贈郭翰二首〉：「河漢雖云闊。三秋尚有期。情人終已矣。良會更何時。」「朱閣臨清溪。瓊宮銜（一作御）紫房。佳情期在此。只是斷人腸。」（卷八六三）青童〈與趙旭叩柱歌〉：「白雲飄飄星漢斜。獨行窈窕浮雲車。仙郎獨邀青童君。結情羅帳連心花。」（卷八六三）

　　在中國的星辰神話傳說裡，牛郎織女七夕渡鵲橋的故事，曾被後世無數多情兒女視為愛情的徵記。《史記天·官書》上記載：「織女，天女孫也。」《漢書》、《後漢書》、《晉書》也都有類似的文字，[9]而牛郎卻只是　個平凡的牧童。於是，這兩個身分懸殊的戀情中記敘著相聚恨短，離別苦長的悲劇情節，獲得了廣大的群眾寄以無限的同情。在《全唐詩》中便託名「織女」又把這無窮的情契寄予郭翰。可惜的是人世天上，空魂往返，遙不可期。最後一首是青童犯錯，罰降人間，得配君子，有感而歌，詩末結情，雙花連心，別是一種旖旎風致，委婉衷腸。

二、人類修成的「正果」—肉身成仙

　　肉身成仙只是由人渡化為神的一種方式，另外有活人被部落民族尊奉為神的：譬如西藏的活佛。又有將祖

---

[8]　蘇軾〈水調歌頭〉有：「把酒問青天，問天上宮闕今夕是何年？……不應有恨，何事長向別時圓。……」的句子

[9]　分見《漢書、天文志》：「織女，天帝孫也。」《後漢書》：「織女，天之真女。」《晉書》：「織女三星在天紀東端，織女，天女也。」

先的鬼魂抬昇於神位，這為行祖先崇拜的民族視為當
然。還有所謂的「聖者」及「英雄」，由於生時的行事偉
大，使得他精神不死，威靈長存，也成為人民仰戴的一
種神祇。有關《全唐詩》卷八六三、八六四中間，凡人
成仙的過程大都經由肉身修煉，靜心冥坐，終於得以棄
絕塵俗，精誠合道。例如：戚逍遙自幼好道，常誦老子
仙經，嫁人之後屢屢獨居一室，絕食靜想，終於成仙。
她留有〈歌〉一首：「笑看滄海欲成塵。王母花前別眾真。
千歲卻歸天上去。一心珍重世間人。」（卷八六三）

　　元和年間吳清的妻子楊監真，因病不食，而後靜坐
入定，乘鶴仙逝。餘下了〈仙詩〉五首 （卷八六三） ：

　　道啟真心覺漸清。天教絕粒應精誠。雲外仙歌笙管
合。花間風引步虛聲。

　　□□□□□□□。□君隱處當一星。□□蓮花山頭
飯。黃精仙人掌上經。（□表字缺）

　　飛鳥莫到人莫攀。一隱十年不下山。袖中短書誰為
達。華山道士賣藥還。

　　日落焚香坐醮壇。庭花露濕漸更闌。淨水仙童調玉
液。春宵羽客化金丹。

　　攝念精思引彩霞。焚香虛室對煙花。道合雲霄遊紫
府。湛然真境瑞皇家。

　　另翰林王徽的姪女從小就涉獵神仙書事，後來身染
微恙，執意進入洞靈觀修齋，未幾竟羽化昇空。留得〈臨
化絕句〉一首：「玩水登山無足時。諸仙顏下聽吟詩。此
心不戀居人世。唯見天邊雙鶴飛。」（卷八六三）南海的

盧眉娘，唐順宗時號為「神姑」，憲宗將她度為女道士，
人稱「逍遙大師」，乃是經由尸解得列仙班的。她有〈和
卓英英錦城春望〉：「蠶市初開處處春。九衢明豔起香塵。
世間總有浮華事。爭及仙山出世人。」〈和卓英英理笙〉：
「但於閨閣熟吹笙。太白真仙自有情。他日丹霄驂白鳳。
何愁子晉不聞聲。」二首。是而，焚香靜坐，禁食精思，
羽化簫笙，金丹屍解，都是追求神仙的一種手段。我們
看她們詩歌中的表現完全是天真化機，無累世俗。其中，
白鶴更成為詩中仙道的暗喻象徵，當它展翅騎飛，紅塵
浮華頓時化作空白一片。所以，即便是臨刑斬首，只要
心誠悟道，也能「我欲道，斯道至矣」！楊損的〈臨刑
賦〉就充分流露出了如此的豪情、氣魄：「聖主何曾識仲
都。可嗟社稷在須臾。市東便是神仙窟。何必乘舟泛五
湖。」（卷八六三）

　　他如，卓英英的〈答玄士〉：「數載幽欄種牡丹。裹
香包豔待神仙。神仙既有丹青術。攜取何妨入洞天。」（卷
八六三）土仙仙的〈答孫玄照〉：「鴛鴦相見不相隨。籠
裏籠前整羽衣。但得他時人放去。水中長作一雙飛。」（卷
八六三）毛女正美〈贈華山遊人〉二首：「藥苗不滿筥。
又更上危顛。回首歸去路。相將入翠煙。」「曾折松枝為
寶櫛。又編栗葉代羅襦。有時問卻秦宮事。笑撚山花望
太虛。」

　　又如湘妃詩四首（一作〈女仙題湘妃廟詩〉）：「渺渺
三湘萬里程。激筼幽石助芳貞。孤雲目斷蒼梧野。不得
攀龍到玉京。」「碧杜紅蘅縹緲香。冰絲彈月弄（一作夢）
清涼。峰巒一一俱相似。九處堪疑九斷腸。」「玉輦金根

去不回。湘川秋晚楚弦哀。自從泣盡江蘺血。夜夜愁風
怨雨來。」「少將風月怨平湖。見盡扶桑水到枯。相約杏
花壇上去。畫闌紅子　鬥擡輴。」都在感慨抒情之中透
露了神仙飄渺的遐想。

　　更有趣的要算是雲台峰上的五位女仙子，原本都是
農家的村女，在元和十二年五月十八日的晚上忽然聞得
天樂異香從西方飄來，於是由此失蹤，只留下衣服委地。
這五個同夜蟬蛻成仙的女子，在姓名上有一個共同的巧
合；她們分別叫做楊敬真，馬信真，徐湛真，郭修真，
夏守真。她們名字中不但都鑲嵌有一個「真」字，還共
同吟詩道意，來互相慶賀締結這個仙緣。（參見卷八六三
的〈會真詩〉五首）

　　人世徒紛擾。其生似夢華。難言今昔裏。俯首視雲
霞。（楊敬真）

　　幾劫澄煩思。今身僅小成。（一作幾劫澄煩慮。思今
身僅成。）誓將雲外隱。不向世間存。（馬信真）

　　綽約離塵世。從容上太清。雲衣無綻日。鶴駕沒遙
程。（徐湛真）

　　華嶽無三尺。東瀛僅一杯。入雲騎彩鳳。歌舞上蓬
萊。（郭修真）

　　共作雲山侶。俱辭世界塵。靜思前日事。拋卻幾年
身。（夏守真）

　　這些詩中都厭倦了凡塵俗瑣。自人世夢華中脫身，
其詩旨虛淡，宛如解除了巨大的煩慮一般，進而雲遊太
清，遺世自得，迤入蓬萊高閣。

　　在女神仙的名單之中，也有一些猶是我們所熟悉的歷代佳人。例如前面舉的湘妃詩四首的作者，其身分相傳就是大舜重華的二位后妃娥皇、女英；為了尋找帝子，葬於黃陵（今湖南湘陰縣北），而成湘水之神。[10]此外，還有秦穆公愛女弄玉騎鳳成仙；楊太真（唐明皇的寵妃）縊死馬嵬，排空馭氣，成為海外仙山裡的綽約仙子；姑蘇台上傾國傾城的西施，也化作了捧心仙子。（卷八六三）

弄玉

　　采鳳飛來到禁闈。便隨王母駐瑤池。如今記得秦樓上。偷見蕭郎惱妾時。

太真

　　春夢悠揚生下界。一堪成笑一堪悲。馬嵬不是無情地。自遇蓬萊睡覺時。

西施

　　方承恩寵醉金杯。豈為干戈驟到來。亡國破家皆有恨。捧心無話淚蘇臺。

　　這些享盡榮華富貴，曾經顛倒眾生的美女，當肉身朽化，登上仙階以後，回首人寰，史蹟歷歷浮現。所以，詠史的作品裡滿是魂夢悠揚，不堪情恨。

　　以上所介紹的是眾位神仙的出身梗概。不管是真命守護神，或是凡身修成仙道。有的是久居仙境，不能忘情；有的是看破紅塵，志化太虛。大抵都離不開「變化」的法門。例如：天上的玉華君，動了愛慾，降謫人世以

---

[10] 見屈原之《楚辭九歌》記載湘君與湘夫人事。

為處罰。於是仙初變為人，成為汾州刺史崔恭的女兒崔少玄。當她嫁給盧陲為妻後數年，謫期屆滿。便又蛻化返回仙庭，這便是人復變為仙。我們看她的〈留別盧陲〉這首四言詩：「得之一元。匪受自天。太老之真。無上之仙。光含影藏。形于自然。真安匪求。神之久留。淑美其真。體性剛柔。丹霄碧虛。上聖之儔。百歲之後。空餘墳丘。」（卷八六三）仙思滿紙，似乎毫無留戀。然事實上不然，我們觀察她變化過程的心理狀態，原本是仙的時候情深滿溢，正是動情之起。經過人世一段生活後，又回歸於仙，這時卻是情破虛空，正是情盡之終。令人不禁懷疑：莫非這滿腹柔情都於人間用盡？曹文姬的〈題梅仙山丹井〉聯句：「鑿開天外長生地，煉出人間不死丹。」（卷八〇一）也點出了修道成仙是必須付出代價的，要得長生不老，首先要將感情冷凍，在埋葬凡人的俗性世情之後，才能得列仙班。這一得一失之間，就端看怎麼樣地取捨了。卷八六三的妙女和卷八六四的廣利王女就勘不破這道難關。縱然勉強回復，也落於困知勉行的下層境界。[11]

　　至於張雲容這個詩例，剛好與崔少玄的演變過程（仙→人→仙）相反，她本是楊貴妃的侍兒（人），由於曾經服了一顆絳雪丹，成為地仙。百年之後，遇生人交精氣，

---

11 《全唐詩》卷八六三有：妙女的〈別遙見詩〉：「手攀橋柱立。滴淚天河滿。」卷八六四有廣利王女的〈寄張無頗〉詩兩首：「羞解明璫尋漢渚。但憑春夢訪天涯。紅樓日暮鶯飛去。愁殺深宮落砌花。燕語春泥墮錦筵。情愁無意整花鈿。寒閨敧枕不成夢。香炷金爐自裊煙。」都愁恨自持，難以寬解。

便又還魂復甦（人）。所以張雲容經歷了開元到元和這一段歲月，終於與薛昭合婚，事雖神奇，真假莫論，詩詠卻在，自是傳奇一樁。（卷八六三）

　　臉花不綻幾含幽。今夕陽春獨換秋。我守孤燈無白日。寒雲隴上更添愁。（鳳臺歌。送薛昭、雲容酒。）

　　幽谷啼鶯整羽翰。犀沈玉冷自長歎。月華不向（一作忍）烏泉戶。露滴松枝一夜寒。（蘭翹歌。送薛昭、雲容酒。）

　　韶光不見分成塵。曾鉺金丹忽有神。不意薛生攜舊律。獨開幽谷一枝春。（雲容和）

　　誤入宮垣漏網人。月華靜洗玉階塵。自疑飛到蓬萊頂。瓊豔三枝半夜春。（薛昭和）

　　是而，鬼影之後有仙跡，仙跡之後現怪事，怪事之後入夢境。總是虛虛幻幻，飄飄渺渺，莫知其真，莫以為假，含動靜變化，成虛實吟詠。這似乎正暗示著人類思緒活動的痕跡以及文學發展的隴徑！

第三節　咄咄怪事

　　人類所以對於外界中發生的事物咄咄稱奇，原因乃肇始於少見多怪。凡屬自己經驗界裡所罕見的現象，就視為「怪異」。再加上它的形狀可怖，便更令人驚懼莫測。因此，人類除了信奉威力強大的神靈外，同時也敬拜有些威力較小的超自然物，並且相信山林野外或僻靜荒涼的地方，是這些妖魔精怪出沒、集散的大本營。這些精怪的身體，有動物假象，植物假象，器物假象種種，他們變化不定，很有魔力，且皆可幻化成為人形。譬如河水池塘中常隱藏著水怪，河伯娶女的迷信便是例證。此外，山中有山魈魍魎，還有妖狐，夜猩子，夜叉等各種形象：於體外是密披神秘幽玄的斗篷，而自眼瞳掃射出兩泓深黝黝、晃幽幽的光芒。

　　當這些怪異出現，常常是伴隨著災禍的來臨，例如《西遊記》中盤絲洞裡的蜘蛛精出現，是要謀害唐三藏。或作為一種不祥的徵兆，譬如《白蛇傳》裡許仙與白蛇精成親，法海和尚說他印堂發黑，是個凶數。所以，妖怪者屬儘管列屬於超自然現象，但地位遠不及神，也次於鬼，居屬殿位。雖然，神鬼也會降災於人，但大都被解釋為人類有所缺失、違逆，才會觸怒鬼神，是咎由自取；是「自作孽，不可活」。故而妖怪屢有作亂，被英雄或是法師或是天兵神將所誅斬、制伏的記載，舉如：《封神榜》中姜子牙收妖，《白蛇傳》裡法海鬥白蛇，以及《八

仙過海掃妖魔》等民間傳說鋪敘盛行。而《全唐詩》卷
中有關於「陰柔怪異」這一部分，大致可區分為以下兩
種屬類：一是精靈，一是怪物。他們多託形於女子，以
和平不爭的姿態出現，其意願多在覓一郎君，了償情緣。

一、精靈

　　林惠祥在《民俗學》中介紹精靈既不是人，也不是
神。雜居人世，隱顯不定；且無一定的形狀，小則能隱
藏於罅隙之中，大則膨脹至極巨的體形；行蹤無定，能
力甚大，而性頗凶險，頗類鬼魂，所異者僅其來源不同
而已。[12]這使人想起《一千零一夜》裡阿拉丁神燈裡所隱
藏的那個法力無邊的巨人，是屬於壯碩的精靈。而《仲
夏夜之夢》裡那些可愛的小精靈，又屬於小巧玲瓏的一
類。《全唐詩》卷八六七所引述得這個燈魅，是石甕寺西
偏經幢中的燈精。在夜晚化為容色姝麗的紅衣女子，對
著進士楊稹一訴衷腸：「涼風暮起驪山空。長生殿鎖霜葉
紅。朝來試入華清宮。分明憶得開元中」「金殿不勝秋。
月斜石樓冷。誰是相顧人。褰帷弔孤影。」「煙滅石樓空。
悠悠永夜中。虛心怯秋雨。豔質畏飄風。向壁殘花碎。
侵階墜葉紅。還如失群鶴。飲恨在雕籠。」這是一個寂
寞的女性精魂，幾乎沒有一絲傷害性的，只是柔弱地細
陳出孤燈一盞碎殘的心懷。

---

[12] 參見林惠祥《民俗學》（台北，商務印書館）頁34。

二、怪物

　　怪物據有具體化而有固定的形象，能藉託人形，但往往有其破綻。例如童話中的大野狼變人還拖著一條尾巴；狐狸蛇怪雖成人形而不掩腥臊；《西遊記》裡孫悟空變作廟宇，廟後卻插著旗竿的不合常態而被識破……等等。只是人們在尚未發現怪惡之前，總是不以為異，一旦發現奇異，便又驚嚇異常。再一經過渲染附會，怪物就變成森寒可怕、以吃人為業的魔怪了。而檢索《全唐詩》卷八六七裡所標明的雌性怪物，大都以迷惑為能，少有殺傷，只是後遺症在所不免。[13]便於系統的討論，「怪物」這一部份中，就其出現之原形可再細分為（一）動物假象。（二）植物假象。（三）器物假象三類。

　　（一）動物假象──這些怪物原形本屬動物一門，包括了獸類、魚類與蟲類三科。

　　1、原形是猿猴。例如：白衣女子〈木葉上詩〉：「桃花洞口開。香蕊落莓苔。佳景雖堪玩。蕭郎殊未來。」（卷八六七）這白衣女子本是個白猴，猴擅攀木，這木葉題詩自然是暗合身分，不足為怪了。又如：孫長史女〈與焦封贈答詩〉（卷八六七）：

　　妾失鴛鴦伴。君方萍梗遊。少年懽醉後。只恐苦相留。（贈封）

　　心常名宦外。終不恥狂遊。誤入桃源裏。仙家爭肯留。（封酬）

---

[13] 後遺症如《全唐詩》卷八六七的〈青衣春條〉一例：怪物現出原形，將人驚赫成疾。

鵲橋織女會。也是不多時。今日送君處。羞言連理枝。(別封)

但保同心結。無勞織錦詩。蘇秦求富貴。自有一回時。(封留別)

孫長史女原是猩猩,在焦封入關求取富貴之時,她也歸返山林,結束了這一段人、怪姻緣。

再看袁長官女詩;一為〈摘萱草吟〉:「彼見是忘憂。此看同腐草。青山與白雲。方展我懷抱。」一為〈題峽山僧壁〉:「剛被恩情役此心。無端變化幾湮沈。不如逐伴歸山去。長笑一聲煙霧深。」(卷八六七)

唐裴鉶《傳奇》中將這袁長官女與孫恪邂逅的一段傳說,敷演成一篇動人的戀情。袁長官女白猿化為光容豔麗的少女起,到與孫恪談論婚嫁,治家相夫,生子撫育,然後又悲返原野中止,離合哀感,自是一程曲折人生。綜理以上詩例,雖設為猿怪之筆,但作意好奇,亦近人情,而筆下每每藏有寄寓山林之意,正在虛筆之中埋伏了轉折的高潮,暗點出自己的身分異類。

2、原形是老虎。如真符女〈與申屠澄贈和詩〉:

一尉慚梅福。三年愧孟光。此青何所喻。川上有鴛鴦。(澄贈)

琴瑟情雖重。山林志自深。常憂時節變。辜負百年心。(女和)

誰想得到夜夜同床共枕的妻侶竟是一隻老虎。真符女「常憂時節變,辜負百年心。」申屠澄乍逢變異,攜子驚泣,不敢相信這竟是事實。

3、原形是狐狸

　　自古以來，狐狸便被視為靈慧巧怪的動物。這導因於狐的本性狡猾多疑，智慧亦高。[14]又因為傳說中的狐狸口裡含有一個媚珠的關係，所以小說篇詠中都認為狐狸會幻化成為一個深具魅力的女人，妖媚性感，擅長作祟蠱惑。有關於狐狸的記載，古書中多處曾經提及：《本草》：「狐，北方最多，今江南亦有之，江東無之。形似小黃狗。而鼻尖尾大。日伏於穴。夜出竊食。聲如嬰兒，氣極臊烈。其性疑。疑則不可以合類。故狐字從孤。常疑審聽。故捕者多用罝，蓋妖獸鬼所乘也。」《獸經》：「狐惡其類，鬼所乘也。一名玄丘校尉，千年變淫婦。」《酉陽雜俎》：「舊說野狐名紫夜，擊尾火出，將為怪，必戴髑髏拜北斗，髑骸不墜，則化為人矣。」《玄中記》云：「狐五十歲能變化為婦人。百歲為美人，為神巫。或為丈夫與女交接，能知千里外事，善蠱魅，使人迷惑失智，千歲即與天通，為天狐。」《全唐詩》卷八六七裡提到妙香與夭桃皆為狐的化身，分別有詞、詩一首：

　　「勸加酒莫辭。花落拋舊枝。只有北邙山下月。清光到死也相隨。」（〈妙香詞〉）「鉛華久御向人間。欲捨鉛華更慘顏。縱有青丘吟夜月。無因重照舊雲鬟。」（〈夭桃詩〉）全詩悽慘死寂，山丘與夜月伴隨著狐狸的傳奇，籠罩出了一片魅影朦朧，在這樣慘淡陰冷的情境裡，「精」作「人」語，又感歎起世事的無端，彷彿鉛華更催老了容顏。於是寫酒，寫花，寫月，仍然揮灑不去寥落，衰

---

[14] 參見費鴻年《迷信》（台北・商務印書館）頁57。

卑的苦痛。白樂天《新樂府》有一篇〈古冢狐〉:「古冢狐，妖且老，化為婦人顏色好。頭變雲鬟面變妝，大尾曳作長紅裳，徐徐行傍荒村路。日欲暮時人靜處，或歌或舞或悲啼，翠眉不舉花顏低，忽然一笑千萬態，見者十人八九迷……」[15]可見狐化為怪，多幻為美女，以蠱惑凡人。《太平廣記》四四七狐類「狐神條」引《朝野僉載》云:「唐初以來，百姓多事狐神，房中祭祀以乞恩，食飲與人同之，事者非一主，當時有諺曰:無狐魅，不成村。」又如四五二狐類「任氏條」中的任氏本為狐的化身，與鄭子歡寢的事略。陳寅恪先生在《元白詩箋證稿》裡曾經舉這個例子推考唐代社會盛行信奉狐神的習俗，并且認為:衍自中唐以來，便陸續出現了這種類似《聊齋志異》的狐媚物語流傳了。

　　4、原形是怪獸。《全唐詩》卷八六七裡錄了鳳凰台怪的〈和歌〉四首:

　　深閨閉鎖難成夢。那得同衾共繡床。一自與郎江上別。霜天更自覺宵長。

　　愁聽黃鶯喚友聲。空閨曙色夢初成。窗間總有花牋紙。難寄妾心字字明。

　　寂靜璇閨度歲年。並頭蓮葉又如錢。愁人獨處那堪此。安得君來獨枕眠。

　　臥病匡床香屢添。夜深猶有一絲煙。懷君無計能成夢。更恨砧聲到枕邊。

---

[15] 見《全唐詩》卷四二七白居易詩。

詩的主題都是別離的愁思。和人類一樣，精怪們也不喜歡分離。但若換個角度立言，這未嘗不是將這些精怪不但賦予人形，更類傾於人格化的具體實證。其修辭設字委婉細膩，其用情寫意牢固纏綿；似乎當它修煉成為人形之後，文學的創作力也跟著提升，足以洩導幽情。這四首和歌中精怪的原形根據詩題小註：一個是像高大的豬，一個是像縮小的龍；它們變形感生為人，雖經過周折幾番，卻是一種極富逸趣的創造，一方面呈現著物種生命的變形，充滿了新奇、鮮活；當它幻化為人，連繫流露著是感性、天真與率直。

5、原形是飛蟲。《全唐詩》（卷八六七）的新林驛女是生飛蟲的化身。[16]有詩〈吟示歐陽訓〉：「月明階悄悄。影隻腰身小。誰是鶱翔人。願為此翼鳥。」以及〈擊盤歌送歐陽訓酒〉：「飛燕身輕未是輕。枉將弱質在嚴扃。今來不得同鴛枕。相伴神魂入杳冥。」寫的是原始的求偶的慾望。

6、原形是鯉魚。如：「但持冰潔心。不識風霜冷。任是懷禮容。無人顧形影。」「知君久積池塘夢。遣我方思變動來。操執若同顏叔子。今宵寧免激盈顋。」這是廬山女贈朱朴的兩首怨詩。（《全唐詩》卷八六七）由於知道郎君久積池塘之夢，所以鯉魚方思變形。只可惜我身懷禮容，卻無人顧憐形影。這水底的清愁竟作悲愴沉埋了。

---

[16] 見《全唐詩》卷八六七頁9827「新林驛女」詩題下小註。

　　（二）植物假象—萬物有靈，靈久為怪，動中有象，定乃不滅。就在恒靜自成的植物裡，也依存著不少隱藏的精怪，例如：榕樹裡的青蘿帳女，當春風吹拂著萬物，青青的蘿帳繫起了同心的翠帶，每一垂藍綠，都縮結著蜜意濃情。〈贈穆郎〉以下三首（卷八六七），詩意宛轉，思慕冥濛。

贈穆郎

　　團圓今夕色光輝。結了同心翠帶垂。此後莫教塵點染。他年長照歲寒姿。

寨帳

　　揉藍綠色麴塵開。靜見三星入坐來。桂影已圓攀折後。子孫長作棟梁材。

題碧花牋

　　珠露素中書繾綣。青蘿帳裏寄鴛鴦。自憐孤影清秋夕。灑淚裴回滴冷光。

　　還有花蕾裡的精怪「洛下女郎」的歌吟：「皎潔玉顏勝白雪。況乃當年對風月。沈吟不敢怨春風。自歎容華暗消歇。」「絳衣披拂露盈盈。淡染胭脂一朵輕。自恨紅顏留不住。莫怨春風道薄情。」（卷八六七）

　　前者是紅裳人，後者是白衣人互詠對方；白得是淡脂輕輕，紅得是絳衣盈盈；一個歎容華暗歇，一個留不住春風。這寫得十分逼真，不但中嵌合各人的色彩身份。而且詩意互補，我們知道，攝影名作往往有許多層次，山外有山，樓外有樓，彼消我長，爾明我暗，就添了情趣。這兩首詩表現得便是這個本領。

　　（三）器物假象─不消說，這必定是屬於器物的靈怪了。傳說中「青衣春條」是一朽明器，上題名曰「春條」，與凡人張不疑同居生活，有詩：「幽室鎖妖豔。無人蘭蕙芳。春風三十載。不盡羅衣香。」（卷八六七）後為昊天觀尊師察知便作法噀水，破其妖法，於是原形畢露，而張不疑受此驚嚇，得病沈錮而亡。另外，有一首〈明器婢詩〉（卷八六七）與此〈青衣春條詩〉：「獨持巾櫛掩玄關。小帳無人燭影殘。昔日羅衣今化盡。白楊風起隴頭寒。」意似。

　　我們注意到這兩首詩中都提到「羅衣」一詞。前者是「不盡羅衣香」。後者是「昔日羅衣今化盡」。是以接近律（人以貼身之物換喻）暗示著對物主消亡與追念。而依詩的題名來看：「明器」《辭海》釋為「伴葬的器物」。《後漢書、范冉傳》注：「禮，送死者衣曰明衣，器曰明器。」《雲麓漫鈔》也認為「古之明器，神明之也。」而以「明」通「冥」字，有生死幽明之意。若依詩意觀察：「白楊」是墓頭常植的樹木；「幽室」又宛然是墳塋的閉室；皆是幽明世界的屬物。這些明器沈寂了若干時間，一旦有靈，無不經營生動，躍然欲試。由於它來自幽冥的地下，詩中躍然而出的是森寒、詭秘與妖豔的氣氛。又如白蘋洲有〈碧衣女子吟〉（卷八六七）：「碧水色堪染。白蓮香正濃。分飛俱有恨。此別幾時逢。藕隱玲瓏玉。花藏縹緲容。何當假雙翼。聲影暫相從。」或借色澤（碧色），或借質地（玲瓏玉），都明點了精怪的身份是一「翡翠」！

　　總之，這些本事玄幻，極逞想像之能；應為虛擬身分性別的代作。倘不追究其真假有無，讀來只覺得怪事

連篇，卻亦曲折有味。或驚、或喜、或悲、或懼，無不模擬著物類精怪仰息自然的種種聲聞活動。在這裡，怪異迭起奇峰，虛構倍見真情。

第四節　悠悠夢境

一、說「夢」

　　人類生存活動的時間與空間，並非只限於醒覺時的一面，也包含了睡眠時的另一面。弗洛依德（S. Freud）在「釋夢」這個議題上曾作了不少基本假定；他認為「夢的本質是非理性欲望的滿足，而借由夢中顯示，這也是童年時就根深蒂固的經驗。」[17]楊格（C. Jung）則以「集體潛意識論」架構出夢的意義：「這是理性與智慧的表現，比實際的意識洞察力更加優越的一種啟示。」[18]而弗洛姆（Erich Fromm）說：「夢是一種遺忘的語言。我們在熟睡時，就從另一種存在的形式中醒覺過來。是而夢是睡眠狀態下，各種心理活動之有意義及重要的表現。」[19]這重要的表現除了是楊格所標的智慧的洞識力外，也可能是弗洛依德所提的非理性慾望之滿足。因為，在睡眠的時刻，由於人類停止接受現實文化的刺激，自身一切官能毋需實施任何攻擊或防衛，控制或反應。故而，此時睡息的狀態乃成為一個放任的，自由的國度；而吾人原始的天性遂由此表露無遺：有純然性的美好，也有壓

---

[17] 佛洛姆著，葉頌壽譯，《夢的精神分析》（The Fogotten Language，by Erich Fromm）（台北，新潮文庫出版），頁 55。

[18] 同註 17，頁 92。

[19] 同註 17，頁 12。

抑性的邪惡。凡是白天外在世界的判斷與接觸積存於經
驗、記憶的層面，便沉歛發展成內心自我思想與感覺相
關相生的系統。所以會演成「日有所思，夜有所夢。」
唐處士張孜也曾聯句紀夢：「上天知我憶其人，使向人間
夢中見。」[20]不止於人，更還有事，都賦藏於這個潛意識
經驗的代表「夢境」，超脫了時空的支配，於是聯想變形
轉化，並藉由象徵式的語言傳達出來。

　　所謂象徵式的語言，這包含有慣例性象徵，偶發象
徵，與普遍的象徵三種。[21]其中以偶發象徵在夢境中出
現的頻率最高。因為象徵本是身外之物，是內在經驗界
的感受與思維，無法以固定的邏輯結構來支配。當它產
生偶發的機遇，甚至無法將象徵與象徵事物做必然的牽
連，譬如早已逝世的人在夢中活生生的出現，還吟詩作
詞，唐朝金陵進士夢遇台城故妓便是一證。[22]這偶發的
象徵，完全建立於個人偶然的經歷上，也許這位進士對
台城故妓可能是驚鴻一瞥，無緣一親芳澤，所以產生非
理性的慾望內歛埋藏，表面上若無其事，一旦得知她已
死亡，便藉由夢中對其生前慾望不得滿足的作一反應補
償。

---

[20] 見《全唐詩》卷八六八，頁 9840。

[21] 分類法參考鄭石岩《弗洛姆的精神分析論》（台北、商務印書館）頁
101-102。

[22] 見《全唐詩》卷八六八頁 9808 有詩詞二首為證；〈詩〉：「歌罷玉樓月。
舞殘金縷衣。勻鈿收迸節。歛黛別重闈。網斷蛛猶織。梁春燕不歸。那
堪回首處。江步野裳飛。」〈金陵詞〉：「宮中細草香紅溼。宮內纖腰碧
窗泣。唯有虹梁春燕雛。猶傍珠簾玉鉤立。」

　　至於普遍的象徵出現於夢境，也是很可能的，這些
象徵意義通常為人們所熟悉，例如火象徵熱情、光明、
權力、冒險、興奮。水則代表溫柔、平和、安詳、滿足。
[23]所以，普遍象徵，無需學習而易受感染，且既為全體
所共有的概念，所以自然可以同時出現在一人以上的夢
境。《聊齋誌異》的〈鳳陽士人〉寫三人同一夢，十分
奇特。《全唐詩》卷八六八裡的獨孤遐叔妻白氏與張生
妻各有〈夢中歌〉的作品，而且都與自己的丈夫異地同
夢。夢中的情景也相彷彿，大抵是丈夫別妻經年未歸，
在回鄉的路上忽有一夢。夢見自己的妻子被人挾持參加
宴飲，逼令飲酒賦歌。如獨孤妻白氏的〈夢中歌〉：「今
夕何夕。存耶沒耶。良人去兮天之涯。園樹傷心兮三見
花。」

　　又如張生妻的〈夢中歌〉：

　　歎衰草。路緯聲切切。良人一切不復還。今夕坐愁
鬢如雪。（為長鬚人歌）

　　勸君酒。君莫辭。落花徒繞枝。流水無返期。莫恃
少年時。少年能幾時。（為白面少年歌）

　　怨空閨。秋日亦難暮。夫婿斷音書。遙天雁空度。（為
紫衣人歌）

　　切切夕風急。露滋庭草溼。良人去不回。焉知掩閨
泣。（為黑衣胡人歌）

　　螢火穿白楊。悲風入荒草。疑是夢中遊。愁迷故園
道。（為綠衣少年歌）

---

[23] 此處水性泛指一般普通的水，不含特指的洪水。

花前始相見。花下又相送。何必言夢中。人生盡如夢。(長鬚人歌答)

我們由這些「夢中歌」詩意推測；這些相思情怨堆積以恨君無訊，恨君不歸；傷己年華虛度，怨己寂寞難遣。於是潛意識的恨懟，便產生報復夢境以作補償（如與他人宴飲歡樂以排遣寂寞，但同時又受到不應失節的禮法拘束，便形成強迫情境，或以無奈的態度應對）。這一普遍的象徵，透過夫妻心靈相感，便送達進入丈夫的夢境。至於後來的情節是丈夫見此情況大怒，捫起瓦磚擊打強徒，然後夢醒，以為夢兆不祥。後歸家中，詢問其妻，二人敘述相符，才知道是與妻同夢。這都是體貼人情的口吻，順水推舟的發展。所以，二人以上的同夢是一個有趣、奇幻的現象。夢境悠悠，血緣與感情這兩種力量往往是催夢良方。血濃於水舉如「母子連心託夢」即是一證；而感情恩愛的夫妻、相許的戀人、生死的摯交自然能「心有靈犀借夢相通」了！

二、夢的功能

夢，一般最傳真的功能是預見或洞識的功能。簡單地說，夢中的情形竟與未來的境遇一致，或是與從不所知的過去經驗相同。這是所謂的「夢兆」。《全唐詩》卷八六八裡，有四個詩文相佐的實例。

第一個例子是張氏女夢王尚書口授之吟：「鬢梳閑掃學宮妝。獨立閑庭納夜涼。手把玉簪敲砌竹。清歌一曲月如霜。」張女知道王尚書以詩召已，未幾，果然臥病

而卒。

　　第二個例子是曾崇範妻在未嫁曾郎之前，一日得夢語為：「田頭有鹿跡。由尾著日炙。」田頭有鹿角，尾著「日」，二字相合，當然是「曾」字無疑：所暗示的正是自己的夫姓。

　　國邵南夜夢崔皷的妻子站在床西，崔皷站在床東。崔妻執箋題詩一首：「莫以真留妾。從他理管弦。容華難久駐。知得幾多年。」詩語是如此不祥，後來果然一語成讖，崔妻於成詩後一年而卒。這是第三個例子。

　　最後一個例子是盧絳因殺刺史龔慎儀之罪坐斬。臨刑之時，遇一婦人耿玉真因為淫亂，同被處決於孟家坡。此婦衣服姿容，似曾相識。這才恍然憶起，從前大病一場之際，曾有一夢。夢見一個白衣婦人，自稱「玉真」，與他日後相約見於孟家坡，并留〈菩薩蠻歌〉以記：「玉京人去秋蕭索。畫簷鵲起梧桐落。欹枕悄無言。月和殘夢圓。背燈惟暗泣。甚處碪聲急。眉黛小山攢。芭蕉生暮寒。」[24]「清風明月夜深時。箕箒盧郎恨已遲。他日孟家坡上約。再來相見是佳期。」（卷八六八）

　　這些「夢兆」都是未卜先知，洞燭未來。鄭石岩在《弗洛姆的精神分析理論》一書這樣解釋：「因為透識的思想需要集中的注意力和透徹的鑑識力，而睡眠時，人類的思維不受現實條件的限制，心靈得到充分地自由，正好有助於這種思考的集中。所以，我們所作的夢，有

---

[24] 〈菩薩蠻〉「玉京人去秋蕭索」一闋又於《全唐詩》卷八九九（補遺）頁 10165 重出。

時具有透視事物，洞察究竟的功能。」夢境之中往往是
牽動著幽微的思維。

　　除了以上述及「二人同夢」的詩例裡，所提到的慾
望不得滿足由夢洩導的補償功能。此外，夢還有另一個
功效，就是借由夢景、夢語，指引出問題的答案或協助
抉擇的取捨。譬如，病狂人（齊州有人病狂，名曰「病
狂人」）夢見一個紅衣女子引己進入一座朱紅宮殿，中有
一個小姑唱著這樣的歌：「踏陽春。人間三月雨和塵。陽
春踏。秋風起。腸斷人間白髮人。」「五靈華。曉玲瓏。
天府由來汝府中。惆悵此情言不盡。一丸蘿蔔火吾宮。」
（卷八六八）病狂人出夢不解。後來，有一位道士指點
他：他的病因是染上大麥毒引起的，只要以藥并紅蘿蔔
服用，便可痊癒。病狂人循言而為，終於藥到病除。細
究其詩隱意是這樣的：女表心神，小姑表脾神。紅衣女
子與朱紅宮殿皆取「紅」色素，與紅蘿蔔同色。醫經上
說：蘿蔔治麵毒。足證紅蘿蔔之為藥引成功的發揮療效。

　　是故，夢魂依依，夢境百轉。夢裡頭，我們也許比
清醒時更有理性，更聰慧；也許卻更野蠻，更粗暴。夢
有時是幻境的巧合，有時是經驗的聯想，有時是潛意識
的反射，有時是直指真實。無論它象徵的內容是什麼，
必定是屬於人類自我創發的一種面目。由於夢無範圍，
無曲面，所以，每每呈現有不可「解」（了解或解釋）的
分隔與超越，是故，乃將夢境列入「靈異」一類析論。

第七章　婦女詩歌的綜合觀察

第一節　所描勒的婦女地位

　　人類最早的社會形態是「但知有母，不知有父」的母系社會。後來，由於政治結構與經濟模式改變了社會的組織形態，乃逐漸形成以父系為主體的家族制度，其親屬關係多從父親方面來計算，至於母親方面的家族，稱之為外親，以別於本宗。[1]本書第一章第二節「唐朝婦女的禮法地位」中，已經說明這是一個以男性為中心的社會，基本支配一切男女關係的理論，是「女卑於男」的主觀意識。《晏子春秋、天瑞篇》上說：「男女之別，男尊女卑，故以男為貴。」還有《禮記、郊特牲》中的「三從」[2]，都說明女子的家庭地位就在這個原則之下被定型，被父權、宗法、禮教所控制。處於「從」的角色，無獨立意志可言；如重視貞操，提倡男女有別。獎勵卑順，主張陰柔、文弱的造型，甚至剝奪了婦女受教育的機會。在未出嫁之前是父為女綱，適人之後是夫為妻綱。[3]如此，「家無二主」[4]，女子既被排棄於家長之外，就是

---

[1]　參見《爾雅、釋親》於父宗曰宗族。而異姓親曰母黨，曰妻黨。

[2]　三從：「婦人者，從人者也。幼從父兄，嫁從夫，夫死從子。」另《孔子家語、本命解》雲：「女子者，順男子之教而長其禮者也。是故，無專制之義，有三從之道，幼從父兄，既嫁從夫，夫死從子。」

[3]　見漢班固《白虎通、德論》（臺北，商務印書館）。

夫死，也只能由子或孫承繼主事。否則便成為「牝雞之晨，惟家之索」的眾矢之的。

由家推及國，宮廷中的后妃無疑是閨門裡主婦形象的擴大。她要德儀天下，要主持內廷，規儀典章，謹守禮法，所受的限制自然更多。雖然唐繼隋後，成為多民族血統的大熔爐，反映在斑爛的文化裡，出現著許多異族習風俗尚的包容。諸如：胡服的改良（《舊唐書》卷四五〈輿服志〉中提及宮人騎馬多著「羃羅」[5]）、胡樂的吸收（如羌笛、觱篥、琵琶、羯鼓、胡笳等西域樂器的傳入）、騎獵擲射的男女同遊（參見花蕊夫人所作〈宮詞〉多首敘及）等，與前朝相較，確實是行動較為自由，風氣較為開放。但是我們還要注意一些現象：第一、在高階層的享樂，「有錢」「有閒」階級的習俗產物，較民間自為開放。第二、這些娛樂方式，服飾製作的改易，雖然增列了女子的參與，但俱與男子的主權並不衝突。第三、女子的教育仍受箝制，並未普及。而缺乏正確的知識觀念，正是婦女地位低落無法提升的主因。到了唐朝高宗的武后，這個有野心、有幹才的女政治家，曾經一度專攬朝政，威脅了李唐的正統，雖對女權的提升有所推動，然而未能帶起全面的婦女解放運動。就是史筆之下，也譏評這一段過渡為「女禍亂唐」。這證明了女性的

4　參見《禮記、坊記》云：「家無二主。」《孔子家語、本命解》云：「天無二日，國無二君，家無二尊。」

5　唐初貴族婦女外出，喜歡以馬代轎，所以盛行羃羅。即一圍輕紗，從大帽沿上掛下，披裹全身，後覺不便，加以改良障蔽只及於頸部，此衣發自戎夷。

行為能力雖能夠向各方面拓展，可以和男性並駕齊驅，但是，這種特殊的表現，尚未被宗法社會所「認可」。換言之，對於女性，是家庭的要求大過於社會的要求。所以，婦女的家庭地位仍然相對重要，在唐朝，或許對待要求的寬嚴程度並不緊迫，但在層次階級上卻沒有突破性的進展。直到專制覆滅、民國締造，情形才逐漸改觀。

在家庭分工上，「男不言內，女不言外」是不成文的法則。[6]《禮記曲禮》有言：「外言不出於梱，內言不入於梱。」《孔子家語、本命解》亦云：「教令不出於閨門，專在供酒食而已。」不論屬於主婦地位的家事管理權和財產權，或是歸於母親地位的子女教養權以及主婚權，都是分則的一支，必須不與總法相牴觸，才具實效。這個總法便是男性的操控力與主宰權。這個現象，充分顯示男女實質關係的不對等：一主一從，此由唐朝婦女本身的詩作裡，我們可以很明易地尋得許多證據。[7]

正由於男女實質關係上主從地位的不平等，自然地產生了許多「婚姻叢裡的悲劇」。由於女子沒有強制離婚的權利，縱使是不幸福的婚姻，不滿意的配偶，也必須終生忍受；如《全唐詩》卷七九九中老夫少妻的崔氏。而侈靡的社會風習，更縱容著男子的薄倖負情，許多婦女詩歌中便揭錄著如是的悲情；譬如色衰愛弛的薛瑗繪圖贈詩：「恐君渾忘卻，時展畫圖看」（卷七九九）；又如

---

[6] 見《禮記、內則篇》。

[7] 參見《全唐詩》卷七九九婦女詩篇。婦女地位論述一併參見本書第三章、第九節「婚姻叢裡的悲劇」。

遭到喜新厭舊的棄妻周仲美更是悲痛莫鳴:「愛妾不愛子,為問此何理?……婦人義從夫,一節誓生死……」(卷七九九);而因為無子被出的毗陵慎氏也是滿懷「孤帆從此去,不堪重上望夫山」的委屈(卷七九九)。還有為了功名利祿,攀結富貴嬌妻的元稹,硬生生地拋棄了初戀的情人。在這種情況下的女子,有的含憤生離,有的忍羞自盡。前者是柔弱的忍受屈辱與悲苦,後者是對不平委屈的強烈抗議,無論如何,這剛柔兩向的舉措,並沒有改動當時的社會風習,使女子地位獲得重視,頂多獲得人們一時的憐憫與歎息,棄妻的事件仍然層出不窮。因此我們檢索這些詩歌發現:其不僅是反映了唐時婦女地位的卑下低落,既沿前習,已成慣例;更刻劃出了有唐一朝的婚姻觀念的重視門第、官場講究背景出身的陋習,無不暗藏著一股普遍而強烈的階級意織。

　　除了縱的主從關係上的不平等,還有橫的良賤關係上的不平衡,簡單地說,就是妻的地位高於妾,妾的地位又稍高於奴婢。《禮記內則》上說:「聘為妻,奔則為妾。」妾是買來的,[8]未曾經過名媒正娶,「妾者接也,以賤見接幸也。」[9]因此,妾與夫君之間的不平等較夫妻之間更甚。《唐律疏義》二二〈鬥訟〉二:「毆傷妻妾,殺妻者以凡人論,殺妾者則減凡人二等。毆死凡人者絞。以刃及故殺者斬,減二等是處流刑一千五百里或三千里。」是以,當武公業的妾步非煙在有了外心的時候,

---

8　《禮記、曲禮》云:「取妻不取同姓,買妾不知其姓,則卜之。」
9　見《釋名》所記。另《白虎通義》云:「妾者接也,以時接見也。」

武公業竟然動用私列，強打致死（見《全唐詩》卷八〇〇）。這原是有如此不平等的妾侍對待律則作為基礎的。此外，妻妾之間亦出現階級上的不平等。妾原被認為應是以正室為女主的，原處於妻的權威之下，必須敬謹奉侍，而妻的毆傷妾、婢等罪，須妾親告乃坐，過失殺的不在此論。[10]所以，魚玄機因為妒忌家中女僕，隨意鞭笞致死復又棄屍，儘管後來東窗事發，魚玄機也償命以報（事見《全唐詩》卷八〇四）。但是，這等行兇事件，良賤關係的價值論斷是一個重大的關鍵。

　　當然也有例外，這又完全取決於男性的對待態度，倘若男子拋棄糟糠，別寵愛妾，那麼，妻的地位便翻轉直下，反倒不如「小星」的待遇了。如此女子的地位真是脆弱淡薄，命運完全操之於男主的愛幸與否。一般而言，一個女子自幼出生，在血親倫常宗法系統裡成長，地位自不如男子那般受重視；而無獨立生活能力的婦女，沒有自主的地位和思想，更無法不受人擺佈，遂有迫於經濟需求的墮落情事，[11]譬如圖利的姬妾、賣身的妓女、甚至還有沈溺女嬰的風俗。[12]而進入姻親相結的新家庭，「夫」的喜怒哀樂又成為女子新生活的主宰，恩愛情深的伉儷最是幸福無邊，倘若遭受虐待、歧視、拋棄、奴役等悲慘的境遇，在沒有女權保障的社會，風俗賦予

[10] 見《唐律、疏議》二二「毆傷妻妾」條。
[11] 見陳東原《中國婦女生活史》（臺北，商務印書館）頁 59-61。
[12] 見《前漢書、王吉傳》：「聘妻送女無節，則貧人不及，多不舉子。」又《地理志》云：「嫁娶太早，尤崇侈靡，貧人不及，多不舉子。」

男性尊貴，法律給予男性庇護，於是備受摧殘。像這樣
的「生不如死」的處境，「憂傷無告」的心境，流露在字
裡行間，自然是徬徨淒惻，苦楚莫名。《全唐詩》裡婦女
的詩篇有許多便是這些不平遭遇的傾訴，其所描勒出的
家庭地位總如上述，可窺梗概。

第二節　所描繪的婦女形貌

　　唐代的經濟繁榮與國力強盛，政治上相對的開明和文化政策上的兼收並蓄，以及民族血統風習的融合襲染，使得唐代的婦女們不論是妃嬪貴婦，或是荊釵碧玉，都與大唐昂揚進取的精神同步，在她們身上散發出活潑碩健的氣息，我們從唐代的繪畫藝術中[13]，即可以觀得婦女是以一種充滿著力與美的形象活躍著。以下即從《全唐詩》婦女詩歌作一整理，試圖勾勒出唐代婦女的容飾圖影。

一、服飾：

　　由於唐代社會風氣開放，唐代婦女在各種活動的參與以及行動出入上都相對自由已如上節所述。而在服裝上，無論在居家服與舞衣的款式上都較薄、透、露。如今流傳的周昉「簪花仕女圖卷」中所見即是婦女輕帔抹胸的裝扮，還有韋洞墓壁上所描繪的少女亦見身穿薄羅衣衫，形體健美。薛能〈柘枝詞〉中描述有舞容翩翩：「急破催搖曳，羅衫半脫肩。」考《全唐詩》婦女詩歌中提及「羅衣」的以花蕊夫人的詩作最多，從輕歌曼舞到船棹戲水到閒讀文書，婦女們皆著輕薄羅衣，如：「舞頭皆

---

[13] 唐代婦女圖影參見陳允鶴編審《中國歷代藝術》繪畫編上冊（臺北，台灣大英百科股份有限公司）隋唐五代圖。

著畫羅衣，唱得新翻御製詞。」「舞來汗溼羅衣徹，樓上
人扶下玉梯。」「蘭棹把來齊拍水，並船相鬥溼羅衣。」
「薄羅衫子透肌膚。夏日初長板閣虛。獨自憑闌無一事。
水風涼處讀文書。」比諸杜甫〈麗人行〉中所述三月三
日長安水邊的麗人身著：「繡羅衣裳照暮春，蹙金孔雀銀
麒麟」，以及《全唐詩》卷八六八頁 9808 所收〈詩〉一
首，對舞者金縷衣的描述：「歌罷玉樓月。舞殘金縷衣。
勻鈿收迸節。斂黛別重闈。」都說明唐代女性著輕薄衣
質，顯露其肌理細膩、骨肉均勻。

　　至於舞者的全套裝扮；我們看太宗、徐賢妃時的歌
舞記錄：「由來稱獨立。本自號傾城。柳葉眉間發。桃花
臉上生。腕搖金釧響。步轉玉環鳴。纖腰宜寶襪。紅衫
豔織成。懸知一顧重。別覺舞腰輕。」（〈賦得北方有佳
人〉卷五）再看花蕊夫人筆下的盛景：「……催換紅羅繡
舞筵。未戴柘枝花帽子。……」而她們穿的是蠻靴（卷
八〇二舞柘枝女詩「便脫蠻靴出絳帷」）。另有楊貴妃的
〈阿那曲〉：「羅袖動香香不已。紅蕖嫋嫋秋煙裏。輕雲
嶺下乍搖風。嫩柳池塘初拂水。」（卷八九九）還有「青
衣春條」的詩句「不盡羅衣香」，都說明當時的樂舞已是
結合視覺、聽覺、嗅覺的多重美感的享受。

二、粧容：

（一）花鈿

　　唐朝女性臉部的化妝是多采多姿、變化萬端的。顏
面化妝部分：在額頭多使用花鈿粧飾。「鈿」是以金箔、

色紙、雲母片、翠鳥羽等做成各種形狀的的花式，多貼在額頭眉心的部位，也有貼在眼角的位置。花式以梅花、桃花為最流行，稱為「花鈿粧」；也有魚鳥之形的。顏色調染以翠綠、金黃、桃紅最為頻常。以《全唐詩》婦女詩歌為例，戶部侍郎吉中孚的妻子張夫人即有一首〈拾得韋（一作華）氏花鈿以詩寄贈〉（卷七九九），其中提到：「……拾得舊花鈿。粉污痕猶在。塵侵色尚鮮。曾經纖手裏。拈向翠眉邊。……」《全唐詩》卷七九八花蕊夫人詩作中也提及是以翠鈿貼面、鳳釵為飾：「翠鈿貼靨輕如笑。玉鳳雕釵裊欲飛」，而宮女亦以花鈿裝扮：「汗浥紅妝行漸困。岸頭相喚洗花鈿」，以及「不知紅藥闌幹曲。日暮何人落翠鈿」。另卷八六四廣利王女的〈寄張無頗〉詩也提到因相思情愁因而「無意整花鈿」，還有卷八○二的名妓楊萊兒的詩句「嬌別翠鈿黏去袂」，都說明唐代婦女從宮廷大院到風月裏巷都有貼花鈿的習俗。又因為花鈿貼在眉邊，所以更要當心「淚濕衣襟損翠鈿」了（參見孟蜀妃張太華的〈葬後見形詩〉卷八六六）。

（二）畫眉

唐朝畫眉風氣盛行，眉型演變從初唐時期的短闊；到天寶時的細長，白居易〈長恨歌〉即言：「芙蓉如面柳如眉」；再到貞元時期復為短闊，畫得低斜纖細的則稱為「八字眉」。元稹〈有所教〉一詩中說：「莫畫長眉畫短眉」，可見其隨時變化。歸納《全唐詩》婦女詩歌中提及閨中畫眉者多處，其眉型有蛾眉、柳眉、桂葉眉等，其中「蛾眉」即「蛾翅眉」是闊眉；舉如：戶部侍郎吉中

孚的妻子張夫人的〈拜新月〉一詩（卷七九九）提到「鸞
鏡始安臺，蛾眉已相向」，女尼元淳（卷八〇五）則直以
「蛾眉」代稱其人：「題詩憑雁翼。望月想蛾眉」〈寄洛
中諸姐〉。桂葉眉則見江妃的〈謝賜珍珠〉（卷五）：「桂
葉雙眉久不描」；而柳眉則屬細長型，如花蕊夫人詩作裡
的「翠眉不及池邊柳」。「愁眉」當然也是把眉毛畫的細
而曲折，眉間略顯蹙蹙，倍惹嬌憐。至於其材料多為煙
墨，以青黛色為主。《唐詩紀事》裡描寫歌妓（卷八〇一）
是「皓齒乍分寒玉細。黛眉輕蹙遠山微」，後蜀宮中的宮
娥們則是「便將濃墨掃雙眉」（花蕊夫人詩作），而《本
事詩》與《麗情集》裡也記載著一士兵修書家中妻子，
裡邊更有「試留青黛著，回日畫眉看」的句子作為期約。

（三）抹紅

抹紅即今日的腮紅，唐時面靨的粧飾多以臙脂點
染，有的在兩鬢面頰的部位畫上圓點，或畫如桃杏，稱
為「杏靨」等各種花靨，也有斜紅的妝飾如弦月者。舉
如皇室公主出嫁時化妝的情景，忙裡忙外，調粉貼花，
是多麼惹人憐愛：「雲安公主貴。出嫁五侯家。天母親調
粉。日兄憐賜花。」（參見《唐詩別裁》宋若憲〈催妝詩〉）
又如蜀太妃徐氏在〈題金華宮〉中：「蝶嬌頻采臉邊脂」
（卷九），以及後蜀宮中的「宮娥小小豔紅妝」，都說明
在顏面上著如花一般一抹輕紅，顯出一枝紅艷的烘托效
果。

（四）高髻

　　唐代婦女頭髮多將如雲秀髮挽在腦後，或梳在頭頂成高髻，款式上又有「墮馬髻」「倭墮髻」等復古髮型的稱呼。在髮髻上的裝飾多為插以花簪（一支單腳插於髮上）、鳳簪、玉釵（雙股固定髮髻）……等不一而足，亦有直接插花者。如《全唐詩》卷八〇〇晁采〈子夜歌〉提到「儂既剪雲鬟。郎亦分絲髮。覓向無人處。綰作同心結」，鄱陽程長文的〈獄中書情上使君〉也見「高髻不梳雲已散。娥眉罷（一作淡）掃月仍新」的裝束。還有美稱「蟬鬢」「雲鬟」「寶髻」的，如魚玄機〈和人〉:「寶匣鏡昏蟬鬢亂」，劉氏亡婦的〈題明月堂〉（卷八〇一）:「蟬鬢驚秋華髮新」，沙磧女子的〈五原夜吟〉（卷八六六）:「雲鬟消盡轉蓬稀」，參考唐玄宗的〈好時光〉裡亦見:「寶髻宜宮樣，臉嫩體紅香。眉黛不須畫，天教入鬢長」的描述（參見劉毓盤《詞史》）。相對驗證白居易〈婦人苦〉，起頭便說:「蟬鬢加意梳，蛾眉用心掃。幾度曉妝成，君看不言好。」都說明著婦女費思裝扮，博君愛憐的苦心。

第三節　所透露的社會現象

一、「花鳥使」的非議

　　「花鳥使」的非議，是來自宮中婦女的苦痛。

　　自從隋煬帝廣開民間選女的風氣，宮中女子的來源：一則指向民間；一則出自沒官罰宦的婦女；這是專制帝政下的鏊毒。民間女子一旦選召入宮。幸運的或蒙一時寵幸，同時卻也開始憂心著有朝一日色衰愛弛。不幸的終身苦守深宮，埋葬青春。唐玄宗的時候，每歲遣使選擇民間美女，納於後宮，號曰「花鳥使」[14]。白居易有一首〈上陽人〉，刻劃宮怨最是深刻，他說：「……綠衣監使守宮門，一閉上陽多少春，玄宗末歲初選入，入時十六今六十，同時采擇百餘人，零落年深殘此身。憶昔吞悲別親族，扶入車中不教哭。皆云入內便承恩，臉似芙蓉胸似玉。未容君王得見面，已被楊妃遙側目。妒令潛配上陽宮，一生遂向空房宿。」這是采擇入內，尚未得見君王，便進入了深寂的冷宮。然後春花秋月，等閒虛度。「宿空房，秋夜長，夜長無寐天不明，耿耿殘燈背壁影，蕭蕭暗雨打窗聲。春日遲，日遲獨坐天難暮，……春往秋來不記年，唯向深宮望明月。東西四五百回圓，今日宮中年最老，大家遙賜尚書號。小頭鞵履窄衣裳，青黛點眉眉細長。外人不見見應笑，天寶末年時世

---

[14] 見《說郛》卷三〈實賓錄〉。呂尚為「花鳥使」事，曾作美人賦以諷之。

妝。……上陽人，苦最多，少亦苦，老亦苦，少苦老苦
兩如何？君不見昔時呂尚美人賦？又不見今日上陽宮人
白髮歌！」這樣深切的痛苦斂藏，難怪民間對於帝王如
此地奢華享樂，頗有嘖言非議了。[15]《全唐詩》卷五江妃
的哀怨。以及卷七九七中武後宮人、開元宮人、天寶宮
人、德宗宮人、宣宗宮人、僖宗宮人等的作品，無論是
紅葉題詩，或是縫衣寄情，無不是宮人們寂寞的心聲、
悲切的情懷，在幾無希望的灰黯裡，仍然不放棄希冀，
期望在年華老去之前，能寄託姻緣。如此寫實的血淚詩
章所透露出的是不平的社會現象，而這種不平，是誰的
影響？是誰所造成？便值得人們深思了。

二、門第婚姻的風氣

　　唐代的婚姻，甚重門第，士大夫以上的婚姻，尤為明
顯。由於追求高門婚配，往往導致「財聘厚薄」的價值對
待。大抵唐人的氏族觀念十分濃厚。而在這個觀念影響之
下，許多女性都成了門第限制之下的犧牲品，例如卷七九
九裡杜羔的原配趙氏、周仲美、魏氏等人都在丈夫求取功
名之後，婚姻亮起了紅燈。因為高門厚財，既有助於宦途
上的邁進，又能厚植自己的經濟勢力，如此便一棄寒門出
身而躋升於顯貴行班。如此一來，貧家女便不容易論娶婚
嫁了。白居易就曾歌詠〈貧家女〉；寫當時婚姻心理十分
透闢：「……顏色非相遠，貧富則有殊。貧為時所棄，富

---

[15] 李德裕次《柳氏舊聞錄》高力士言：「民間選女，物議囂囂，挾庭中故
　　衣冠以事沒入其家者，宜可備選。」

為時所趨。……綠窗貧家女，寂寞二十餘。荊釵不值錢，衣上無真珠。幾回人欲聘，臨日又踟躕。……」《全唐詩》卷八〇一裡葛鴉兒有一首〈懷良人〉，卷八〇二徐月英的〈敘懷〉，都自暗歎自己布衣裙釵，張窈窕的〈上成都即事〉更說明了貧窮的困境（卷八〇二）。其實，貧窮本身並不可恥，當人們以勢利的眼光來看待，便造成婚姻以財幣為轉移，自魏、晉下唐，這種風氣更是有增無減，成為宗法制度下嚴重的社會弊端。

三、貞節觀念的特殊對待

　　貞節觀念在唐代並不成為一種嚴苛的禁制；離婚改嫁、夫死再嫁的例子很多。本書第三章第二節〈美麗的愛情故事〉裡二、「紅綃帕裡的綺情」曾經說明了社會上不禁止改嫁，不逼令守節的風習。但是，在尚未解除婚約名分之前，男性對女子視為禁臠屬物，在貞節觀念方面仍有許多限制：一方面既要求自己的妻、妾、婢，貞節自許，不得作出背叛主人的行徑（如私奔、通淫等）。卻一方面視妾侍如玩物，狎遊歡恣，召歌同樂，更有贈妓名士、以妾換馬的情事。這樣，如何能夠掌握女子的貞心？所謂「君視人如草履，人視君如寇讎」。更何況在情緣關係更複雜、微妙的男女之間？

　　由於貞節觀念較為淡薄，風氣相對開放，唐朝的風塵女子為數不鮮。[16]她們歌舞唱和，才色過人，《全唐詩》

---

[16] 有唐一朝，風塵女子盈斥的原因不止「貞節觀念的淡薄開放」一種，可

卷八○二裡都是這些青樓脂粉的詩跡，而進士文人，又屢以風流台榭自高，他們對待風月中女子，並無「守貞」的道德要求。相反地，對於家中的女人看法又不相同，他們認為妻、妾、婢女是自己的隸屬品，「貞節」乃是必要的條件，否則，無啻折損男性的權威，打擊男性的自尊。所以卷八○○的步非煙在不滿意自己的婚姻，執意追求自己的幸福時，正是觸犯了禁忌，直接向武公業的尊嚴挑戰，當然是不會成功的。

　　儘管男性如何對待，但在一般傳統平凡的婦女心目中，仍然認為貞心自持是聖潔的、值得稱許的道德行為。《全唐詩》卷七九九裡的劉雲、郎人家宋氏、侯繼圖之妻任氏、張氏、劉瑗；卷八○一的裴羽先、長孫佐妻，無不冰心一片，忠誠不貳。即使是敢作敢當，敢愛敢恨的女性（如步氏）也曾誓為真情相許的人兒自守。至於守寡這個問題，基本上其與貞節觀念分立並行，唐代的社會對此的態度亦是寬容開放的，有唐一代放任人民行使自由意志，只要是互利的、需要的、兩廂情願的；曠男、怨女的第二個春天，並不涉及貞淫毀譽的問題。

四、冥婚事件的認識

　　《全唐詩》卷八六六裡臨淄縣主與獨孤穆的冥會詩，正見證著「冥婚」這個習俗。證明瞭人們對婚姻的看重，認為未婚而死，是一種不幸，為了補償安慰，便

　　參見本論第四章、第一節「翠袖薰爐、紅裙侑酒的由來」。

為逝者在冥間尋覓一個配偶，相伴黃泉。根據陳東原在
《中國婦女生活史》的推證：認為冥婚的風習最早見於
魏，到了唐代，冥婚的儀行發現較多。《舊唐書、蕭至忠
傳》，戴君孚的《廣異記》都屢見傳造。今僅就由《全唐
詩》的詩例，我們得到以下一些認識：

　　（一）由「冥會」、「鬼婚」的詞句除了證明傳統的
鬼神崇拜根深蒂固。時轉入唐，遂由抽象的虔敬、尊禱
的風習，漸漸進入擬人化的思維運作和文學造境，往往
亦產生了與主題相關的種種浪漫聯想。

　　（二）詩例中二位主人翁的姓名顯示著隋、唐王朝
中典型的「漢胡融和」現象。儘管長期以來，北荒民族
時常南下牧馬，入侵中原進行經濟劫掠，但在強服征略
之後，卻又被中原民族所同化。《全唐詩》中提到這位臨
淄縣主與獨孤穆聯姻，獨孤乃鮮卑族姓氏，[17]顯而易見
的，異族通婚已為慣習，民族發展注入了新血輪。

　　（三）《全唐詩》卷八六六臨淄縣主與獨孤穆〈冥會〉
詩下小註，有關於冥會的過程描述歷歷：「賦詩見禮→改
葬（女）→暴亡（男）→合窆」，可以證明當時冥婚應已
發展出一套流程。[18]

　　總而論之，這些婦女的詩作在發抒情懷，陳述遭遇
的同時，不知不覺地就寫真了社會，其間也對社會不公、
不平、不人道的現象進行抨擊諷刺，別具有「補察時政、
洩導民情」的鑑戒功能。

---

[17] 見《周書》卷十六〈獨孤信傳〉。《隋書》卷三十六〈獨孤皇后傳〉。
[18] 參見本書第六章、第一節「幢幢鬼影」的論述。

第四節　所展示的詩格體式

空海的《文鏡秘府論》上說：「文詞妍麗，良由對囑之能，筆箚雄通，實安施之巧。若言不對，語必徒申，韻而不切，煩詞枉費。」自沈約《品藻》以下，[19]上官儀的《筆箚華梁》、元兢的《詩髓腦》、崔融的《唐朝新定詩體》、皎然的《詩式》等，對於詩格對屬均有陳述發明。《文鏡秘府論》中棄同撰異，更有二十九種對的羅列。今整理《全唐詩》婦女詩歌的著作，發現作者不同，題材互異，各自展現了形形色色的詠擬手法，採行著迥然有別的等式體裁。

一、字式

字式分三、四、五、六、七、八言不等，分別成詩，中以五言與七言為詩歌常體，試各以例舉析明：

三言句：「逐仙賞。展幽情。踰崑閬。邁蓬瀛。」「遊魯館，陟秦台，汗山壁。愧瓊懷。」（卷五、上官昭容）

四言句：「檀欒竹影，飆颿松聲，不煩歌吹，自足娛情。」（卷五、上官昭容）還有則天武后的〈曳鼎歌〉，四言八句，也是一例。

五言句：如「高高秋月明，北昭遼陽城。」（卷七、鮑君徽）

---

[19] 皎然《詩式》序中有「早歲曾見沈約品藻」之言（《全唐文》卷九一七）。

　　六言句：如「至近至遠東西，至深至淺清溪。」（卷八○五、李季蘭）

　　七言句：如「無力嚴妝倚繡襤，暗題嬋錦思難窮。」（卷八○○、步非煙）

　　八言句：如「神功不測兮運陰陽，包藏萬宇兮孕八荒。」（卷五則天武后的〈唐大饗拜洛樂章〉），八言之中嵌用「兮」字，有楚騷遺風。

二、歌體

　　歌體的類型，出現在《全唐詩》婦女的詩篇中，以律詩與絕句最為常見，體式或五言、七言不等，有四句、八句之分。除了這種講究用韻與平仄的「近體詩」，還有「樂府詩體」；其中又細分為：

　　（一）郊廟歌辭：這是貴族特製的樂府，所謂「王者功成作樂，治定制禮」。「郊廟歌辭」就是屬於祭祀宗廟與神靈的樂歌。如武后〈大享昊天樂章〉（卷五、卷十），武后〈大享拜洛樂章〉十四首（卷五、卷十二）。

　　（二）鼓吹曲辭：如劉雲的〈有所思〉：「朝亦有所思，暮亦有所思，登樓望君處，藹藹浮雲飛，浮雲遮卻陽關道，向晚誰知妾懷抱，玉井蒼苔春院深，桐花落地無人掃。」（卷十七、卷八○一）

　　（三）橫吹曲辭：如鮑君徽的〈關山月〉：「高高秋月明，北照遼陽城，寒迴光初滿，風多暈更生，征人望鄉思，戰馬聞鞞驚，朔風悲邊草，胡沙昏虜營，霜凝匣中劍，風憊原上旌，早晚謁金闕，不聞刁斗鳴。」（卷七、

卷十八）

（四）相和歌辭：相和歌與清商曲都是來自民間的樂府，兩者常混為一談，《宋書、樂志》說：「相和、漢舊曲，絲竹更相和，執節者歌。」其中包括有樂章古辭的餘流，披於弦管的謳謠。例如：郎大家宋氏的〈採桑〉（見卷十九、卷八〇一）；張琰（卷八〇一、卷十九）、梁瓊（卷八〇一、卷十九）的〈銅雀臺〉；姚月華的〈怨詩〉二首（卷廿、卷八〇一），徐賢妃（卷五、卷廿）、劉瑗（卷廿、卷八〇一）的〈長門怨〉；劉雲的〈倢伃怨〉（卷廿、卷八〇一）；郎大家宋氏的〈朝雲引〉（見卷廿、卷八〇一）等等皆是。

其中，第（二）鼓吹與第（三）橫吹是外國來的樂府，以簫、笳為主樂器，多為戰歌及歌頌武功、傾訴胸懷的文詞。此外，有所謂特指「江南吳歌、荊楚西聲」的「清商曲」；如晁采的〈子夜歌〉十八首（卷八〇〇），歌意諧音雙關，節奏清朗明快（詳見本書第二章第二節）。

（五）琴曲歌辭：古曲有五曲、九引、十二操等。如郎大家宋氏的〈宛轉歌〉（卷廿三，卷八〇一），李季蘭的〈三峽流泉歌〉（卷八〇五、卷廿三）。[20]今以〈宛轉歌〉為例，以明其詠體：「風已清，月朗琴復鳴，掩抑非千態。殷勤是一聲。歌宛轉，宛轉和且長。願為雙鴻鵠。比翼共翱翔。日已暮，長簷鳥應度。此時望君君不來，

---

[20]　〈宛轉歌〉，晉王敬伯遇女郎劉妙容，命小婢彈箜篌，作「宛轉歌」。〈三峽流泉〉則為晉阮咸所作。

此時思君君不顧。歌宛轉，宛轉那能異棲宿，願為形與影。出入恆相逐。」

（六）雜曲歌辭：有劉瑤的〈暗別離〉（卷廿六、卷八〇一），則天皇后的〈如意娘〉（卷五，卷廿七），郎大家宋氏的〈長相思〉（卷廿五、卷八〇一）和吉中孚妻張氏的〈拜新月〉（卷廿八、卷七九九）。試舉〈長相思〉為例：「長相思，久離別。關山阻，風煙絕。臺上鏡文銷，袖中書字滅，不見君形影，何曾有懽悅。」

此外，另有柏梁體的聯句，這個詩風源起漢武柏梁臺上與詞臣唱和。每人作一句詩，次第相和，彷彿是集體寫作，又好像是文筆遊戲，逞志競才，宴集助興。在《全唐詩》卷八〇一裡，就收有光、威、裒姐妹三人的聯句，精粹絕倫。後又有魚玄機的聯句次韻，亦見詩思燦爛。他如卷八〇一的越溪楊女也有與夫婿聯句的記載，由此可知，聯句這種詩體在唐朝發展風靡的情形。

最後介紹的一種體裁是「回文詩體」。世傳南北朝的蘇蕙是回文詩圖的創始者，[21]唐武則天有《織錦迴文記》對她是贊譽備至。因為回文詩具備一個特性，可以任意反讀、橫讀、斜讀、交互讀，退一字讀，疊一字讀，甚至三言至七言類讀都能成詩。愈精緻的回文詩，讀法愈繁複。此特性發揮極致，則可謂巧奪天工，璿璣從橫。《全

---

[21] 參見鍾惺《名媛詩歸》（明末景陵鍾氏刊本，現藏國家圖書館）卷二引武則天〈織錦回文記〉頁1中記載：「蘇蕙為了挽回夫婿竇滔的心，因織錦回文，五彩相宣，瑩心耀目，其錦縱廣八寸，題詩二百餘首，計八百餘言，縱橫反復，皆成章句，其文點劃無缺，才情之妙，超今邁古。」

唐詩》卷七九九，張揆妻侯氏曾作迴文詩一首，繡成龜形，惟不知讀法為何。此外，在鏡的銘辭上往往也採用迴文體，因為鏡形狀圓，詠讀迴文，十分便利。唐朝有一位婦女就製有四言迴文體的〈鑿鑑圖〉詩，[22]雖然麗藻縈迴，可惜作者姓氏失佚不傳。今略舉數句示範；如「……地等天規，延年益壽，代變時移，筌簡等義，繪綵分詞。」可反讀為「詞分綵繪，義等簡筌，移時變代，壽益年延，規天等地……」真是反復奧妙！此外，《名媛詩歸》中另載名妓薛仙姬也有迴文詩，詠頌四時，曲折成章，詩旨清逸。[23]這些皆俱見婦女詩思獨運，以詩語再度呼喚嬌愛憐寵。

三、格對

　　葛立方在《韻語陽秋》曾經提到：「近時論詩者，皆謂對偶不切則失之粗，太切則失之俗。」因為對仗原是

---

[22] 謝旡量《中國婦女文學史》（臺北，中華書局）中引王勃〈鑿鑑圖〉序言。

[23] 鍾惺《名媛詩歸》（明末景陵鍾氏刊本，現藏國家圖書館。）錄薛仙姬「迴文詩」四首：

　　詠春——「花朵幾枝柔傍砌，柳絲千縷細搖風，霞明半領西斜日，月上孤村一樹松。」

　　詠夏——「涼回翠鈿冰人冷，齒沁清風夏井寒，香篆裊風青縷縷，紙窗明月白團團。」

　　詠秋——「蘆雪覆汀秋水白，柳風凋樹晚山蒼，孤燈客夢驚空館，獨雁征書寄遠鄉。」

　　詠冬——「天凍雨寒朝閉戶，雪飛風冷夜關城，殷紅炭火圍爐暖，淺碧茶甄注茗清。」

要求銖兩悉稱，工穩精切。事實上，工與不工之間，應該在於自然使用，生活得當，倘若一味求工，或是苦設強對，反而索然厭氣，昏率調澀。是而，「佳偶天成」應是格對中的最高境界。今觀婦女的詩篇固然含情見意，通俗真樸。但是匠心獨運，對偶工整的節律，依然可觀。

（一）正名對：如「柳葉眉間發，桃花臉上生」，「腕搖金釧響，步轉玉環鳴」（卷五上官昭容〈賦得北方有佳人〉）。

（二）隔句對：如「灼灼葉中花，夏萎春又芳，明明天上月，蟾缺圓復光」（卷八〇一崔萱〈古意〉），是第一句與第三句對，第二句與第四句對。

（三）雙聲對：如「秋風彷彿吳江冷，鷗鷺參差夕陽影」（卷八〇三薛洪度〈江月樓〉）。

（四）疊韻對：如：「清波洶湧，碧樹冥蒙」（卷五上官昭容的〈遊長寧公主流杯池〉二十五首中的四言詩）。

（五）雙擬對：如「昨日勝今日，今年老去年」（卷八〇二劉采春〈囉嗊曲〉），又如「雁門山上雁初飛，馬邑闌中馬正肥」（卷八〇二盛小叢〈突厥三台〉）。

（六）當句對：如「至近至遠東西，至深至淺清溪，至高至明日月，至親至疏夫妻」（卷八〇五李冶〈八至〉），又如「江南江北愁望，相思相憶空吟」（卷八〇四魚玄機〈隔漢江寄子安〉）。

（七）連綿對：如「垂虹納納臥譙門，雉堞眈眈俯漁艇」（卷八〇三薛濤〈江月樓〉），又如「闌邊不見襄襄葉，砌下惟翻艷艷叢」（卷八〇三薛濤〈金燈花〉），又如

長孫佐轉妻〈答外〉：「君寄邊書書莫絕，妾答同心心自結」（卷八○一）。

（八）倒字對：如「昔去繁霜月，今來苦霧時，相逢仍臥病，欲語淚先垂，強勸陶家酒，還吟謝客詩，偶然成一醉，此外更何之」（卷八○五李冶〈湖上臥病喜陸鴻漸至〉，這首五律頷聯，頸聯對句，首聯也成對偶，謂之「偷春格」，[24]其中頷聯中使用倒字對，「仍臥病」本應對「先垂淚」，作者將「淚」字的位置提到動詞之前，一方面為了協韻，一方面借助字詞的錯綜安排產生變化，使詩意活潑。故又稱為「錯綜對」。

（九）單聯對仗：律詩的基本原則是頷聯、頸聯二聯相對，然而唐代詩人有只以頸聯對偶，頷聯不對的「單聯對仗」出現，這種情形，在初唐時的五律格式中時常出現，直至中唐尚未完全絕跡。這是因為唐代詩人有的尚未完全脫離古詩遺風的關係，但在七律中，單聯對仗的情形極少。唐朝女詩人的作品中，單聯對仗，也僅出現於五律。例如李冶的〈寄校書七兄〉中頷頸二聯為：「不知芸閣吏，寂寞竟何如，遠水浮仙棹，寒星伴使車。」僅是頸聯成對。

四、變化

詩歌中的遣詞設字，可以經由變化的設計，或是重複疊現，或是嵌字穿插，或是添加和聲（或是散聲），以

---

[24] 魏慶之《詩人玉屑》卷二「詩體」下曰：「偷春體，其法頷聯雖不拘對偶，然破題已的對矣，謂之『偷春格』，言如梅花偷春色而先開也。」

強化詩的音樂性，喚起視聽的效果，並且溫習舊經驗，
以免與記憶脫節，產生前呼後應的迴盪功能。譬如：

　　（一）套語重現：即詩家所謂「頂真格」，即下句之
句首，重複出現上句句末的字詞。如劉雲〈婕妤怨〉：「君
恩不可見，妾豈如秋扇，秋扇尚有時，妾身永微賤」（卷
八〇一）。又如張窈窕〈成都即事〉：「昨日賣衣裳，今日
賣衣裳，衣裳渾賣盡，羞見嫁時箱」（卷八〇二）。

　　（二）嵌字穿插：詩中嵌字，穿插複現，除強調出
主題之外，也使得詩采傳神，詩趣增加。例如：張文姬
的〈溪口雲〉：「溶溶溪口雲，才向溪中吐，不復歸溪中，
還作溪中雨」（卷七九九）。陳玉蘭的〈寄夫〉：「夫戍邊
關妾在吳，西風吹妾妾憂夫」（卷七九九）是「夫」「妾」
交互穿插。又如任氏的〈書桐葉〉：「……搦管下庭除，
書成相思字，此字不書石，此字不書紙，書在桐葉上，
願逐秋風起，天下有心人，盡解相思死。天下負心人，
不識相思字，有心與負心，不知落何地。」（卷七九九）
「相思」一字反復曲折，加重渲染的力量。

　　（三）使用和聲：如郎大家宋氏〈朝雲引〉：「巴西
巫峽指巴東，朝雲觸石上朝空。巫山巫峽高何已，行雲
行雨一時起，一時起。三春暮。若言來，且就陽台路。」
（卷八〇一）又如吉中孚妻張氏的〈拜新月〉（卷七九
九），於詩中三次「拜月出堂前」，「拜月妝樓上」，「拜月
不勝情」之前都重出「拜新月」三字。這樣一來，音律
變得和諧有韻，隨著節奏轉換也標識出分明的段落。

　　綜觀婦女詩篇中所展示的詩格體式，字數的限制齊
一，使詩的本身已具有統一的節奏感。而平仄協韻，更

造就了詩的音樂性，又加上工整的對仗，便增強了詩的厚度，其中再以靈活的變化，詩篇便不致流於凝滯呆板。諸如這些詩語的鍛鍊要求，唐代婦女的吟詠，不但注意到這個層面，更由嘗試邁向發展，舉如上官昭容、薛濤、魚玄機、李冶等的詩作，都得到了可觀的成績。

第五節　所提供的寫作景觀

一、時空景觀

　　詩是一種時空交綜的藝術。不論是摹情或是說理；不論是詠物或是宴唱；每每與時空、實象映射融錯。所謂「時」是交流潛移的光陰，「空」是廣狹長短的距野。詩人在創作時並不為詩篇字句數目的規格所限，往往使用著時空交叉、經緯交錯的設計；場景並置、古今對照的安排，延伸出綿邈的情思、擴展出層疊的意趣，手段極為靈活俐落。是由詩作裡透露出的時空消息，往往可以察覺寫作世界裡的真實背景。而不同的寫作背景，不同的經驗刺激，縱然描寫的個體物象一致，卻出現不一樣的想望，呈現出不一樣的景觀。舉個例子來說：同樣歌詠邊疆征戰軍士的題材，久居深宮的作者是這樣的心情：「沙場征戍客。寒苦若為眠。戰袍經手作。知落阿誰邊。蓄意多添線。含情更著綿。今生已過也。結取後生緣。」（開元宮人的〈袍中詩〉卷七九七）

　　至於深閨中的佳人呢？則是不同的情緒：「風卷平沙日欲曛，狼煙遙認犬羊群，李陵一戰無歸日，望斷胡天哭塞雲。」（裴羽仙的〈哭夫〉卷八〇一）一個是宮中的寂寞，因為沒有伴侶而起；一個是閨中的寂寞，因為失去伴侶而起。前者由自己的無聊孤寂聯想到寄託對象的寒寂。想像馳騁的結果將宮室的空間擴至征戍的沙場，在縫製戰袍添線著綿的情意舒展之下，戰場似乎溫暖起

來，不復荒闊。末句將時間拉長：「今生已過也，結取後生緣」又充滿著希望無窮。實際上，「結一個今生緣」才是最終目的，後生則是無奈何的延長。這首詩中，時間跟著思維的空間延續下去，達到了自我酬慰的效果。

後一首的寂寞完全是由於依附的伴侶生死未卜，牽動著作者的驚悸、不滿與悲切。「風卷平沙」代表「空間」的一望無際，極度擴張，其中狼煙、曬日，景象驚怖。而「一戰無歸日」則不僅是時間的無限延長，而且暗寓著徹底的絕望，洩露著死亡陰影的懼怕。那麼，是誰望斷胡天？為何哭泣悲傷？當然是閨中的妻子在發抒如此不堪的苦痛。由於女性的詩作泰半抒情，所以時空地參差往往交纏著複雜的感情，頻數地出現在詩緯之中。

二、翻疊的景觀

翻疊的意義是在運用反筆，造成新識，並借由與前情或是常理的逆折，形成「反常合道」，而產生盎然的詩趣。[25]譬如卷八〇二襄陽妓的〈送武補闕〉：「無限煙花不留意，忍教芳草怨王孫。」就因為無限煙花，所以王孫態度恁情隨意。這句顯見作者在暗中埋怨。下句卻憑「忍教」二字翻了前情。三分矛盾中，見得七分情意，盈斥著愛恨交集，欲割難捨。又如蜀太妃徐氏的〈題天迴驛〉（卷九）：「翠驛紅亭近玉京。夢魂猶是在青城。比來出看江山景。卻被江山看出行。」

---

[25] 「翻疊」的詮釋參見黃永武先生《中國詩學設計篇》（臺北，巨流圖書公司）頁 130-136。

　　第一句陳述實景，第二句魂回前塵，形式上一往一復。下二句將「自我」與「江山」地位互換，主客翻疊，一正一反，曲折成趣。是屬於「我見青山多嫵媚，料青山見我應如是」式地推想，有對比、反襯的美。

三、動定的景觀

　　在多變的宇宙裡，滄海桑田，陰晴圓缺。靜中存動，動中猶靜。在詩人筆下映照詩語則往往半虛半實，忽靜忽動，以多變的姿態去襯托「不朽」的可貴。而在婦女的詩域裡，「真情」就是「不朽」。例如龍女的〈感懷詩〉（卷八六四）：「海門連洞庭。每去三千里。十載一歸來。辛苦瀟湘水。」首兩句「海門連洞庭，每去三千里」是靜態距離的描述。後二句「十載一歸來，辛苦瀟湘水」一方面是藉由歸人腳步的移動落止在歸來這個結局上；另一方面則是藉著水的流動穿梭出時間的飛逝，點出寂苦的十年。於是詩音中的動定靜變，正訴說著人類情感的變與不變與真正的不朽。又如魚玄機的〈寄國香〉（卷八〇四）：「……山捲珠簾看。愁隨芳草新……」山、珠簾、愁、芳草是成形固定的名詞。而「捲」、「看」、「隨」、「新」則是「動狀詞」，動定之中，更兼隨著作者以生動的詞性，倒裝的技巧，開發了嶄新的詩境。所謂「捲珠簾看山，隨芳草新愁」，本來是人捲珠簾，簾外見山而芳草青青，殘愁更新。卻不料山色竟然挽起了珠簾，愁情染新了碧草如茵。正如李季蘭詠〈柳〉：「東風又染一年綠」俱見無理而妙。

四、形似的景觀

　　《文心雕龍、物色篇》中對形似的文學質構曾詳加析述：「自近代以來，文貴形似，窺情風景之上，鑽貌草木之中，吟詠所發，志惟深遠，體物為妙，功在密附。故巧言切狀，如印之印泥，不加雕削。而曲寫毫芥，故能瞻言而見貌，印字而知時也。」由此可知形似的景觀有四個要素：詠志，體物，描形，神似。廖蔚卿則從「體物」、「感物詠志」、「寫物」進行「形似」的追求。[26]事實上，「形似」就藝術之類性而言，頗近繪畫一科，而「繪畫側重模仿自然之形式，文學側重表現精神」[27]，各有專職所司，故而，詩言宣物，「登山則情滿於山，觀海則意溢於海」，於形似的營造中，樹立神韻的變化。檢索閨閣的詩篇中除了情意殷勤，並多致力於細膩的描述。舉如：李季蘭的〈薔薇花〉（卷八〇五）：「翠融紅綻渾無力。斜倚欄幹似詫人。深處最宜香惹蝶。摘時兼死焰燒春。當空巧結玲瓏帳。著地能鋪錦繡裀。最好淩晨和露看。碧紗窗外一枝新。」又如「柳」（卷八〇五）：「最愛纖纖曲水濱。夕陽移影過青蘋。東風又染一年綠。楚客更傷千里春。低葉已藏依岸櫂。高枝應閉上樓人。舞腰漸重腰光老。散作飛綿惹翠裀。」

　　又如薛洪度的〈秋泉〉（卷八〇三）：「冷色初澄一帶煙。幽聲遙瀉十絲弦。長來枕上牽情思。不使愁人半夜

---

[26] 參見廖蔚卿〈從文學現象與文學思想的關係談六朝巧構形似之言的詩〉一文，載《中國古典文學論叢》（臺北：聯經出版公司）第一冊。

[27] 見何懷碩《苦澀的美感》（臺北：大地出版社）頁93。

眠。」上官昭容的〈遊長寧公主流杯池〉（卷五）:「放曠出煙雲,蕭條自不群,漱洗清意府,隱幾避囂氛,石畫妝苔色,風梭織水文,山室何為貴,唯餘蘭桂熏。」花蕊夫人的〈宮詞〉（卷七九八）:「錦麟躍水出浮萍,荇草牽風翠帶橫,恰似金梭攔碧沼,好題幽恨寫閨情。」這些巧構形似的詩例,不但描「形」體「物」,更詠「志」傳「神」;色彩繁縟,設詞妍蒨,無物不可寫,無情不可寄,是屬於「詩中有畫」的寫作景觀。

除了以上析論的四種寫作景觀,《全唐詩》婦女詩篇裡,別有剛柔互見的美:如黃崇嘏「挺志鏗然白璧姿」的剛毅;如晁采「花箋製葉寄郎邊」的溫柔;灑脫的美:如薛濤的「老大不能收拾得,與君開似教男兒」;含蓄的美:如金車美人的「惆悵佳期一夢中」,「相思無路莫相思」。還有濃鬱的深情:韋璜的「早知離別切人心,悔作從來恩愛深」;甚至靈異詭音,都格外有一層朦朧的美:如洛下女郎（花精）的「絳衣披拂露盈盈,淡染胭脂一身輕」;以及淒涼的哀愁:如燈精的「向壁殘花碎,侵階墜葉紅」,「誰是相顧人,褰帷弔孤影」。是以,景觀千變萬化,還必得融情入景,否則,山水依舊是山水,人相依舊是人相,不能心凝形釋,萬化依然陌生,詩思依然空洞。

第六節 所呈現的書寫風貌

一、抒情的主題

展開在婦女的筆下是一個多情的世界，她們筆觸纖細，色調柔美，在感性優雅的詩句中，流露著女性特有的溫婉，明媚，嫻雅，熱烈與浪漫。整理《全唐詩》的婦女詩作，我們可以發現發寄景抒情是女子詩詠頻數出現的、不可缺少的主題。

有的是自景物進入，調解情懷，復由景物遁出。譬如張琰的〈春詞〉（卷七九九）：「垂柳鳴黃鸝。關關若求友。春情不可耐。愁殺閨中婦。日暮登高樓。誰憐小垂手。」有的是從形體上的瘦損著詞而帶情恨。譬如崔鶯鶯的〈寄詩〉（卷八○○）：「自從銷瘦減容光。萬轉千迴懶下床。不為傍人羞不起。為郎憔悴卻羞郎。」有的在首句即開宗明義，以情破題。譬如武昌妓與韋蟾的〈詩對〉（卷八○二）：「悲莫悲兮生別離，登山臨水送將歸。……」有的是末句結情，意深無盡。譬如薛洪度詠〈牡丹〉（卷八○三）末四句：「……傳情每向馨香得。不語還應彼此知。只欲欄邊安枕席。夜深閒共說相思。」有的是情思纏繞，景情交融，以情密繫，又以情輕解。例如任氏的〈書桐葉〉：「拭翠斂蛾眉。鬱鬱心中事。搦管下庭除。書成相思字。此字不書石。此字不書紙。書在桐葉上。願逐秋風起。天下有心人。盡解相思死。天下負心人。不解相思字。有心與負心。不知落何地。」（卷七九九）

　　也有欲語還休的情意；譬如張窈窕的〈春思〉（卷八
〇二）：「門前梅柳爛春輝，閒妾深閨繡舞衣，雙燕不知
腸欲斷，銜泥故故傍人飛。」中無一字著「情」，卻盡是
吞吐不盡的想念。另外表現著熱烈真摯情懷的；舉如晁
采的〈子夜歌〉：「儂既剪雲鬟。郎亦分絲髮。覓向無人
處。縮作同心結。」又如〈雨中憶夫〉：「春風送雨過窗
東，忽憶良人在客中，安得妾身今似雨，也隨風去與郎
同。」（以上二首見卷八〇〇）無論是思及共處的光陰或
是相隔不見的憶念，詩歌中都以明麗輕快的旋律流露出
濃郁的愛戀。

　　當然有剪不斷，理還亂的情愁。這類的詩句哀怨纏
綿，是婦女詩篇中的大宗。方送別郎君，是「踏翠江邊
送畫舟，只憂紅日向西流」（卷八〇〇晁采）。當思念良
人，是「綺陌香飄柳如線，十載相思不相見。」（卷七九
九程長文）。若久別重逢，是「昔別容如玉，今來鬢若絲，
淚痕應共見。腸斷阿誰知？」（卷七九九薛媛）。而值生
離死別，則是「從此不歸成萬古，空留賤妾怨黃昏」（卷
八〇一裴羽仙）。這類的作品，完全是個人的遭遇，親身
的感受，毋須雕鑿潤飾，豐沛的感情自然漫溢，每一首
都是感人的詩音。

　　此外，大膽的調情之作；例如薛濤的「澹地鮮風將
綺思，飄花散蕊媚青天。」（卷八〇三）又如史鳳的「與
郎酣夢渾忘曉，雞亦留連不肯啼。」（卷八〇二）都是旖
旎人語，浪漫人情。他如高秀的幽情之詠；舉如黃崇嘏
的「偶辭幽隱在臨邛，行止堅貞比澗松」以及「立身卓
爾青松操，挺志鏗然白璧姿」、「一辭拾翠碧江湄，貧守

蓬茅但賦詩」（卷七九九），無不超然高風、幽情見志。陸士衡〈文賦〉中曾經提及：「詩緣情而綺靡。」所謂「情」之一字，千變萬化，喜怒哀樂，盡入詩詠，儘管婦女們有詠物、宴遊、應制、贈答、託意等不同的詩題，但始終無法完全離開情感這一因素。而在唐朝這個時代，「詩」是一種普遍流行的表達方式，隨口成吟，觸處成章；復以婦女們處在傳統農業社會中，情感生活往往成為生命的重心，每當獲得溫暖關愛，或是遭到挫折與陷入絕望的時候，便無法抑制激漲的情緒，遂由吟詠唱誦中渲瀉抒暢，如珠落玉盤，如皓月生輝，穿織出唐代女性文學的一片錦繡。

二、真誠的實錄

婦女們的詩詠，是情意的翱翔，是心靈的姿泳，其中並無奇文鉅製的鬼斧神工，亦少見畫卷橫福的淋漓盡致。純然是靜謐而赤裸地陳現，實在而真誠地表達，也許是血淚的交織；也許是歡愉的奉獻；也許是蓬蓬愛的飛揚；也許是溶溶夢的羅佈。而歸納綜合自宮廷的詩筆到靈異境中的幻語，可見寫實的路線自成風格。

（一）宮廷生活的剪影

宮廷生活中的詩詠篇章主要是應制詩與遊園詩。唐朝歷史中，目空一切的武后曾經主宰一度（見第二章第一節和第二節）；而宮闈裡的詩蹤舞影，花蕊夫人拜為個中聖手（見第二章第六節）；此外，不可忽略的是宮人也

曾經費心尋覓──「無果花」式？「無花果」式？抑是無花無果的愛情。（見第二章第五節）於是，無論宮中女子地位的高低起落，這些詩作分別都描繪著、記錄著生命中的輝煌、歡笑、悽楚與煎熬。

（二）民間婦女的寫真

她們曾發生許多美麗的愛情故事，當然不總是團圓（見第三章第二節）；她們也出現了許多不幸的婚姻悲劇：為什麼紅顏總在無盡的等待、思念中老去？這是最明白的報導文學，詩意中存在有強暴的個案、棄置的無望、無理的對待、不盡令人滿意的統治弊端（如強制徵兵、苛索徭役等），以及難以令人信服的風俗德限 （見第三章第八節、第九節和第七章第二節）。

（三）相對開放自由的生活報導

唐朝婦女的行為、生活相當程度地較為自由開放的有二類：第一種是風月中人。她們較不受既有的德範箝制，行為自由的尺度似乎較大，其實身心蒙受的痛苦與壓抑並未稍減，甚或更加難為人道。她們的詩品往往在表面的浮華歡靡的背後，隱藏著對平淡、平凡、平靜的企求。徐月英這首〈敘懷〉：「為失三從泣淚頻。此身何用處人倫。雖然日逐笙歌樂。長羨荊釵與布裙」（卷八〇二）正是最深刻的心聲。第二種則屬於方外中人，唐朝的尼冠有的任性自由，有的自處嚴謹，由於別有宗教懷抱與信仰主張，倫常的約束力有時而盡，故而或是風流不拘，無視小節，對放誕的生活，亦不加掩飾，直以赤

裸的表現，如魚玄機「易求無價寶，難得有心郎」又如李冶「相思無曉夕，相望經年月」。或是超然道海，篤定自持，端賴各人的修為；這類的詩章顯示的是放邁疏落的生活寫照。譬如女冠元淳如是說：「……上苑雨中樹。終南霽後峰。……喜見休明代。霓裳躡道蹤。」而女尼海印則如是想：「舉棹雲先到。移舟月逐行。旋吟詩句罷。猶見遠山橫」，詩中完全是一片天真自然。

三、象徵的技巧

劉勰在《文心雕龍‧物色》中有言：「物有恒姿，而思無定檢，或率爾造極，或精思愈疏。」象徵的技巧是在模擬自然心態，同時把想象注入外界的事物。也就是將創作生命的本體與外界的現象和事物相結合，在主觀的觀照下，逼真於客觀的造象。通常經過對文字符碼的選擇剪裁以及語法修辭的營造運用，能狀難寫之景，如在目前；寄難描之情，如與心合；於是一片自然的風景就是一種思境，一個物象的假託便見一層深意。象徵借喻的技巧使得短篇簡句亦能辭貌生動，氣韻新靈，達到指事造形、窮情寫物的功能。歸納唐朝婦女的詩作裡，經常使用得藝術象徵有源溯於大自然的體象的；舉如「楊柳」的象徵：《全唐詩》卷八〇〇柳氏的隱喻自擬「楊柳枝，芳菲節，可恨年年贈離別，一葉隨風忽報秋，縱使君來豈堪折？」以及卷八〇三薛濤的嘲弄自況：「二月楊花輕復微，春風搖蕩惹人衣，他家本是無情物，一任南飛又北飛。」因而楊柳離別，芳菲節，既是有情的象徵；

然而楊花，搖蕩，無情物，又成無情的象徵。長久以來，楊柳牽纏著離別、離別深繫於楊柳。涵帶著人們分離的悲愁（參見第三章第三節），展轉至唐，婦女詩作中更翻疊出雙重的意象情致，刻劃出一道人類始終無法掙脫的愁城。

　　也有借用於固體的意象的；例如「長門」與「團扇」。前者是「冷落寥寂」的「空」的象徵，後者則是「情愛見捐」的「棄」的暗示。（參見第二章第二節）詩人將抽象的經驗與意象融合，將感情的變化與理性的執著聯結，其不僅是個人情性的流露，更意圖表現一種心境，一個世界觀，如此，遂擴大了詩的境界。

四、比擬的語式

　　比擬是一種借代，作為書寫的橋梁，經由活躍的聯想，使兩個本來沒有明顯關聯的事物連接起來，以加強詩的結構，使文學的表現更明朗、更緊湊、更容易被感覺、被接受、甚至被影響。舉如：

　　「離人無語月無聲，明月有光人有情，別後相思人似月，雲間水上到層城。」（李季蘭〈明月夜留別〉卷八〇五）還有李冶的〈相思怨〉（卷八〇五）：「人道海水深，不抵相思半，海水尚有涯，相思渺無畔。……」

　　薛濤的〈春望〉（卷八〇三）：「花開不同賞，花落不同悲，欲問相思處，花開花落時。」這些都是「相思」的比擬，以「月」、「花」、「流水」作為喻依，主要在形容「相思」這個喻體。第一首採用直接的比擬，將「月」

與「人」之間以「似」字接附，將人無語、月無聲；人有情、月有光的類似點牽連起來。第二首則將「相思」與「海水」二者作並置的聯想，以達成「類推」或「對照」的功能。第三首則是一種轉移的手法。使「相思」這個主題在花的比擬掩映下，以暗喻的方式，令人回味無窮。

總之，婦女的作品裡呈現的文學風貌是盎然豐盛的：纖薄細佻、飛揚明麗、瀟灑從容、孤高挺傲、天真自在；這些不拘身份，不問年齡地女性真誠盡性地表達，並在抒情、象徵、寫實、比擬的因數中協同創新，正如四季輪換的面目，每一種風情都令人目不暇給，震動心容。

五、女性的書寫態度

唐代以詩歌睥睨當代，在詩學史上領袖群倫。無論是詩體的突破翻製，詩材的選樣擴充，形構技巧的打造多元，媒介傳播的流動不拘，……都呈現不甘於平庸的進取企圖與高漲的樂觀熱情。在這樣的詩風籠罩下，無論男性詩作或女性詩作都精采地反映了人性與世情。

然而，傳統對於作為文人自我生命之呈現與完成的書寫活動確有道德標準、價值評斷、與性別地位的差異。女子弄文由可罪可議到可異可嘉的路途行來並不平坦。由唐代婦女詩作觀之，書寫活動仍在一個綜合傳統價值與個人意志的場域中進行。所謂主流的傳統價值是鎖定在「詩教」功能的注重，仍然是主導創作行為的基本原

則。[28]一些后妃昭容、官眷命婦的應制以及和題之作，多以壯盛昂揚之調一譜歡情榮景。主要的原因應是以官宦閨秀為主的創作群多為知識程度較高的婦女，故其詩作表現工整刻板，內容多為獎倡婦德、不偏離風教之旨。惟其中亦見公主離鄉遠嫁之痛，宮女深宮寂寞之悽，或諧或諷，面貌乃自不同。而花蕊夫人的作品由歡靡之調到亡國哀音，更展現著另類的傾國傾城之姿。

　　而個人意志的發揚，雖或仍受限於道德詩教、倫理位置、家庭組合、男女關係、感情對待……等問題因素的激盪影響，但這部分的女性書寫活動正是通過創作陳述作為藉以省視女性自我的內心，傾訴女體自身的經驗的唯一窗口。其中以名妓或女冠的作品稱盛一時；尤其以薛濤、魚玄機、李季蘭的作品秀出，其中魚玄機的〈留別廣陵故人〉「無才多病分龍鍾，不料虛名達九重。」及薛濤的〈寄舊詩與微之〉「詩篇調態人皆有，細膩風光我獨知」皆見女性書寫少有的自信。但也有為數不少的屬於不成熟的知識程度群，兼之以業餘的姿態，從事寡量創作。這些民女凡婦的書寫題材往往落於現實生活的瑣碎叨絮；其書寫幅度為短歌小篇，而非長章累牘；其書寫背景為困頓環境，多有冤抑不平；其書寫行為既不為傳統所鼓勵，其成品流傳市場也受到男性詩作的擠壓。

---

[28] 這樣的基本態度一直到後世編輯婦女詩歌都是如此，如惲珠《閨秀正始集》中言：「昔孔子刪詩，不廢閨房之作。……（餘）不揣固陋，自加審定，凡義不合於雅教者，雖美弗錄。……是集名正始，體裁不一，性情各正，……庶無慚女史之箴，有合風人之旨爾。」（收於胡文楷《歷代婦女著作考》卷十六，頁631）

但值得注意的是言為心聲，女性得以藉重述、虛擬自我的現實與理想，除了達成思索反省的意義，亦出現著補償與救贖的功能。由此遂迂迴出一塊未必完全獨立，但正自積極努力追求自由的女性書寫空間。

　　由唐代女性詩歌的觀察，我們進一步可以歸納得到：身陷於感情糾葛的女性，其詩中字語珠璣是充滿著對過去曾有的戀惜，對現在空缺的難堪、不滿，以及對不確定未來的無限期待。即便是過去是空白一片，抑或是追心的痛苦剛自解脫，婦女們仍然抱持期望，筆酣墨飽的等待落筆。這樣的主題是女子普遍面臨的情境，婉曲而充滿矛盾；自然而然地佔據詩篇，成為書寫的主題。蔡瑜在〈從對話功能論唐代女性詩作的書寫特質〉[29]一文中以對話功能切入唐代女性詩作，以為唐代女性詩人多採用問話或預設傾訴對象的話語姿態發聲。舉如官夫人裴柔之、王韞秀，民間女子晁采、李弄玉、魏氏、杜羔妻，風月女子徐月英、張窈窕，天寶宮人、德宗宮女都有這樣的怨音傷詠。然而由於傾聽對象大抵出於女子的臆想假設，往往在現實世界中缺席，因之如此單向強烈情感的發抒，倍見女性長久以來壓抑的焦慮與緊張。至於女性詩作的閱讀傳播：或為獨白式的陳詞；或為小眾傳播：作為音書傳寄的問候呼喚，或控訴陳情挑戰刑訟；或為大眾傳播：題寫於公共場所以書不平，以博同情，甚或引以為鑑，當然也有調笑謔情的遊戲文字；這些都

---

[29] 蔡文見淡江大學中文系主編「國際學術研討會論文集」《中國女性書寫》（臺北，學生書局）頁 81-125。

使得唐代婦女詩歌的製作與傳輸情境不復單向封閉，在
在都指向了活潑喧嘩。[30]

---

[30] 「五、女性書寫態度」論點討論分別參見胡曉真〈女作家與傳世慾望──
清代女性彈詞小說的自傳性問題〉《語文、情性、義理──中國文學的多
層面探討國際學術會議論文集》一九九六年四月。劉詠聰〈「女子弄文
誠可罪」──古代女性對於文藝創作的罪咎心理〉《女性與歷史──中國傳
統觀念新探》（香港教育圖書公司，1993）頁 105-112。許麗芳〈「女子
弄文誠可罪」──試析女性書寫意識中之自覺與矛盾〉淡江大學中文系主
編「國際學術研討會論文集」《中國女性書寫》頁 219-239。

第八章　結論

　　詩學是唐代藝術文化的結晶，基於文體本身的演進，帝王政治的提倡，社會經濟的擴張，宗教哲學的發展，異族文化的融合，藝術風潮的衝激，以及聲舞器樂的傳播；造就出不少卓越的詩家，出現了許多優異的詩品，自帝王權貴以至販夫走卒，皆能創賞詩歌，而其題材的廣泛，數量的繁多，意象的豐富，技巧的圓熟，境界的高超，無論在古詩，樂府，絕句，律詩各種體裁都有驚人的表現，其成就非凡，實是我國詩歌發展史上最輝煌的時期，為他代所不能企及。

　　在這個壯闊的詩流裡，不僅是男性獨當一面的吟詠創作，女性的詩人也參與了歌頌的行列，根據《全唐詩》的資料統計，包括有宮廷婦女十三人，詩百餘首。閨閣婦女七十七人，詩一百五十餘首。女冠三人，詩六十餘首。女尼一人，詩一首。青樓妓女二十一人，詩百廿餘首。以及仙、神、鬼、怪等的詠記七十七首。但是這個結果並不表示當時的女詩人及其歌詠僅止於此；事實上，有許多婦女或幽居深宮，或閉塞鄉野，其生活範圍狹窄，角色地位低落，縱有詩作，也不易為人所知，作品自多不傳。有的則認為「舞文弄墨」不是婦人本分，徒自創作又親手銷燬（如孟昌期妻孫氏的自焚其集），詩料便無從追索。有部分女冠詩人的詩篇，因為過度暴露淫誕的生活面，為善良風俗所拒，兼以其寫作技巧卑劣，內容風格粗俗，又為鑑賞層次所棄。而一些娼妓之諧謔

調笑的打油詩句，也僅能充作遊冶的談笑材料。諸如此類茶餘飯後的雜談笑柄，既非擲地鏗鏘，可以藏諸名山；又不關「溫柔敦厚，詩思無邪」，無法潛詠長誦，自然容易為人所淡忘。這是「搜求不易」的困難。此外，「保管不佳」也造成作品的佚落。一方面由於社會上男尊女卑的觀念影響，一方面限於女性作者自身的才情涵養，女性的詩歌成就自然無法與同時代的男性歌詠相比，所以未曾受到重視。因此現存的詩作裡，作者或名氏失傳，或里籍不詳，或年代無考的情形時見。其中的文字有因年代久遠而脫落，有因傳鈔註寫而訛誤，有以屢次疏察而錯置，有以臆測相近而更動。甚至雜入了偽託竄改的詩筆，男性作品的假冒，多已無法明辨，故而備存一說，並示闕疑。

今觀現有的可靠資料顯示，唐代婦女的詩歌內涵，雖以抒情為主，卻與女性所處的時代背景與生活層面發生極密切的關係，溯自初唐，政治昇平，四海安樂，生活在宮廷中的女性，隨手拈出得是歌功頌德的應制歌與賞心悅目的遊園詩，藉以博取帝王的歡心。這類作品由於創作者直接被帝王權威所籠罩，習慣於豪華富麗的場面已久，所以文字上浮飾堆砌，矯柔做作，較缺乏真摯的情感，其中武后與上官昭容的作品規矩合律，氣象堂皇，能靈活運用詞藻而不為所沒，故有可觀。其餘則華而不實，流於浮泛。直到安史之亂發生，戰火自此延綿，加上宦官、藩鎮，使得朝廷腹背受敵。重重的內憂外患把吟作酬唱、富麗華美的宮廷詩景破壞無餘。這個時候，我們可以發現二點：一是宮廷的婦女由外而內，抒發個

體苦痛的詩作大都集中在中唐以前出現；二是戰亂之中特別容易醞釀孤寂絕望的感覺。而宮人們的「縫衣詩」、「紅葉詩」這類宮怨，無疑是個人痛苦的自白，筆觸真實，哀怨動人，這是最有價值處。其後，年序直下晚唐五代，花蕊夫人的宮詞橫掃當時女性詩壇，由於國勢已屆強弩之末，社會浮靡，享樂泛濫，花蕊夫人以女性纖敏的眼光，柔雅的心思，置身其中不能無感，在她婉約可愛的詩作裡，還可洞察五代宮廷的靡亂，實已種下覆亡的種子。

　　談到數量最大的創作力要推來自民間婦女，自名門閨秀到荊釵布裙，遍佈於工、農、商、仕等階層。因此，她們的詩音也最能反映社會的真象。例如對戰爭、勞役的不滿，社會對待、民俗陋規的不平，以及戎事頻亂、農村經濟崩潰等嚴重的社會問題的披露，男子離家赴邊域遠征，或往外埠求生，一去不返，造成田園荒蕪，家庭破碎，都借由「閨怨」作反襯陳述，充滿著一片哀思。此外，她們對擬、寫景、詠史，邊塞，樂遊的題材也有涉及，並且多取材於日常生活中人們所熟悉的景物，便覺親切、通俗。唯其所處的生活環境不同，所以在表達修飾的能力上參差不齊，一般說來，與受教育程度成正比。普通婦女為環境所限（舉如俗禮的曲囿、經濟條件的缺乏），學習機會欠缺，即便是文情滿懷，也難以流暢成章。自然較物質生活優越，接受詩禮教育的女子難以表現其文藝才華。可是，這個生活層次的婦女卻比衣食無憂中的婦女感受深刻，往往在平實的結構中流寓著真情，出現清新的詩色，如：葛鵶兒的〈懷良人〉、裴羽仙

的〈寄夫征衣〉、劉雲的〈有所思〉、以及吉中孚妻張氏的〈拜新月〉都是個中佳作。反觀生活富裕的作者，未曾遭遇物質匱乏的苦痛，缺少實際生活的體驗，是以強解愁情，無病呻吟的擬作，文學價值反而不高。是而不論時代如何轉變，婦女們總是在無涯無盡的忍受之後，一吐無可奈何的心聲。其中程長文的〈獄中書情上使君〉一首詩，是遭暴蒙冤的特殊個案，也是唐代婦女詩歌中惟一的敘事詩。全詩七字一句，凡二百一十字。篇幅號稱最長。雖然這些悲喜情緒的發洩，工作娛樂的消遣，寫作技巧雖並不特出，但寫作態度逼真，可信度大。加上每首詩多有本事相佐如：程長文的下獄事、雪冤詩；侯氏的繡龜形詩，是上書請願的另一形式；李節度姬的借詩傳情，共訂鴛盟；慎氏的吟詩感夫，消弭了婚姻的危機；王韞秀作詩諫夫；林氏題詩教子；柳氏贈詩明志；都別藏曲折的故事，不但增加了詩歌的趣味性、感人性，更由此推廣了作品的流傳。

至於女冠與娼妓的吟詠，最是宛轉關情。因為她們的社會身分十分特殊，有些女冠行為放浪，跡近「半娼」。她們往往超然於禮教的壓迫與風俗的束縛，其思想方式與精神狀態常在自由、活潑、感性、解放的任真浪漫裡流動，復接受與文人學士應接唱和的影響，間接地豐富了她們的文學素養，靈活了她們寫作的技巧，造成婦女詩歌「質」的提升。中、晚唐時期，動亂初定，粉飾平安的局面，紙醉金迷的要求，娼妓和女冠基於謀生的理由，以及開放自由、自我解放的追求等等因素，人數直線上升，詩作的「量」乃相對增加。當時作品秀逸深婉，

受到社會矚目的有薛濤、李季蘭、魚玄機三人。所標佳句若李冶的「遠水浮仙棹，寒星伴使車」，魚玄機的「蕙蘭銷歇歸春圃，楊柳東西絆客舟」，薛洪度的「羞將筵上曲，唱與隴頭兒」，比諸男子亦毫不遜色。而且，她們以名士詩句入歌，兼用胡夷里巷之曲，不但在生活、技藝的展現，結合起音樂，帶動分明的節奏，有助於詩歌的流行，便使得詩歌由專家的藝術品，經由酬贈應和的途徑，深入民間，面向大眾，成為普遍的情意傳播的媒介。此外，值得注意的是唐代娼妓重視詼諧言談，造意用語出現以嬉笑無謂的態度，諧謔的口吻。譬如李冶與劉長卿的隱射調侃；薛濤的〈十離詩〉首首翻案，喻意設諷；還有楊萊兒〈答小子弟詩〉；王蘇蘇〈和李標詩〉都見「話」外別傳，成為後世調笑文學之所本。

　　最後一部分介紹得是怪異類的詩歌，由於作者身分不明，情事虛擬，無法嚴謹探析。而且為遷就本身內容的神奇玄妙，內容力求與情節相合，詩歌便成附屬，實無甚修飾技巧可言。但是由這些作品，我們可以推想當時的人民心理傾向與迷信程度：舉如人鬼冥婚的習俗，透露了人類的補償心理；輪迴因果的驗報，帶來警戒的作用；還有神人修行的想望，也將凡夫俗婦自迷茫的人世牽引到神仙的樂土，獲得了短暫的解脫。

　　總之，人類天賦的情感，因性別而異，乾陽坤陰，順天合道。由於女子的情感本較男子敏銳細膩，所以，婦女文學多傾向於溫婉秀麗的氣韻以及濃鬱纏綿的情味，少有豪健曠放的風格，參差歷落的風致。兩兩相較，自互見陰柔與陽剛不同的美。然而一般有關唐詩的研

究，多以男性詩人詠作歌為致力的重點。事實上，女詩人的作品流傳至今，雖不及男詩人的二十分之一，但在當時侷促的教育背景，閉塞的禮教觀念，被輕視忽略的身分地位等失調的環境裡，閨中的詩聲始終不輟，婦女們努力創作、銜接、推宕唐詩壯麗奔逸的波瀾，在詩歌的演進過程中，自有一份不能抹煞的貢獻，同時也在女性文學的領域裡傳薪助火，開拓新境，綻放異彩，尤屬珍貴。

附錄一：唐代婦女作家一覽表（表一）

姓名	宜芬公主	江妃（江采蘋）	楊貴妃	上官昭容（上官婉兒）	徐賢妃	則天皇后（武氏）	文德皇后（長孫氏）
籍里	陝州	莆田	蒲州、永樂	陝州	湖州、長城	并州、文水	河南、洛陽
全唐詩	卷七　六七頁	卷五　六四頁	卷五　六四頁　卷八九九　一〇一六四頁	卷五　六〇頁	卷五　五九頁	卷五　五一頁　卷一三一　一二五頁	卷五　五一頁
全唐詩稿本	七一冊　三三頁	七一冊　三〇頁	七一冊　三一頁	七一冊　一一頁	七一冊　一二頁		七一冊　九頁
唐詩紀事				卷三　三一頁	卷三　三〇頁	卷三　二九頁	
百種詩話類編				上集　八頁	中集　六六七頁	上集　五三六頁	
備註	和番奚國豆盧氏女	唐玄宗妃	唐玄宗貴妃	上官儀之孫　太宗才人	太宗才人	高宗后　中宗（皇太后）	太宗后

姓名	籍里	全唐詩	全唐詩稿本	唐詩紀事	百種詩話類編	備註
李玉簫		卷七九七　八九六九頁				蜀王衍宮人
李舜弦	梓州	卷七九七　八九六八頁				蜀王衍之昭儀
武后宮人 開元宮人 天寶宮人 德宗宮人 宣宗宮人 僖宗宮人						
太妃徐氏 蜀太后徐氏	成都	卷九　八一頁　八二頁	七一冊　一九一頁			徐耕之二女，蜀王建納之
蕭妃		卷九　六九頁	七一冊　一九○頁			武陵郡王妃　唐詩別裁（二）七古　一二三頁
鮑君徽		卷七　六八頁	七一冊　三九頁	卷七八　一一六○頁		
尚宮五宋：宋若莘（華）若昭 若倫 若憲 若荀	汾州	卷七　六八頁	七一冊　三八頁	卷七八　一一六○頁		宋之問裔孫

姓　名	金真德	花蕊夫人	楊容華	魏　氏	喬　氏	七歲女子	林　氏	趙　氏	郭紹蘭
籍　里	新羅		華陰		馮翊	南海	濟南		長安
全　唐　詩	卷七九七　八九六九頁	卷八九九　一〇一六六頁 卷七九八　八九七一頁	卷七九九　八九八二頁	卷七九九　八九八二頁	卷七九九　八九八三頁	卷七九九　八九八三頁	卷七九九　八九八三頁	卷七九九　八九八四頁	卷七九九　八九八四頁
全唐詩稿本		七一冊　一九七頁	七一冊　五一頁	七一冊　五二頁		七一冊　五四頁	七一冊　五七頁	七一冊　一七五頁	七一冊　五九頁
唐詩紀事			卷七八　一一五一頁			卷七八　一一五五頁	卷七八　一一五二頁		
百種詩話類編		上集　五三八頁				（無名作者類）一二六二頁			
備　註	新羅王金真平女	後蜀孟昶之妃				一〇八頁　唐詩別裁（四）五絕			

姓名	王韞秀	王氏	張夫人	王氏	裴淑	趙氏	張氏	薛縕	楊德麟	崔氏	陳玉蘭
籍里		太原	山陽、楚州	太原		洹水	袁州				
全唐詩	卷七九九　八九八五頁	卷七九九　八九八七頁	卷七九九　八九八五頁	卷七九九　八九八七頁	卷七九九　八九八七頁	卷七九九　八九八八頁	卷七九九　八九八八頁	卷七九九　八九八九頁	卷七九九　八九九〇頁	卷七九九　八九九〇頁	卷七九九　八九九〇頁
全唐詩稿本	七一冊　七四頁		七一冊　七一頁		七一冊　一一一頁	七一冊　六五頁	七一冊　一六四頁	七一冊　一五九頁		七一冊　六一頁	
唐詩紀事					卷七八　一一五五頁	卷七八　一一五三頁	卷七九　一一六四頁	卷七九　一一六三頁		卷七八　一一五二頁	
百種詩話類編	上集　九〇頁					（元稹欄）上集　一一四頁	中集　九〇頁			中集　七七頁	
備註	唐詩別裁（四）七絕、五絕　一四六、一〇八頁		唐詩別裁（二）七古　一二三頁			元稹繼室					唐詩別裁（四）七絕　一四六頁

姓名	籍里	全唐詩	全唐詩稿本	唐詩紀事	百種詩話類編	備註
程長文	鄱陽	卷七九九 八九九七頁	七一冊 一一六頁	卷七九 一一六四頁		
張文姬		卷七九九 八九九六頁	七一冊 一三七頁	卷七九 一一六二頁		唐詩別裁（四）五絕 一○八、一○九頁
周仲美		卷七九九 八九九六頁				
蔣氏		卷七九九 八九九五頁				
黃崇嘏	臨邛	卷七九九 八九九五頁				
任氏		卷七九九 八九九四頁	七一冊 一四四頁			
寶梁賓	夷門	卷七九九 八九九四頁				
王霞卿	藍田	卷七九九 八九九三頁				
薛瑤	東明國	卷七九九 八九九三頁	七一冊 六二頁			
張立本女		卷七九九 八九九二頁				
孫氏		卷七九九 八九九二頁				
侯氏		卷七九九 八九九二頁	七一冊 一四三頁	卷七八 一一五五頁	中集 六○二頁	
慎氏		卷七九九 八九九二頁	七一冊 六四頁	卷七八 一一五三頁		
薛瑗	濠梁	卷七九九 八九九一頁	七一冊 七○頁	卷七八 一一五三頁	下集 一一二○頁	九○頁 唐詩別裁（三）七律

姓名	柳氏	程洛賓	紅綃妓	晁采	崔鶯鶯	步非煙	崔紫雲	姚月華	孟氏	趙氏	李節度姬	崔素娥
籍里	昌黎	長水							本壽春妓	南海		
全唐詩	卷八九九（重複）卷八○○ 八九九八頁	卷八○○ 八九九八頁	卷八○○ 八九九八頁	卷八○○ 八九九九頁	卷八○○ 九○○一頁	卷八○○ 九○○二頁	卷八○○ 九○○三頁	卷八○○ 九○○三頁	卷八○○ 九○○四頁	卷八○○ 九○○五頁	卷八○○ 九○○五頁	卷八○○ 九○○六頁
全唐詩稿本			七一冊 一七九頁		七一冊 一一七頁	七一冊 一四○頁	七一冊 一八五頁	七一冊 一八六頁				
唐詩紀事					卷七九 一一六六頁	卷七九 一一六六頁						
百種詩話類編		下集 一○四八頁			中集 七七六頁							
備註			奴》 見《唐人小說‧崑崙 二六七頁		鶯鶯傳》事入《唐人小說‧鶯 一三五頁	飛煙》事入《唐人小說‧步 二九二頁						

姓名	劉瑗	裴羽先	張琰	崔公遠	崔仲容	崔萱	劉雲	梁瓊	郎大家宋氏	（一作嚴）「韓」續姬	鮑家四弦
籍里											
全唐詩	卷八〇一　九〇一三頁	卷八〇一　九〇一三頁	卷八〇一　九〇一二頁	卷八〇一　九〇一二頁	卷八〇一　九〇一一頁	卷八〇一　九〇一〇頁	卷八〇一　九〇一〇頁	卷八〇一　九〇〇九頁	卷八〇一　九〇〇八頁	卷八〇〇　九〇〇七頁	卷八〇〇　九〇〇六頁
全唐詩稿本	七一冊　一六·頁		七一冊　一三六頁	七一冊　一三五頁	七一冊　一三三頁		七一冊　一五五頁	七一冊　一四五頁	七一冊　一四四頁		七一冊　一八二頁
唐詩紀事	卷七九　一一六四頁		卷七八　一一六〇頁	卷七八　一一六〇頁	卷七八　一一五九頁		卷七八　一一六一頁				
百種詩話類編	中集　九八〇頁										
備註	一四六頁　唐詩別裁（四）七絕				一二三頁　唐詩別裁（二）七古						

姓名	李主簿姬	葛氏女	劉氏女	劉元載妻	長孫佐轉妻	張瑛	趙虛舟	薛瓊	劉淑柔	田娥	廉氏	劉瑤	葛鵶兒
籍里													
全唐詩	卷八〇一 九〇一九頁	卷八〇一 九〇一九頁	卷八〇一 九〇一八頁	卷八〇一 九〇一八頁	卷八〇一 九〇一八頁	卷八〇一 九〇一七頁	卷八〇一 九〇一七頁	卷八〇一 九〇一七頁	卷八〇一 九〇一六頁	卷八〇一 九〇一六頁	卷八〇一 九〇一五頁	卷八〇一 九〇一四頁	卷八〇一 九〇一四頁
全唐詩稿本										七一冊 一五三頁	七一冊 一六二頁	七一冊 一五〇頁	七一冊 一五六頁
唐詩紀事										卷七八 一一六一頁	卷七九 一一六四頁		卷七九 一一六二頁
百種詩話類編					中集　五四〇頁								下集 一二五九、七五二頁、一二六四、
備註													

姓名	籍里	全唐詩	全唐詩稿本	唐詩紀事	百種詩話類編	備註
襄陽妓	襄陽	卷八〇二 九〇二六頁		卷七九 一一六三頁		
常浩		卷八〇二 九〇二五頁	七一冊 一五七頁			唐語林卷(四) 絕 一四六頁
舞拓枝女		卷八〇二 九〇二五頁				
武昌妓	武昌	卷八〇二 九〇二四頁	七一冊 一七九頁			
太原妓	太原	卷八〇二 九〇二四頁	七一冊 一八〇頁		上集 一二九頁	唐詩別裁卷(四)七
劉采春	越州	卷八〇二 九〇二三頁	七一冊 一一三頁	卷七八 一一五七頁	上集 一一三頁	一〇九頁 唐詩別裁(四)五絕
關盼盼	徐州	卷八〇二 九〇二三頁	七一冊 七七頁			
曹文姬		卷八〇一 九〇二二頁				
越溪楊女	越溪	卷八〇一 九〇二二頁	七一冊 一八四頁			
誰氏女		卷八〇一 九〇二〇頁				
若耶溪女子		卷八〇一 九〇二〇頁				
湘驛女子		卷八〇一 九〇一九頁	七一冊 一八三頁			
京兆女子		卷八〇一 九〇一九頁	七一冊 一七九頁			

姓名	薛濤	韓襄客	徐月英	蓮衣妓	趙鸞鸞	盛小叢	史鳳	平康妓	張窈窕	顏令賓	王蘇蘇	楚兒	楊萊兒	王福娘
籍里	長安	漢南妓	江淮間妓	豫章	平康名妓	越妓	宣城妓	長安	蜀妓					解梁
全唐詩	卷八○三 九○三五頁	卷八○二 九○三四頁	卷八○二 九○三三頁	卷八○二 九○三三頁	卷八○二 九○三二頁	卷八○二 九○三二頁	卷八○二 九○三一頁	卷八○二 九○三○頁	卷八○二 九○二九頁	卷八○二 九○二八頁	卷八○二 九○二八頁	卷八○二 九○二七頁	卷八○二 九○二七頁	卷八○二 九○二六頁
全唐詩稿本	七一冊 七九頁		七一冊 一七三頁	七一冊 一七九頁					七一冊 一三八頁					
唐詩紀事	卷七九 一一六一頁		卷七九 一一六七頁						卷七九 一一六三頁					
百種詩話類編	中集 一一二三頁								中集 七○五頁					
備註	一○九頁 唐詩別裁(四)五絕													

姓名	籍里	全唐詩	全唐詩稿本	唐詩紀事	百種詩話類編	備註
雲台峰五仙		卷八六三 九七五八頁				
南溟夫人		卷八六三 九七五七頁				
洛川仙女		卷八六三 九七五七頁	七一冊 一八三頁			
眉娘		卷八六三 九七五六頁				
卓英英		卷八六三 九七五五頁				
威逍遙		卷八六三 九七五五頁				
崔少玄		卷八六三 九七五四頁				
張雲容		卷八六三 九七五四頁				
海印	蜀人	卷八○五 九○六一頁	七一冊 二五九頁	卷七九 一一六五頁		
元淳	洛州	卷八○五 九○六○頁	七一冊 二五七頁		上集 二五七頁	九一頁 唐詩別裁 (三) 五律
李冶	吳興	頁 卷八八八 一○○三九 卷八○五 九○五七頁	七一冊 二四七頁	卷七八 一一五四頁	上集 二三三頁	九一頁 唐詩別裁 (三) 五律
魚玄機	長安	卷八○四 九○四七頁	七一冊 二三○頁	卷七八 一一五六頁	中集 八二○頁	二九六頁 見《唐人小說、綠翹》

姓　名	籍里	全唐詩	全唐詩稿本	唐詩紀事	百種詩話類編	備　註
楊損		卷八六三　九七六五頁				
王仙仙		卷八六三　九七六四頁				
桃花夫人		卷八六三　九七六四頁				
毛女正美		卷八六三　九七六四頁				
王氏女		卷八六三　九七六四頁				
吳彩鸞		卷八六三　九七六三頁				
觀梅女仙		卷八六三　九七六三頁				
青童		卷八六三　九七六三頁				
嵩山女		卷八六三　九七六二頁	七一冊　一八一頁			
織女		卷八六三　九七六一頁				
蜀宮群仙		卷八六三　九七六〇頁				
慈恩塔院女仙		卷八六三　九七六〇頁			中集　一二五八頁	
上元夫人		卷八六三　九七五九頁				
吳清妻		卷八六三　九七五九頁				

姓名	籍里	全唐詩	全唐詩稿本	唐詩紀事	百種詩話類編	備註
王氏婦		卷八六六　九七九九頁	七一冊　一八五頁			
臨淄縣主		卷八六六　九七九八頁	七一冊　一八八頁			
韋璜		卷八六六　九七九七頁	七一冊　一八八頁			
唐暄妻張氏		卷八六六　九七九六頁	七一冊　一八四頁			
孔氏		卷八六六　九七九五頁			中集　一二五八頁	瀟口女郎「感懷詩」與之同頁
夷陵女郎		卷八六六　九七九五頁	七一冊　一七七頁			
吳興神女		卷八六四　九七七六頁	七一冊　一八七頁			
黃陵美人		卷八六四　九七七六頁				
明月潭龍女		卷八六四　九七七五頁				
湘妃廟		卷八六四　九七七四頁				
廣利王女		卷八六四　九七七四頁				
龍女		卷八六四　九七七三頁	七一冊　一八七頁			
湘中蛟女		卷八六四　九七七三頁				
妙女		卷八六三　九七六五頁				

姓　名	宮嬪	蘇檢妻	韋檢亡姬	安邑坊女	孟蜀妃張太華	薛濤	湘中女子	陳宮妃嬪	沙磧女子	甄后	西施	密陀僧	客戶里女子	王麗貞
籍　里														
全唐詩	卷八六六 九八〇六頁	卷八六六 九八〇六頁	卷八六六 九八〇五頁	卷八六六 九八〇五頁	卷八六六 九八〇四頁	卷八六六 九八〇四頁	卷八六六 九八〇四頁	卷八六六 九八〇二頁	卷八六六 九八〇二頁	卷八六六 九八〇二頁	卷八六六 九八〇一頁	卷八六六 九八〇〇頁	卷八六六 九八〇〇頁	卷八六六 九八〇〇頁
全唐詩稿本			七一冊 一八二頁	七一冊 一八一頁									七一冊 一八三頁	
唐詩紀事														
百種詩話類編														
備　註			一〇九頁 唐詩別裁（四） 五絕			八〇一、九〇一九頁 與湘驛女子詩同卷								

姓名	籍里	全唐詩	全唐詩稿本	唐詩紀事	百種詩話類編	備註
妙香		卷八六七 九八二六頁				
明器婢		卷八六七 九八二六頁				
青衣春條		卷八六七 九八二五頁				
夭桃		卷八六七 九八二五頁	七一冊 一八四頁			
真符女		卷八六七 九八二五頁	七一冊 一八六頁			二七九頁《唐人小說、孫恪》
袁長官女		卷八六七 九八二四頁				
洛下女郎		卷八六七 九八二四頁				
石甕寺燈魅詩		卷八六七 九八二三頁				
孫長史女		卷八六七 九八二三頁				
禖華（句）		卷八六六 九八○九頁				
無名女		卷八六六 九八○九頁				
故臺城妓		卷八六六 九八○八頁				
劉氏亡婦		卷八六六 九八○八頁				
魏朋妻		卷八六六 九八○八頁				
金車美人		卷八六六 九八○七頁			中集 一二五八頁	

姓名	籍里	全唐詩	全唐詩稿本	唐詩紀事	百種詩話類編	備註
耿玉真		卷八九九 一〇一六五頁				
王麗真女郎		卷八九九 一〇一六五頁				
柳氏		卷八九九 一〇一六四頁				
閩后陳氏		卷八九九 一〇一六四頁				
楊貴妃（以下補遺）		卷八九九 一〇一六四頁				
曾崇範妻		卷八六八 九八四〇頁				
張氏女		卷八六八 九八三六頁	七一冊 一八六頁			
張生妻		卷八六八 九八三五頁				
獨孤遐叔妻		卷八六八 九八三五頁				
風凰台怪		卷八六七 九八二八頁				
白衣女子		卷八六七 九八二八頁				
新林驛女		卷八六七 九八二七頁				
白蘋州碧衣女子		卷八六七 九八二七頁				
青蘿帳女		卷八六七 九八二七頁				
廬山女		卷八六七 九八二六頁	七一冊 一八七頁			

附錄二：唐代婦女圖影

圖 1　虢國夫人遊春圖　卷　唐　張萱　（宋摹本）

絹本設色　縱 52 釐米　橫 148 釐米　遼寧省博物館藏

張萱為開元天寶傑出畫家，寫現實生活中有典型意義的題材。

此圖可與杜甫〈麗人行〉參看共賞。

圖 2　搗練圖　卷　唐　張萱　（宋摹本）

絹本設色　縱 37 釐米　橫 147 釐米　美國波士頓美術館藏

此圖人物姿容豐厚，線描簡勁，依然唐風而設色鮮麗。

圖 3　揮扇仕女圖　卷　唐　周昉

絹本設色　縱 33.7 釐米　橫 20　4.8 釐米　故宮博物院館藏

人物體態穠麗豐肥，服飾華貴，為初唐貴婦人形象。

圖 4　舞樂屏風（局部）　唐

絹本設色　已殘　縱 46 釐米　橫 22 釐米

新疆維吾爾自治區博物院館藏

舞伎挽高髻，曲眉鳳目，面頰豐腴　初唐時期繪畫精品。

圖5　奕棋仕女圖　唐

絹本設色　縱63釐米　新疆維吾爾自治區博物院館藏

墓主為武則天時六品官員

此貴婦頭束高髻，簪花耀頂，眉作倒八字暈事，面色紅潤，豐肌肥體。

是典型「曲眉豐頰，肌勝於骨」的唐代畫風。

圖6　簪花侍女圖卷　唐　周昉

絹本設色　縱46釐米　橫180釐米　遼寧省博物院館藏

唐時婦女豐頰厚體，打扮艷麗入時，以白居易、元稹詩驗證悉合符節，

是唐貞元貴族女眷的真實寫照。

圖 7　韓熙載夜宴圖卷 （局部）　五代　顧閎中

絹本設色　縱 28.7 釐米　橫 335.5 釐米　故宮博物院館藏

（顧閎中，五代南唐畫院侍詔）

圖 8　唐懿德太子墓所繪宮人的袒露裝

圖 9　唐代婦女盛妝（花鈿妝）

國家圖書館出版品預行編目

碧玉紅牋寫自隨：綜論唐代婦女詩歌／嚴紀華著. ‒ 一版.
臺北市：秀威資訊科技,2004[民 93]
面 ; 公分. -- 參考書目：面
ISBN 978-986-7614-19-3（平裝）
1. 中國詩 ‒ 歷史 ‒ 唐(618-907)
2. 中國詩 ‒ 評論
3. 婦女文學 ‒ 評論

820.9104   93003810

 語言文學類　AG0009

碧玉紅牋寫自隨──綜論唐代婦女詩歌

作　　者／嚴紀華
發 行 人／宋政坤
執行編輯／林秉慧
圖文排版／張慧雯
封面設計／羅季芬
數位轉譯／徐真玉　沈裕閔
圖書銷售／林怡君
網路服務／徐國晉
出版印製／秀威資訊科技股份有限公司
　　　　　台北市內湖區瑞光路 583 巷 25 號 1 樓
　　　　　電話：02-2657-9211　　　傳真：02-2657-9106
　　　　　E-mail：service@showwe.com.tw
經 銷 商／紅螞蟻圖書有限公司
　　　　　台北市內湖區舊宗路二段 121 巷 28、32 號 4 樓
　　　　　電話：02-2795-3656　　　傳真：02-2795-4100
　　　　　http://www.e-redant.com

2006 年 7 月 BOD 再刷
定價：380 元

讀者回函卡

感謝您購買本書，為提升服務品質，請填妥以下資料，將讀者回函卡直接寄回或傳真本公司，收到您的寶貴意見後，我們會收藏記錄及檢討，謝謝！
如您需要了解本公司最新出版書目、購書優惠或企劃活動，歡迎您上網查詢或下載相關資料：http:// www.showwe.com.tw

您購買的書名：＿＿＿＿＿＿＿＿＿＿＿＿＿＿＿＿＿＿＿＿＿＿＿＿＿＿

出生日期：＿＿＿＿＿年＿＿＿＿＿月＿＿＿＿＿日

學歷：□高中 (含) 以下　　□大專　　□研究所 (含) 以上

職業：□製造業　□金融業　□資訊業　□軍警　□傳播業　□自由業
　　　□服務業　□公務員　□教職　　□學生　□家管　　□其它＿＿＿

購書地點：□網路書店　□實體書店　□書展　□郵購　□贈閱　□其他

您從何得知本書的消息？

□網路書店　□實體書店　□網路搜尋　□電子報　□書訊　□雜誌
□傳播媒體　□親友推薦　□網站推薦　□部落格　□其他＿＿＿＿＿＿

您對本書的評價：(請填代號　1.非常滿意　2.滿意　3.尚可　4.再改進)

封面設計＿＿＿　版面編排＿＿＿　內容＿＿＿　文／譯筆＿＿＿　價格＿＿＿

讀完書後您覺得：

□很有收穫　□有收穫　□收穫不多　□沒收穫

對我們的建議：＿＿＿＿＿＿＿＿＿＿＿＿＿＿＿＿＿＿＿＿＿＿＿＿＿＿

＿＿＿＿＿＿＿＿＿＿＿＿＿＿＿＿＿＿＿＿＿＿＿＿＿＿＿＿＿＿＿＿＿

＿＿＿＿＿＿＿＿＿＿＿＿＿＿＿＿＿＿＿＿＿＿＿＿＿＿＿＿＿＿＿＿＿

＿＿＿＿＿＿＿＿＿＿＿＿＿＿＿＿＿＿＿＿＿＿＿＿＿＿＿＿＿＿＿＿＿

11466
台北市內湖區瑞光路 76 巷 65 號 1 樓

秀威資訊科技股份有限公司　　　收

BOD 數位出版事業部

....

（請沿線對折寄回，謝謝！）

姓　　名：＿＿＿＿＿＿＿＿　年齡：＿＿＿＿　性別：□女　□男

郵遞區號：□□□□□

地　　址：＿＿＿＿＿＿＿＿＿＿＿＿＿＿＿＿＿＿＿＿＿

聯絡電話：(日)＿＿＿＿＿＿＿＿＿　(夜)＿＿＿＿＿＿＿＿＿

E-mail：＿＿＿＿＿＿＿＿＿＿＿＿＿＿＿＿＿＿＿＿＿